U0651071

# 活出别样的精彩

晏瑜 著

山西出版传媒集团
北岳文艺出版社
BEIYUE LITERATURE & ART PUBLISHING HOUSE
·太原·

**图书在版编目（CIP）数据**

活出别样的精彩 / 晏瑜著 . 一太原：北岳文艺出版社，2019.3

ISBN 978-7-5378-5697-3

Ⅰ . ①活… Ⅱ . ①晏… Ⅲ . ①短篇小说－小说集－中国－当代 Ⅳ . ① I247.7

中国版本图书馆 CIP 数据核字（2018）第 221203 号

书名：活出别样的精彩

著者：晏　瑜

特约编辑：李　路　韩玉龙

责任编辑：李向丽

封面设计：侯　建

排版设计：侯　建

出版发行：山西出版传媒集团・北岳文艺出版社

地址：山西省太原市并州南路 57 号　邮编：030012

电话：0351－5628696（发行部）

0351－5628688（总编室）　传真：0351－5628680

网址：http://www.bywy.com　E－mail：bywycbs@163.com

经销商：新华书店

印刷装订：三河市元兴印务有限公司

开本：660mm × 960mm　1/16

字数：207 千字　印张：17.5

版次：2019 年 3 月第 1 版

印次：2019 年 3 月河北第 1 次印刷

书号：ISBN 978-7-5378-5697-3

定价：59.80 元

# 序言

人类在不断地进步着！

自然，在人类不断进步的同时，科技水平也在高速发展，这样的结果大大提高了社会生产力。科技发展的浪潮滚滚卷向城市，城市就如一个被添加了发酵剂的面团一样，以夜以继日的形式和直线上升的速度，在扩大它原有的规模和容量，于是，工商业也如雨后春笋般出现并发展发达起来，从而促进了经济社会的发展，加速了城市现代化的进程。同时，科技发展的浪潮滚滚卷向农村，大面积的土地上不再需要那么多挥着镰刀、锄头的农民，那些对生活充满希望的人们，毅然背起行囊踏进城市之门。于是，城市得以再一次地繁荣和扩充；于是，农村和城市联系越来越紧密了；于是，职业领域也越来越宽广，职业门类也越来越多。但无论如何，职场如战场的本性没法改变。

在城市发展的过程中，一拨又一拨进入城市寻找希望和幸福的人们，一批又一批身份转变的打工者和创业者，在他们身上，充溢着艰辛与坎坷，心血和汗水，欢乐和忧愁。

《活出别样的精彩》这本书，写的是在不同领域中的打工者或者创业者在城市中奋斗的故事，既描绘了他们善良机智、忍辱负重、饱经磨难的一面，也表现出了他们积极上进、奋发图强，竭力追求幸福的一面，同时也展现了他们生活、爱情、工作上的各个侧面。如《换一种活法就是爽》《失火事件》《活出别样的精彩》《过年图个好心情》等篇章，很耐读，很有韵味。可以毫不夸张地说，这些篇章选材典型，构思独特，内容真实又不失深刻的寓意，作品入木三分地反映了职场人生的百态世相。可以说，这本书是作者自身的职场备忘录。

走进这些故事，你既可了解一些打工者、创业者的奋斗历程，又可以在这些文字里找到一些创业谋生的思路和方法。有人说，做一个有心的聆听者，可以在生活中得到智慧，成为一个智者。但愿，这句话在您身上实现！

# 活出别样的精彩

# 目录

**第三辑 真实影像**



**第四辑 无奇不有**

# 第一辑　职场演义

## “仇人”逼我当领导

她叫阿钰，是一名从陕西走出来的打工妹。

那年春天，当春风在汉江河边开始梳理柳枝的时候，十八岁的阿钰就辞别亲人，背上行李包加入南下广东打工的队列了。去了火热的珠三角后，阿钰顾不上欣赏南粤大地上迷人的风景，就紧锣密鼓地为找工作忙碌起来。经过一些日子的折腾，在老乡的帮助下，她进入中山丽姿时装厂做了中烫工。因为厂里做的全是高档的出口时装，每个车缝组除了二十名车缝工外，都配有五名中烫工。中烫工先要把衣料的袖口、衣领、裤腰、衣服前门襟等散料处全部贴了衬布，烫平展后才交给车缝工压线车缝。中烫工是车缝工的先锋军和重要保障力量。但中烫工必须站着做事，每天站立十三四个小时，辛苦极了。

阿钰进厂后，转眼三个月了。一天，厂长给她们小组带来一个三十岁的男人，名叫周艺，说是新来的组长。她这才知道老组长突然辞职走了。周艺是四川人，瘦高的身材，说话嗓门也大，但老是趿拉着鞋，因为是夏天，裤腿也挽得一高一低。

周组长穿着极为随便，但做事却不随便，专横得很。他上班第二天就凶巴巴地对组员们训话：“大家听着，往后我是你们的头头，虽然你们都是老员工了，可我不管你们以前的干活方法多好，都得推倒重来！以前是‘王太君’，现在是我‘周太君’，炼丹方法不同，可效果绝对一样！总之一句话，往后，我让你们咋样就咋样，就算我说的是错的，那也要按我说的来。”

接下来，“周太君”就开始给员工分派工作，他走到谁面前，就往谁工作台上一坐，脱了鞋后，把脚蹬到对面的货架台上。大家也只有忍着。

因为厂里没有专职的货物收发员，所以经常由员工临时兼职。

一天，周艺派阿钰跟同事阿艳去裁剪车间领裁片。当时厂里货赶得急，裁剪车间员工不分白天黑夜地猛裁，裁片码得像山一般高。阿钰跟阿艳都是一米六的女孩子，搬了两只凳子垫在脚下，慢慢地取裁片。取着取着，软乎乎的裁片垛儿哗啦一下倒了过来。她俩措手不及，摔倒在地上，差点被压在布料下面。顾不得摔疼的膝盖，她俩心急火燎地继续整理裁片。有几个裁剪男员工也停下手里的活，跑过来帮忙。

正在这时，周艺从三楼车间上来了，见此情景，大吼起来：“好啊！叫你们来取点裁片，这种小事都靠不住，你们做什么事能不让人操心啊？”

帮忙的裁剪男员工见他一吼起来没完没了的，忙打圆场，说：“她们也不是有意的嘛。”周组长却一瞪眼：“咦？你是谁啊？从哪儿蹦出来的？我管教我的员工，关你屁事！”接着继续唠叨自己手下员工不服从管教，做事不认真，既给他丢脸，又耽搁时间，说要罚每人二十元。阿钰又是道歉又是求情，让他别怄气。最后周组长黑着脸命令她们赶快把裁片运下去，还加了一道命令：“下班后，各写一份检讨书交给我。”

阿钰跟阿艳觉得很委屈，可是，秀才遇见兵，有理说不清！她俩相互安慰了一番，晚上下班后，只好趴在铺板床上，各写了一份检讨书。

次日早晨一上班，阿钰先把检讨书交了上去。

周组长看了一下，却沉着脸指着阿钰的检讨书念道：“裁片落了一地，造成工作失误，这种工作不认真的态度，是很不对的。今后坚决改正，请组长大人谅解并多多包涵……”

周艺瞪了阿钰一眼，问道：“谁是大人？组长是多大的人？有大人就有小人嘛。小人是谁？你说你是啥态度？你含沙射影地讥讽谁呢？”

天啊！遇见这种二愣子组长，真是无话可说！阿钰的眼泪唰地流了下来。可周组长啪地一拍桌子：“不服从管理，态度恶劣，罚款三十元。”他开了一张罚款单，扔给阿钰就走了。

经过这件事，阿钰看出组长周艺是个斤斤计较、遇事不肯善罢甘休的小男人。往后，阿钰对他敬而远之。可是，才没过多久，麻烦又来了。

第三天分配工序时，周组长看也不看阿钰一眼，就不动声色地把难做的货拿给她做（因为中烫工是集体计件平均工资，多做也没浮动工资），还总是催促，阿钰连上厕所都没时间。有时候，阿钰刚抓紧做好了手中的事，还没喘口气，组长又派她去帮忙车裤耳、锁边，反正别想有空闲时间。

一天下午上班时，阿钰提前五分钟进入车间。车间里还没有几个人。阿钰向自己的工作台走去，却蓦然发现周组长正站在她的烫台旁边。阿钰一愣，心想：不知他又要玩什么花样？这时，他弯腰拾起一片布料来，在阿钰面前一抖，气急败坏地说："这么大的一块裁片掉在地上，你都看不到吗？眼睛长到哪里去了？只顾下班抢着往外面跑？厂里规定裁片掉到地上要罚款的，难道你不知道吗？"哼！你听人家的话，还挺押韵呢！但是，当时阿钰闻言却愣住了。因为自从她搞清楚组长的德行之后，时时处处小心，特别是下班时，精心检查烫台上的东西，她能让裁片掉到地上而不顾吗？

阿钰不由得心里一凉，说："我没有……"

"还想抵赖吗？证据还在我手里呢！"周艺瞪了阿钰一眼，边说边走向他的工作台，"先罚款五十元作为警告。"

很快，他开了一张罚款条拿过来。阿钰再次张口结舌，泪水无声地流淌着。

二十五号是厂里轧账的日期，各种票据都要上交厂部。这天，阿钰正忙碌着，周组长走来站在她身边嘀嘀咕咕说了一通话。阿钰最后听明白了。原来，他要向厂部上报罚款单了，他这是叫阿钰去买一把大剪刀回来。因为，组里配裁片和他剪纸牌时，老是拿对面组里的剪刀，人家很不乐意。他让阿钰买一把剪刀回来，大家用起来方便些，同时，这个月对她的罚款单，他就不用交到厂部去了。等以后集体有剪刀用了，阿钰可以带走这把剪刀。

这时，阿钰仔细一想，才明白当初掉裁片及现在买剪刀两件事，看起来风马牛不相及，其实，这是他一早就精心设计的连环计。

多有心计啊！多会祸害人啊！

阿钰心里很难受，本不想去买什么剪刀的，可工友阿艳拉她到一边分析了眼前的"形势"，说："不就是一把剪刀吗，你就全当三十元钱让贼给偷了。"

午餐后休息时，阿钰在阿艳的陪同下，去街上买了一把三十二元钱的大剪刀回来，上班后交给了周组长。他皮笑肉不笑地接过剪刀，当着阿钰的面，把掉裁片那天开的罚款单撕毁后扔进了垃圾桶里。

进入八月，因为厂里货少了一些，加班时间相对短了一点，组里中烫工可以轮流着提前下班。可每当轮到阿钰时，组长都说这批货要等着出货的，就不能提前下班。一天晚上，八点四十分，组长对阿钰说："你可以下班了，先回去休息吧。"阿钰终于可以提前下班了，她暗暗高兴，收拾了一下东西就走向宿舍。可阿钰刚回到宿舍，大家跟着后面也就下班了。她想：又中招了。下次又该轮我拖班了，这样我不是反比以前干得时间还长？回想常常累得腰酸背疼两腿浮肿，这全是周组长对自己的"奖赏"。这人，怎么有这么强的报复心啊！

阿钰知道在这里干不会安宁的，就连夜写了一份辞职信，打算交上去。

可躺在床铺上，阿钰又犹豫了，她想：真不甘心就这样让他把我"整走"，这样，不正好中了他的下怀，让他高兴吗？还是再咬牙干一个月吧。于是阿钰撕了辞职信，次日照旧到车间去上班，咬紧牙更努力地工作。

转眼间，二十五号到了。这天阿钰正忙碌着，忽听一阵吵闹。阿钰循声看去，只见周艺跟男工李力打起来了。

过了一会儿，只见周艺撒腿向洗手间跑去。阿钰忙问身边的员工阿芳是咋回事，阿芳凑近阿钰耳朵说了一通，她才得知缘由。原来，组里的女工小兰家里有事，昨天紧急辞职走了，空出了电脑控制的缝纫车。李力想坐这台电车，就把东西都搬了过去，可组长不让他坐这台车，说先空着，再等待安排，不知要留给谁？但李力偏要坐这台电车，把东西放好就往机头上穿线。周组长把他拖下来，三拉两拽，李力火了，把一个线筒扔到了周组长的脸上，于是，两个人就打了起来。李力的哥哥见周艺个头大怕弟弟吃亏，也过去为弟弟帮忙。周组长见事情不妙，就躲到了洗手间。过了一会儿，周艺跑到厂部告了李力一状，说李力不服从指挥，还打破了他的鼻子，厂里为了“支持组长的工作”，就把李力和他哥哥嫂子一起开除了。

可是，到了第四天下午，厂长把周艺叫去了。

过了一会儿，周艺就黑着脸回来了，嘴里还骂骂咧咧的，开始收拾东西。

阿钰正感到莫名其妙。这时，工友阿艳凑过来，附耳对阿钰说了整件事情的来龙去脉，阿钰才明白了。原来，组里一下少了四个老员工，生产任务老是完不成，赶不出货来，加班加点是家常便饭。大前天，周组长心一急，指导做错了一批货。这批货出了厂，现在客户来找麻烦了，厂里很生气，派人来组里搞基层暗访，没想到二十六名组员，都说周艺不懂管理不适合做组长，说他简直就是糟蹋组长的名号。所以厂里就决定炒他“鱿鱼”了。

阿钰终于长出了一口气。周组长走的时候，阿艳对阿钰说：“嗬！天大的喜事，快去买鞭炮来放一放，庆祝一下。”阿钰说：“还是算了，何必要跟他一般见识呢。”她暗想：周组长同样是打工的，也不容易！不过，都在人家屋檐下挣饭吃，可他为何就是不明白和气生财的道理。唉！他这样做是害人害己啊！

九月十号那天，阿钰正在忙着，生产厂长查勋来到她身边，叫她到他办公室去一下。阿钰不知道发生了什么事，放下手里的活，就跟着他到了他的办公室。

查厂长说：“阿钰，从明天开始，你就是组长了。”

“啊？”阿钰怀疑自己听错了，用惊讶的目光望着生产厂长，“你说谁当组长了？”

查厂长说：“你呀。从明天起，你就当组长了。阿钰，好好干吧。

这是厂部的安排。”

原来，这段时间车间调整机构，新购了五台大型贴衬机，并把十台锁边车分过来，组成一个新机组，要提拔一名有经验的员工当新组长，他们在车间进行了考察，没想到八个车缝组的组长，一致推荐了阿钰。大伙说阿钰吃苦耐劳，既会贴衬布，又会车裤耳子、开锁边机，技术全面又过硬，而且工作能力及面对困难的毅力强。最明显的事例是，有一次，在两个小时内，阿钰车好了六百根裤耳子，全车间无人能比。

次日，厂部正式宣布了这个决定。那一刻，阿钰心潮澎湃：“是磨难让我变得成熟的，是仇人周艺‘逼’我当上了全厂最年轻的管理人员的。行走在职场的征途上，我要做一条会飞的鱼！”

## 幸亏上次没跳槽

那年已是年终岁尾，李明从老家到广东番禺投奔表哥。

李明是学财会的，在老家某企业做财务工作近一年，企业一倒闭，他便想到了表哥。基于自己“学有所长”（他有专科文凭和会计证书），他想：表哥南下数年，有经验、有人脉，帮我找个像样的工作，应该是大有希望的。

出乎他的意料，表哥又托朋友又联系老乡，日子一晃，快二十天了，李明还是没有合适的去处。

终于，一天吃晚饭时，表哥向李明建议：“小明，这个……你是不是收起那些证书，先去学点操作方面的技术，先进个工厂，再等待提升，或者再找对口工作呢？”

李明表示：“学技术，得掏培训费，况且刚学会技术，进了工厂做计件手脚太慢，短期内也拿不到多少钱。既然找工作已花了许多钱，还是再四处跑一跑，或许，咱会遇上个好机会……”

表哥听李明这样说，看了他一眼，然后点了头，意思是随他的意愿。

很快，又是一个多星期的时间过去了，工作还是没着落。李明终于答应去参加技术培训。

表哥掏出二百元塞给李明，随后，李明进了一家电动缝纫车培训班，埋头苦学技术。

十天后，经简单考试，李明顺利地进了一家做手袋的皮具厂。从次日起，上班时他就虚心地向老员工请教，下班后又找些废料来练习技艺。苦没有白受，第一个月李明领到七百二十元计件工资，第二个月李明领了一千零五十元工资，第三个月他领到一千七百元工资。

不久，他们厂扩大规模，新增加两个机组，又招了一批工人。因为李明是他们班组里表现最好的，很快被破格提升为组长。他终于成了基层管理人员，月薪两千三百元。

发薪这天，李明买了些酒肉，想去表哥家，既为庆祝自己升职，同时也想感谢一下表哥。

路上，李明发现一家叫“新宝”的工厂正在招聘办公室主任，月薪两千八百元，待遇不错！李明马上有了跳槽的想法。他赶紧返回去取了证件，进入这家工厂去面试，结果成了，人家让他第三天去上班。

接着，李明到了表哥家。有个叫阿昌的邻居在表哥家玩，阿昌顺便谈起一件事：他的一个堂弟，半年前来这里，因没技术，半个月的时间过去了，都还找不到工作。这天，他在茶馆里认识了一个当地人，那人介绍他进了一家家具公司做了勤杂工。三个月后，公司裁员，阿昌的堂弟又被裁掉。闲了一月后，他再次遇上机会，又进另一家花厂做采购，但刚干了两个月，花厂又与另一个厂合并，他又一次被裁掉了。因为没有技术，他已闲住了两个半月，挣的钱全花光了，往后还不知日子咋个过法。

李明听了这件事，感慨自己当初学了技术，不像阿昌他堂弟一样，但也后悔自己当初学技术学得晚了。其实，有技术一样也会“牛逼”的！李明竟突然有点不敢跳槽了。

回到皮具厂后，李明一边努力干好自己的组长工作，一边在业余时间里，钻研起产品款式来了。由于有制作技术的优势，研究款式的革新便容易多了。

三个月后，厂里接到了一个三张货单的大客户，其中，有一张单要革新原样品的款式。刚巧他们厂的主设计员有事，请假回老家了，李明便主动向经理提出让他来设计这张单的款式。经理正着急，看了看李明，就答应由他试试。

李明接受任务后，夜以继日地工作。三天后，他设计好样稿并亲自做好了成品。客户看了新样品后连声称赞，并立马追加了一万件的订单。

经理看李明是个人才，高兴得合不拢嘴，马上选调李明到设计室当了设计员。

后来，李明又成功设计了另一个客户要的新款式。经理一高兴，又任命他为设计部主任。李明终于从一名小员工，一步步升为月薪六千五百元的部门主管，并成为厂里的重要人物。走在厂区，李明的头情不自禁地仰得高高的。

一天，李明去会老乡。路过那家“新宝”工厂时，他发现他们又在招聘办公室主任。

李明怔了怔，便走过去问保安：“怎么还在招办公室主任？是招不到人还是咋的？”

保安说：“嘁！南方这块土地，向来是僧多馒头少，咋能招不到人？”

“那这是咋回事？”李明不明白。

“办公室主任这种工作，又不讲究技术，人好招得很喽，稍稍不满意，就换人呗。这一段时间，我们厂已换过三个了。”

李明听了保安的解释，向四周看了看，街上人来人往的。

李明暗暗吐了一下舌头，幸好上次没跳槽！不然，估计自己现在又在忙着四处找工作呢。今后，他决心继续保持吃苦耐劳的品格和聪明才智，一步一个脚印，像杜拉拉一样在职场自由地翱翔。

# 同在异乡为异客

张成和妻子马秀，在珠江边的城中村——大江苑十字街道摆小吃摊已三年了。他们主营酸辣汤粉和卤猪肉。由于他们的食品味道好，物美价廉，回头客越来越多，每晚营业到十二点，一月下来除去各样开支，都有三千五百多元的纯收入。张成和马秀越干越来劲，他们打算着，如果情况一直良好的话，干到年底，他们准备在郊区偏僻点的地段买一套两室一厅的房子，在城里扎下根，一辈子就把这一行干下去。

正这样想着，好事就来了。本月五号，大江苑旁边的一个大院里不知从何处搬来一个规模不小的服装厂。这无疑是客人增多的好事啊！张成夫妻俩望着每日进进出出的三千多工人，心里不知有多高兴呢。

可是，这家服装厂搬来还没有一星期，张成小吃摊的对面，突然又冒出了一家酸辣粉小吃摊，店名是“王家粉”，也是一对夫妻，年龄在四十五六岁左右。

“很明显，这是存心来抢我们生意的。哼！真会瞅地段儿。”马秀嘴里嘀咕道。

张成没有吭声，他只是在干活的间隙偶尔打量对面几眼，从对方的摊档规模与操作方法上看，这是一对经营小吃摊的新手。张成清楚，做小吃生意的如果没有独特的经营方法和特色，生意绝对不咋样。张成肯定，他们对自己这个已深入人心的小吃摊不会有太大的威胁。

果然，这家王家粉摊生意很平淡，开业近十天了，隔街相望，张成的摊位上每晚都有二三百个客人来来往往。可王家粉摊每晚最多超不过三十个客人光顾。

这天是周六，晚上才营业不到半个小时，张成的摊位上一下来了二十多个客人，把六张桌子全坐满了，甚至有两个客人连座位都没有，张成的妹子张小丽赶忙打开两个马扎，才让两个客人坐下，之后客人坐等好久才先后吃上粉。

对面的王家粉摊却空着桌椅。王家夫妻只能闲着搓手，两口子不时用敌视的目光盯着张成的摊子。一会儿，王家女人长长地干咳几声，端起茶杯猛喝一口水，然后朝街心用力一吐。这边忙得手忙脚乱的张成一抬头，正巧看到王家女人的这一不满的动作，他偷空打量几眼王家的粉摊，看到王家那边清静的场面，竟也叹息起来。

第二天傍晚，张成营业两小时后，他的表弟小吕带着五个工友来了。小吕站在街中间望了望张成，却挥手招呼他的工友坐到王家的摊位上去了。王家的摊子营业两个小时，只有三四个客人光顾，这时见一下来了一大伙客人，两口子兴奋得又是上茶又是敬烟，然后按客人的要求上粉、端菜。

这时，张成的妻子马秀看见了在对面王家摊上就餐的小吕，脸黑了下来，嘟囔道：“这小吕今晚脑子有病啦？咋跑到对面去了？”

张成似乎不在意地说："客人嘛，哪里清静就上哪儿吃去，人家又没跟咱们签约，难道一定要来你家吃？"

马秀哼了一声，说："可小吕不是外人，他咋不分亲逆啦？"张成说："也许他想换换口味呢。没关系，咱们这边不是客人已满座了吗？少几个人也不影响收入。"

马秀又哼了一声，忙着支应客人去了。

第三天傍晚，张成的摊子上客人还是很多。他正忙着，小吕又来了，身后又带着七八个人。表弟又向张成这边望了一眼，停都没停就走到王家的摊上去了。王家夫妻见是昨晚的回头客，按客人要求每人先上一碗粉，然后又上了一大盘猪头肉后，还主动开了两瓶啤酒说免费请客。小吕一伙喝完了这两瓶啤酒，又点了几瓶啤酒，行酒令划起拳来。这样一呼三叫，引起一些客人的注意。之后，接二连三地有客人来光顾，终于打破了王家粉摊夫妻俩冷坐的局面。

第四天晚上十点左右，小吕又和六七个工友来了。这回可能马秀早就开始留心着，小吕刚走到街心，马秀就喊："小吕！今晚可别走错门了，我已为你们留了桌椅哟。"

小吕苦笑一下，就招呼工友坐到表哥的粉摊上了。

"小丽，给客人也开两瓶啤酒，咱也免费。"马秀对小妹说。小丽应声拿来两瓶啤酒，给小吕这一桌人倒上。

当小吕这一伙人在张成这边吃喝的时候，对面支应稀稀拉拉几个客人的王家夫妻，又不时用敌对的目光往张成这边扫射，还伴着很响的叹气声。他们在抗议马秀抢了他们的客人。马秀看出来了，却更加毫不顾忌地招揽顾客。这天晚上，可能因为客人多，张成的粉摊营业到十一点半，用完了事先泡好的湿粉条。张成说："没料了，收摊。"说完就麻利地收了摊子。

次日夜晚，小吕那一伙人没出现，可能是觉得来这里吃夜宵难为情，干脆不来了。此夜，张成他们又是十一点半就用完了粉料，连碗筷都没洗便又收摊了。马秀说："洗好碗筷再走。"张成不耐烦地说："回去慢慢洗，没料了还把摊子撑在这里磨蹭啥。"张成夫妻俩跟小妹回到租住的房子里，一边收拾各种工具，一边煮着消夜。

那边王家见张成他们连续两晚上早早收了摊，心里正巴不得呢。果然，十一点四十左右，还有一些客人来吃消夜，不见张家的摊子，只好坐到王家的米粉摊上吃酸辣粉。两个晚上，从十一点四十到十二点半，王家的酸辣粉摊就多了二三十个客人的收入。这天晚上收摊时，王家妻子说："这不明摆的事实嘛。要是没有张家的粉摊，咱们的生意绝对不会差。都是对面张家以老欺新，这样暗中竞争也就罢了。可气的是，昨晚张家女人还明目张胆地抢客人呢！看来，咱得想点办法喽。"

"想啥办法？"王家男人问。

王妻说："这两个晚上的情形不是已经给了我们答案吗？如果张家不营业了，或者他们出了点问题，那我们不就可以独揽这些顾客了吗？"

王家男人一愣："你的意思是……"

王妻走近丈夫，从衣袋里掏出一个纸包，小声说："这是我中午买的泻药粉。白天我到张家住处观察过，他们每晚把餐车推回去都放在门外，你只要往他们的调料盒或油辣椒罐里放一点药，明晚客人吃了他家的粉一拉肚子，往后谁还敢光顾他们家的粉摊……等会儿你看情况，如果不好下药，你就把这块西瓜皮放在他家门口。他们租的那排平房室内没厕所，都是到旁边的公厕去上的。半夜他们起床上厕所时，不管男女，只要踩上瓜皮摔倒，明晚他们就不会在市场了。等他们在医院住上数十天后治好胳膊或者腿回来，我们的粉摊，哼！早已立稳了脚跟。记住，他们家住西边二号房。"

王家男人说："用这种手段，不光彩吧？"

"别想那么多了。为了生意，为了咱这个家，我也是昧了良心……你快去吧，东西我来慢慢收拾。"王家女人边说边推了男人一把。

王家男人只好走了。到了张成家门口，王家男人正犹豫着该实施哪种方案时，忽听屋内张妻说："我已算过今晚的营业款了，跟以往相比，并不多，说明客人没有多呀！可食料为啥到十一点就用完了？是不是你脑子昏了，备料时备少了？"

"没有哇。"张成说。

"没有？那应该跟以往那样用到十二点的，咋会早早就用完了，是不是你越来越傻了，在每个碗里放的粉量多了？"

"我……我……"张成欲言又止。

女人剜了男人一眼："怎么？有话就明说嘛，吞吞吐吐啥意思！"

张成干咳一声，说："这两天，我是故意少备了一些料的。"

"故意的？为啥？嗯？你说是为啥呀？噢，你该不是嫌生意太好了，早点收市，把客人送到另一边去让给王家去做吧？"女人实在是想不通。

"唉！让你说中了。我……我是这个意思。也罢，我就明说吧，其实那两晚上小吕去王家粉摊吃粉，是我提前暗中托他带人去的，而且，连钱都是我给小吕的。"

张妻一听生气道："张成！你……你疯了还是傻了？"

张成平静地说："我没疯，也没傻。做人总不能自己顿顿吃干饭让别人老是喝稀粥吧。都是外乡买卖人，你看我们做这种生意三年多了，已赚了不少钱。可王家刚开张，既没经验又没客源，一家人靠什么吃呀？那天我无意中听人说，王家上有瘫痪的娘，下有两个大学生。他们原本在老家是开车的，因一场暴雨导致的山上大滑坡将他家房屋冲塌，等人们救出他家人，爹已死了，车砸烂了，娘也瘫了。他俩出院后只好把车当废铁卖了出来干这种小本营生。想到他们家的境况，我心里很沉闷呀。小买卖人，谁家没个三灾两难的！人生的相遇都是一种缘，应该互相帮助，在城里扎下根来。唉！你爹不是也瘫了六年才去世吗？那种遭遇和困扰谁想要啊！所以，我暗中想帮帮王家，给他们打开生意之路。”

马秀不吱声了，可能是被触动了心灵。一会儿，马秀叹道：“唉！人啊！都不容易……原来他们是这种处境，活的是第二世人啊！怪可怜的。看看他们目前的状况，确实也……”她的声音都有些变了，喉咙里涩涩的。

“我想……”张成试探着，没说下去。

马秀偷偷抹了一把眼窝，说：“你说吧。”

张成细声细气说：“我想，反正客人是不断涌现的，客源是可以扩大的，我们帮人就全力地帮。我想干脆跟王家明说，让他们跟我们联合，挂我们的招牌，做我们的分摊，他们的生意会好起来的。另外，每晚我们只营业到十一点，十一点往后，市场就留给他们一家。”

马秀说：“行。不过，王家成了我们的分摊，所卖食品的味道就得同我们一样，你得把我们独特调料的秘诀告诉他们，不然会坏了咱名声，他家不成冒牌的啦？”

“好好。”张成兴奋地一拍巴掌说，“想不到老婆你竟也这么……”

马秀手一挥，截住男人的话头，说：“你以为我就没爱心？人心都是肉长的，原来我是不了解情况嘛。”

“好！好！”张成又是一拍双手，“我马上就去跟王家说，让他们赶快筹备，最好后天就能开业……”张成边说边要开门。

“站住！”马秀高声叫道。

张成吃了一惊：“咦？你……你又怎么了？”

“床上这一大摞我们发胖穿不上的半新衣服，我不是说要你邮寄回老家给我大姐和姐夫穿吗？别寄走了，你这些衣服拿给王家夫妻吧，你看他们身上穿的衣服……”

张成一听，高兴地说：“好的。”转身拿上衣服就立马拉开门走了出去。门外正听得发愣的王家男人，躲藏不及，与张成撞个满怀。

“王大哥，怎么是你？”张成惊愕地问。

“张成兄弟，你们的话我全听到了。你先后两次暗中帮我们，想着我们，这种真情厚爱，让我们一生都不敢忘记。可我……我们心里的想法……对不起你们呀！”王家男人突然呜呜地哭起来。张成拉住他的手：“王哥，别这样，只要我们携起手来，往后，没有过不去的火焰山。”两个男人紧紧地捧着那包衣服，拥在一起。

此刻，一丈之外的黑暗中，王家女人不知何时也来了，正站在那里不停地抹着眼泪……

# 绝不食言

张娟是跟她们村子里的阿君一起到深圳打工的。因为，阿君在一家名叫“同辉制衣公司”的工厂里做车间主管，跟着他，家里人放心。

张娟进厂后，阿君带她在电车组实习了一个多月，她已掌握了电动缝纫车的技术，就开始做流水工序了。由于她很用心，技术学得也很快，两个月下来，她的计件月工资已达到一千五百元。阿君见她能挣到钱了，就先后两次在她面前说：“看看，在外面这钱比你在家里养猪种地好挣吧？好好干，多挣些钱，回家也建个小洋楼。”

张娟暗想：阿君老说外面的钱比在家里好挣，可能是暗示要我答谢他吧。不是人家带自己来这个厂上班，每月自己还挣不到一千多元呢。

于是，次日下午下班后，她就去商场买了二百多元的礼品，给阿君送去。阿君开始死活不要，张娟说：“你推让啥呢？是嫌东西不好吧？”阿君讪笑了一下，不好再推辞，说了几句客套话，就收下了。

很快，第二个月又领了工资，张娟又买了一包礼物送给了阿君，阿君还是推辞了一会儿，然后就收下了，并叮嘱她以后放心工作，他会多多关照她的，还要求她在工作中多学多问，学会更多更精练的技术，未来前景才美好。阿君还特意说：“老乡之间，以后别这样买礼物了，否则我没脸回老家见人了。”阿君说得很诚恳，也很有道理，张娟听了蛮高兴的，心想：到底是一个村里出来的。甜不甜，故乡水；亲不亲，家乡人嘛。

日子过得很快。转眼，第三个月发了工资，张娟想起阿君叮嘱过不让她再买礼物的话，心想：也罢，一个村子的人，老这样送东西，年底他阿君真没脸回去见家乡人呢！于是，就真的没给阿君买东西了。

话虽这样说，可立竿见影，阿君在实际的工作上，却变得不那么慷慨了。

过了半个月，张娟她们车间固定的锁边员老家有事，请假后走了。所以，每个车衣工都要轮流去做锁边的工序。这天，轮到张娟锁边时，恰好那七线锁边车偏偏要换线了。天啦！张娟从来没有接触过这么复杂的线路，七拐八弯的，还要穿十几个针孔。她心乱如麻，不知从何下手，为了节省时间，她就去请阿君帮她穿线。

阿君说：“一切从实际出发嘛，你去动手实习吧，不动手研究操作，永远都不会。”说完，坐着动也不动。张娟心想：还是老乡呢！你就站在旁边给我指点一下不行吗？你这样光卖嘴皮子讲大道理，不是故意难为我吗？但她还是耐心地说：“阿君，你没时间帮我穿线，就站在我身边，指点我先从哪里穿起好吗？”

阿君挥挥手，说：“你先去，我一会儿就来。”可过了十分钟，也不见阿君来。张娟明白了：阿君可能是不想把这种穿线的技术教给我吧。她自己研究了近十分钟，满头是汗，也穿不好。最后，张娟只好好说歹说请求一个路过的组长代她穿好了线。因为这次的小摩擦，张娟心里极不痛快，往后就对阿君没好脸色了。

过了几天，领工资时，张娟发现这个月做的几个货单，数量和以前基本一样，可她的工资却比以前少了一百多元。她一对自己记的私账，发现本月的流水单价，比前几月降低了，但是其他几个员工工资跟以前却一样。

这是什么道理？张娟不解地去找阿君理论。阿君一听她的来意，脸一黑，骂道："真不知好歹，钱再多也不够，还像讨饭的一样在这里瞎混呢。当初我不带你出来，你现在还在你家猪圈旁瞎转悠呢，哪能像如今这样干干净净，待在大城市拿工资哩。一个月一千多元嫌少，有本事，离开我这里，你到别处多赚几个钱，让我看看嘛。"

阿君的话，听得张娟目瞪口呆。"你……你……"好一会儿，她才结巴了两个字。看到阿君转身走开了，张娟手里捏着加班加点满满三十天赚来的千把块钱，泪眼模糊地跑到宿舍，傻坐半天。最后，她心一横，收拾了东西，工都没辞，当天离开了这个厂。

她暗想：难道大家常常开玩笑说的"老乡老乡，背后打枪"，这是真的！她发誓，再也不认阿君这个老乡了。

虽然张娟知道打工的路很迷茫，可现在骑在虎背上，就得挺胸面对往前冲。张娟鼓足勇气，把行李包提到附近一家小旅馆，安顿好后，开始独自在外面闯荡了。

终于在第三天下午，张娟找到一家招工的厂子，到门口一看，信誉时装厂！第一感觉就不错。向门卫打听，门卫告诉她厂里工资不错。她希望自己能在这个厂里做事。于是，她就进厂里去面试。接待她的主管叫周强，一看她的工作履历，觉得她是熟练工人，于是便录用了她。

上班后，张娟下定决心要在这里干下去，干出成绩，让阿君看看。张娟在这个厂里努力工作，待人和气，很快得到了车间主管的信任。她工作很开心。一晃眼到了发薪水的日子，她领到了头月的工资，“不错，一千八百五十元。”她暗想：阿君啊！离了你我也能行呀！

两个月后，同宿舍的一个女工辞工回家了。张娟进厂时，没有下铺位，三十多岁的人了，每天爬上爬下，多辛苦啊。宿舍管理员曾答应过她，有下铺就给她安排的。现在有下床位了，她赶紧跟宿管去说。可人家说不行，已有人来住了。她想：隔壁比我来得晚的工人都住了下床，这回也该轮到我了。

次日，见床位还空着，张娟就搬下来。下午宿管员来了，发现下床位被张娟占了，就来责备张娟：“我没同意你住，你咋能随便乱占呢？你以为这是摆地摊，胡抢位置呢！你还是搬上去吧。”

张娟说：“你说已有人来住，咋不见人啊？再说，都是厂里的员工，别人能住，我进来的比现在来的人早，为何不能住？”

宿管员头一扬，说：“在我这里，我让你住你就住，不让你住，你就住不成！你看着办，想做就做，不想做就算了。你要嫌上铺不好睡，那就别睡，工厂外面还有不少人等着睡上铺呢！”

哎呀！对方把话说到这份上，张娟一下怔住了。她知道宿管员是老板娘的亲戚，人家可是自家人啊！张娟思前想后，觉得无脸“赖”在这里了。

次日一上班，她就去车间辞职，厂长与主管很吃惊，说：“你才干了几天呀？进厂时间太短，不够辞职的要求。”厂长和主管他们死活不同意她辞职。箭在弦上，她没法收回了，心想：不同意也要走！当天下午，她就这样空手走人了，又丢了一个月工资。

张娟出了信誉时装厂，先租了房子住了下来。她发誓，不找到好一点的工厂决不轻易进厂。两次心灵的创伤，让她品味了生活的残酷和无情，她在打工生活中变得成熟和老练了。

两星期后的一天下午，张娟在街上走着，突然，身后一阵汽车喇叭响，她忙让到路的一边。可汽车喇叭照样在她身后响着，她又赶紧走到另一边，但是汽车响着喇叭对她穷追不舍。她暗想：这开车的人，咋这样无聊呢？专门跟我作对呢？什么意思嘛！她有些生气地转过身，正想斥责对方几句，可转过身一看，这辆小车喇叭不响了，而是靠近她停下了，车窗口里伸出个男人的头，笑眯眯地叫道："张娟，你好啊！"

"咦？这个有钱人是谁？他还认识我？"张娟好奇地仔细打量对方，终于认出他了，竟然是她在第一个厂里上班时开料部的那位邓杰师傅。

邓杰问她现在在哪里工作。张娟说："没有合适的工厂进，暂时闲玩着。"邓师傅笑着说："我知道你闲玩着。闲玩着，你还不来帮我做事，年纪轻轻的，白浪费时间，那可是犯罪呀！"

张娟闻言一怔，给他做事，做什么呢？

邓师傅见张娟发怔，笑着介绍说，自从他出了同辉厂后，就自己开了一个制衣厂，叫金鑫时装厂。经过半年打拼，目前已走上正轨，近日接了一个大货单，人少货多，一时之间赶不出来货，急得他整天在外面高价找零工赶货呢。他提议张娟先去他的厂里做事，说明天派车帮她来拉行李。张娟一口答应了。

就这样，张娟去了金鑫时装厂。邓老板对她说，等这批货赶完，如果你觉得我的厂还可以，愿意长期在这里干，我就把你在上一个厂里损失的一个月工资补发给你。张娟没有拒绝的理由。她决定在这个厂里长期干下去。

邓老板做的是内销单，做工不太严，产量很高，有时也做点外销单。这样一个月很快过去了，张娟在金鑫时装厂第一次领工资时，连同邓老板答应补贴她的工资，共计领到了四千八百元。张娟手捏着厚厚的一叠钱，数了一遍又一遍，激动得一夜没睡好觉。由于她工作认真、卖力，过了几天，她被破格提升为车间组长。

这天下班时，张娟刚走到车间门口，就听到有人叫她："张娟，现在感觉不错吧？"她转头一看，叫她的是同村的阿君，便没好气地说："哟，是主管大人呀！你不在同辉厂当威风的主管，跑到这里来干啥呀？"

阿君苦笑道："阿娟，你还在生我的气呢？"

"没有！"张娟把脸转到一边去。

阿君又尴尬地一笑，说："还想不开，要生气就继续生吧。不过，有时人被气一气，到底效果不一样哟。"

张娟一怔："你说什么？"

阿君说："没什么，我是说同辉服装厂倒闭了，没工作了，我来这里上班呀！"

"什么？同辉厂真的倒闭了？"张娟不相信地睁大眼睛，死盯着阿君。

阿君说："难道我说的是假的？这事，说来可话长啊……"

其实，在张娟进了同辉厂刚满三个月的时候，当主管的阿君就发现同辉厂有问题了。因为，厂里突然把出货时间由白天改为晚上，这说明厂里在搞走私，逃避关税。还有，他联想到厂里最近两三个月老是换财务人员，这显然不是好苗头，总有一天厂子肯定要出事。阿君发现这个疑点后，就想让张娟提前离开同辉厂，免得到时候连工资也拿不到，另外，也可促使她趁早寻个好厂上班。可他没有证据，只是推测，身为主管，又不能将坏苗头对张娟明说。明说了，一旦传扬出去，搞不好会惹出大祸的。可怎样让张娟离开呢？他想来想去，想出了一计，就硬起心肠，终于把张娟气得跳槽了。实际上，张娟离开同辉厂后，心里一直恨着阿君，可阿君却在暗中关注着她的动向。比如信誉厂的主管周强，是他以前的同事，跟阿君关系不错，阿君和他打过招呼，如果张娟前去应聘，让他多关照张娟。后来，张娟又出了信誉时装厂，阿君又给邓杰师傅介绍了张娟的情况，这才有了街头的巧遇。

现在，同辉厂真如阿君所料，狡猾的老板把空厂子转包给别人后，玩了一招空城计跑了。三天前厂子被查封了，阿君没领到最近两个月的工资，就来邓老板的工厂上班了。

张娟听了阿君的解释，回想着自己的经历，体会着阿君的用意，心里感慨万千，双眼渐渐湿润了。不是吗？经过那些磨炼，锻炼了自己的毅力，学到了更多技术和打工经验，还当了组长，现在自己上班一个月的工资，顶过去两个月多呢。她不由得一阵激动，一把拉住阿君的手，说："阿君，你让我跳进了一片更明亮的天地里！可我竟然错怪你了，我对不起你啊！今晚，我在工业区的吉祥餐馆，请你吃饭，以表心意，好吧？"

"别客气了。谁让我们同样都是外出打工的洋州人呢！再说了，当初出门时，你老公阿祥再三叮嘱我，一定要照顾好你。我说让他放心，保证让你打工两三年，回家把你们的旧瓦房换成两层楼房的。作为男子汉，我可不能食言啊。"阿君轻松地说。

## 消灭那只“吸血虫”

富友制衣厂，是位于市郊的一家外商投资的中等规模的企业，因货源充足、发薪准时，而方圆数里有名。

因而，许多打工者都削尖了脑袋往这家厂里钻。

一天，富友厂又钻进来了一个名叫胡凯的男青年，顶替了原针车十组组长的职位。

“这是缘分啊！”胡凯办理了入厂手续后，上班的头一天，对着大家点头哈腰，嘴里还不停地说着“缘分啊缘分”，套近乎。

往后每天，只见胡凯都是笑容可掬地给本机组的员工分货料、安排工作，真个像是前世修得大家同船共渡的惜缘惜情模样。也因此，本来长着瘦尖尖的一副脸颊，活像娄阿鼠转世模样的胡凯，在众员工眼里，也觉得有些顺眼好看了。

一天上午，胡凯趁工作之便，走到车衣工刘芹的身边，愁眉苦脸地说：“阿芹呀，拜托你一件事好吗？”阿芹说：“有什么事就说吧，别客气。”胡凯说：“哎呀，你真是个好人，能解救我一下吗？

让我走出困境。我先表示谢谢。”胡凯的过分渲染和戴高帽，让阿芹听得莫名其妙，便说：“我真有这么厉害吗？啥事快说吧。”

胡凯说：“我在电子厂上班的弟弟小均，在路上被摩托车撞伤，车主逃走了没有踪影，医药费全部得自己掏。我弟弟至今伤还没好，手里没一点钱了，你能借给我三百元钱救救急吗？等发了工资，我立马还你。”见是组长开口借钱，阿芹能不给面子吗？当时就点头答应了。下午上班后，阿芹就把三百元钱交给了胡凯。

很快到了月底，发薪这天下午，胡凯对阿芹说：“晚上发工资时，我把钱还给你。”阿芹客气地点点头：“好的。”

晚上七点开始发工资了。组长的工资发在前面，阿芹一边车衣服，一边等着胡凯还钱，可胡凯领到工资十分钟过去了，阿芹也不见他来还那三百元钱。二十分钟后，轮到阿芹去领工资了。当她拿着工资走出财务室的门时，胡凯从一边闪了出来，笑眯眯地说：“阿芹，这个月工资数目如何？你注意哟，我借你的那三百元钱，我已经给你加进工资里了。”

阿芹一怔：“嗯？”

胡凯笑眯眯地说：“本来你的工资是一千一百三十元，我上报产值时，把你做货的分工序的单价提高了一些，工资条上是一千四百三十元吧？”

“噢，我还没细看……”阿芹胡乱地应了一声，便进了车间。回到车位上，阿芹悄悄地用笔一算自己做过的货物，果然工资没有这么多！这时，阿芹发现同机组的两位女孩子神情不对，只见她俩正在一边叹息，一边悄悄地流泪，阿芹就明白了自己工资多了三百元的来源了。她顿时觉得心中有一种说不出的感受。

转眼又是一个月过去了。这天晚上，发工资时，阿芹领了工资刚刚走出财务室，胡凯又从一边冒出来了。他笑眯眯地说：“阿芹，这个月工资怎么样？又多了三百吧，你给我拿来一百五十元就行了。”阿芹又是一怔，抬头不由得望着胡凯，他正笑眯眯地看着她还伸出了一只手。阿芹略犹豫了一下，就拿出来一百五十元给了胡凯。胡凯接了钱后，就悄悄地闪身躲到一边去了。

很快到了下一次发工资的日子，胡凯以同样的手段从阿芹手里拿走了二百元。眨眼第四次发工资了，阿芹有了想法，她领了工资后胡凯又从一边冒了出来，阿芹把工资袋掂了掂，说：“我的工资是厂里发给我的劳动报酬，不是你给我发的，想多拿钱，找厂里去要吧！”她说完转身就走了。胡凯当时怔了一下，那挂在脸上很老练的笑容消失了。

次日，胡凯对大家仍旧笑眯眯的，对阿芹也跟往常一样。但是，阿芹觉得发下来的货物，一天比一天难做了，而且老是返工。

很快又到了发月薪的时候，阿芹的工资第一次拿到了八百九十元。阿芹想想平时累得腰酸背疼，忙碌一个月却只有这点儿工资！一气之下，阿芹就以肚子疼为理由要请假。胡凯却生气地说：“活儿紧，再坚持一小时就下班了。”可阿芹没再加班，转身就走了，她去找五金厂的男朋友了。男朋友听了这件事的来龙去脉，跺着脚说：“星期六晚上要修理胡凯。”阿芹咬牙切齿地说：“对，你给我好好出这口恶气，他胡凯爱要钱，就把他胳膊打坏，让他吃点苦头，把他几个月来从别人手里要去的钱花在医院。”两人随后商量好了周密的计划。

晚上回到宿舍时，阿芹把愤怒的心事和想法悄悄对好友李婷说了，李婷长叹了一声说：“我们是同病相怜。”原来，从上个月起，胡凯已经把捞外快的目标放在李婷的身上了。李婷也很气愤，也想找人收拾胡凯，可觉得用极端的措施，对大家都没好处，就暂且忍耐着，想找个智慧的对策。阿芹听李婷这样一说，也冷静下来了，马上打电话阻止了男友。

夜晚，阿芹和李婷想了许久，终于想到了一个合理的方案。最后，决定由阿芹去执行。

次日夜晚，加班结束，阿芹叫住胡凯说，“组长，我想通了，我同意胡组长前几个月的操作方案，想继续跟胡组长合作。”

胡凯一听，又笑容可掬地说：“对呀，我给你涨了工资，你给我抽取提成，这是两方面的好事嘛。干吗不乐意呢？放心，往后你只要顺着我，有你的好处的。”

阿芹嗯嗯地答应了几声，就说：“胡组长，要不这样吧，为了表明你的诚意，你就把前几个月收了钱我们已两清的事实，打个收条吧。不然下个月领工资时，你再说我还欠你的提成钱，你占优势我是弱势，我怎么说得清。毕竟我们也闹过一些不愉快呀！”

胡凯迟疑一下，说：“行！你若信不过我，我就写个收条吧。来日方长，希望以后咱们合作愉快。”

“好，来日方长。”阿芹拿着胡凯写的收条走了。

第三天，胡凯一上班，就被财务室叫去了。次日，胡凯就没来车间上班了，因为他被厂里开除了，而且被扣罚了五百元钱。开除理由是变相敲诈勒索，剥削员工劳动薪水。

可能走出厂门时胡凯还不明白他是怎么倒霉的，其实是阿芹告到厂部去的，李婷是证明人。因为在最近发工资的那天夜里，阿芹和胡凯的谈话，被在暗处的李婷用手机录了音，再加上胡凯写给阿芹的收条，铁证如山。

由此事阿芹感悟到，冷静成大事，急躁惹祸端！遇到麻烦，别急着动粗，多动脑子以智取胜，既可化解矛盾，又能安全地为自己讨回公道！

## 有个邪贼叫阿良

新年后，阿瑜进入福兴塑料厂上班，一晃，三个多月的日子就过去了。

一天清晨，他正睡得舒服着呢，旁边的小闹钟却欢快地叫了起来。阿瑜翻过身，睁开涩涩的眼皮一瞧，哟，又是七点半了，离上班还有二十五分钟，他赶紧起床穿衣服。

阿瑜趿着鞋，眯着眼睛走进卫生间去洗漱。办完“手续”后，他一只脚刚踏进宿舍门，就听到紧挨窗户的铺位上的阿良在大呼小叫：“天啦！这是哪个兄弟干的这种事？竟把目光盯在我的身上？老天爷，我可没得罪谁啊？”

“什么事？怎么啦？”阿瑜吃了一惊，几步赶到阿良的床铺前，瞌睡一下没影了。

“还能有什么好事呀？昨天下午刚发的工资，昨晚我连一瓶啤酒都没舍得喝。这下好啦，九百五十元一夜之间就全与我拜拜了。天啊！这个月可咋过啊……”阿良坐在床铺上，双手抱着头，一副被人掏了心脏的痛苦模样。

“这是谁做的手脚呢？咋干这种事？”阿瑜站在房子中间，望着其他六位同室的哥们，感慨道。

“谁知是哪个大侠干的？每天加班这么晚，大家上了床后，都睡得像死猪一般，只恨天亮得早了呢！”小王说。

“唉！我做梦都没梦到这种事，真是的，缺德啊缺德！”小李一边往衣服上搭毛巾，一边叹息说，“要我说呀，这钱谁要是拿去了，肯定是去买药吃。”

“不管买什么吃，准得噎死他！”……

大伙七嘴八舌一通感慨咒骂后，丢失的钱是没有影子了。时间又紧，又没证据，能有啥办法呢？随后，一个个都匆匆忙忙走出宿舍，吃早餐，上车间。阿瑜对阿良好一阵劝说，他才苦着脸走出了宿舍。阿瑜给了他五元钱，嘱咐他别只顾怄气，得先把早餐吃好，身体是革命本钱啊！

就为阿良这档子事，一上午，阿瑜坐在工作台前心里都没有静下来工作，他调动大脑所有细胞，一心寻思如何帮他度过这个月的良方妙法。

阿瑜想啊想啊，终于想到了一个好主意。他决定试试。

好不容易到了午餐时间。阿瑜随便打了一份饭，没顾上吃几口，就在同时可容纳二百多人用餐的大饭厅里，端着饭碗从第一排条形餐桌开始，用最真挚的微笑，望着用餐的员工们，对人家说着几句大同小异的“台词”：“姐姐，都是打工的人，献献爱心吧，这家伙也真是不幸，还没领到第二个月工资，就被人算计了，行行好让他度过这个月吧……”

“……大哥哥，我一看你的相貌，就知道您重义气、有爱心，少抽一包烟就能让他度过两三天。同是天涯打工人，他大难渡过永远不会忘您的恩情……”

终于，有五十多个员工从衣袋里面掏出了三元、五元或十元不等的钞票。半个多钟头过去了，阿瑜手捏募捐得来的五百六十元钱，长出一口气，然后匆匆地向宿舍走去，去安抚阿良这个“灾民”，为他解除心头的愁云。

夜晚十一点半，加班结束了。阿良来到阿瑜身边，一把拉住他的衣袖说：“阿瑜，你跟我来，我有几句秘密话要对你说。”阿瑜不知道阿良要对他说什么，见他向外面走，就跟在他的身后走出厂门。“说吧，有什么事，赶紧说完好回去休息呢。”

“往前走，到了前面我会告诉你的。你随我来。”说完他大步向前走去。阿瑜只得跟上走。很快，他们就到了距离厂门几百米远的怡兴大酒店门口，阿良却转过身来，猛拉了阿瑜一把，阿瑜被他拉进了酒店内。

“加班这么晚，不吃消夜行吗？咱坐下来喝他几杯。”阿良边说边把阿瑜按坐在一张饭桌的椅子上。接着他要了四个菜、两瓶啤酒。他说今日是他的生日。阿瑜才想起刚才他说的秘密什么的，原来是这个。阿瑜端起酒杯祝他生日快乐，阿良一脸灿烂的笑容，爽快地与阿瑜碰杯。

半小时后，他们两人就把酒和菜解决得差不多了。这时，阿良忽然移过椅子，附耳对阿瑜说：“阿瑜，还记得古人说过‘兵不厌诈’这句名言吗？我认为打工虽不是枪林弹雨，但和打仗也差不多，所以，我就使了个小诈。其实，我那九百五十元的工资，至今还在我贴身的防盗裤头里藏着呢。不用这一虚假招数，我咋会多出来五百多元钱呢。嘿嘿……实际上，我的生日，早就过了。这个……这个月加班多，你就跟随我出来多补补身子吧。”

“啊？原来如此！”阿瑜闻言一怔，心里像吞了一只绿头苍蝇，手中的半杯啤酒，不由得一晃，连杯子掉在地上打碎了。顿时，他脑海里又浮现出午餐时在餐厅里不停地唠叨、向人讨好的那一幕。

阿瑜觉得自己受了莫大的戏弄。他愣愣地盯着阿良，一字一句地对他说：“阿良，你这个邪贼，我会一辈子记住你。往后，你别再把我当哥们了！”说完，阿瑜就从衣袋里掏出一百元扔在阿良面前的桌子上：“这是今晚的酒钱，你好自为之吧。”说完他扭身向酒店门外走去。

“阿瑜，你别走哇，你听我说嘛——”阿良边喊边跑出饭店，一路追来。阿瑜头也不回，加快步子向前奔去。

“阿瑜，你别跑啊！你听我说——”阿良继续小跑着追上来。

就在这时，只听见一声呵斥：“你这不长心肝的东西，这回又让老娘逮上了！你真不给人争气啊！”话音未落，一个披头散发的老大娘，从黑暗中一下冲出来，举起手中锄头把粗细的木棍，一下打在了正边跑边叫嚷的阿良后脑勺上。阿良“哎呀”一声叫，就像一团面，一下跌倒在地。

阿瑜听到身后不寻常的响声，停住脚回头望去，只见持木棍的大娘站在倒地的阿良身边，气急败坏地指着地上的阿良骂道：“混账东西！啊呀，呸！你……你成天不务正业，不是进赌场，就是钻酒店，吃饱了就跟人打架，你要把老娘活活气死才好吗？”说着，又举起木棍向地上的阿良打去，幸亏被闻声围上来的几个中年男子拉住了。

阿瑜被这一幕弄得莫名其妙，忙上前询问，两个当地人一番解说，他才知道是咋回事。

原来，这老大娘有个独生子叫王阿兴，因生性懒惰，经常与一伙小青年赌博，赌完了就到酒店里大吃大喝。半年前的一天夜晚，王阿兴与两个同伴在酒店里喝醉了酒，与邻座客人因一点小事发生了争执，最后双方动手打起来。阿兴一时性起，跑进厨房里抢出一把菜刀，竟然失去人性地将对方一人当场砍死了。随后，王阿兴因故意杀人罪被枪毙了。本来，王阿兴他爹就死得早，这回他一死，他的孤身母亲就更挺不住了，随后也就气疯了，整天嘴里唠叨着一句话：“养子不教，祸害全家，家破人亡。”她整天四处游走，嚷着要寻找她那又赌又喝的醉猫儿子，管教他走上正道呢。

今夜疯大娘从怡兴酒店门前经过，正好看见边追边嚷的阿良从酒店里奔出来。在疯大娘那半疯半癫的潜意识里，阿良成了她那不争气的“儿子”，看他跑着追着，又从酒店里出来，看来是吃饱喝足了，又要与人打架，于是就冲上来“教育”……

阿瑜见是这么一回事，又惊又诧异，一肚子气也一下消了一半，忙转过身去看着倒在地上的阿良。只见他躺在地上，低声地呻吟着，后脑上血流了一大片。

“快走，我扶你上医院！”阿瑜边弯腰扶他，边暗想：唉！这真是天意呀！真是啥心就有啥报！你这小子，这次不在医院住上一两个月能康复才怪！看来，这回真的要大家为你小子捐款了……

嗨！这人啊！该咋样就咋样，不是你的，你多吃了一升，就得给人家吐出来一斗。

# 好人走路天地宽

王刚在一家规模较大的连锁超市工作。他本来是安全巡视员，负责超市内选购区的安全保卫工作，兼管购物小推车的归位事宜。半年前，经理看他工作认真，让他兼任资产保护部执行队长的工作，岗位流动，工作较轻松，工资每月增加了二百元，令好多男员工眼红。

这天上班时，王刚忽然听到收银台那儿吵架。他过去一看，只见一个中年男客人黑着脸把三颗水果糖丢在收银员胡英的收银台上，嚷道："我不要这玩意儿，找钱，搞什么投机搭配销售吗？我最讨厌强制消费的做法，如果卖不掉，你们就别进这种东西嘛！"

"对不起，零钱少，找不开才给你糖果的。其实这奶糖个儿大，用秤称的话，三颗糖值五角钱呢，现在只抵三角钱，你还占便宜哩。"收银员胡英解释道。

男顾客闻言，高声说："我不想占这便宜，找钱，该找几毛找几毛。这么大个商场，拿来五十元钱买东西还找不着零头，真让人失望。"胡英天天面对顾客，听多了挑剔的话，难免心烦，就说：

“你们这些顾客，每天排着长龙似的队伍来超市买东西，拿来的都是一百元或五十元的大票，都只不过买一二十元钱的货物，我们见人就找零钱，就是附带开了银行，零钱也不这么顺手啊……”

王刚害怕商场成了战场，就劝阻胡英说：“你就少说一两句吧，困难肯定有，解决了才是高手。尽量给找零钱吧。”胡英说：“我有零钱找，能不找吗？你不是收银员，不知道我们的难处。”说完，又捏了两颗糖对男客说，“再多给你两颗糖吧，这下你绝对不吃亏的。”

谁知，中年男顾客看都不看胡英，把装好的东西往柜台上一倒：“算了，我不买了。告诉你，我可不是来占便宜的。你把五十元钞票还给我。”

这一下，连王刚都为难了，顾客选好未付钱的东西可以不要，但是，刚才中年男人的东西都扫描价格后结算过打出小票了，输入电脑的账目，可不能销掉啊。王刚赶紧向中年顾客赔着笑脸说：“先生，您别生气，怪我们服务不周到，该找的零钱，我们想办法给您找，不拿小东西给您抵差额了。您看，后面排队等着付款的顾客不少，我们每天接待几千名顾客，再多的零钱也的确不够用。您体谅一下我们的难处吧。这事是我们有错，就当帮我一个忙吧。”王刚说着，把东西又给男顾客装好，打开自己的钱包，找出一把小票，让胡英给找零钱。

中年顾客被王刚的好态度和耐心感化了，没再说什么，接了零钱提上物品走了。

王刚刚刚松了一口气，忽然看见一名年轻女子提着一包物品奔了进来，直接冲向三号收银通道的刘婷跟前，说：“小姐，两小时前我买了一些商品，其中有四小盘非洲鱼。最大的一条是十八元八角，你没有给我装进来。”说着，她把塑料袋张开给刘婷看，又故意翻了一下里面的东西，果然只有三盘鱼。

刘婷说：“噢，这可能是早上顾客高峰期时，王刚帮忙打包时没有给装进去吧。”

王刚听到说是他的责任，那一阵太忙，他也记不清是不是给人家装漏了。他想起刚才那位男顾客差点跟胡英扯皮退货的事，如果这个女的抓住这事，一口咬定商场故意欺骗顾客，大闹起来，那就会影响商场的声誉和营业额。王刚就走上去，不假思索地掏出钱包，抽出二十元钞票，给了这女的。那女的接过钱，挺满意地说：“好了，我再进去买条鱼。”说完，就走进商场里面去了。

王刚正想转身走开，忽然资产保护员赵小明走过来，拍了一下王刚的肩膀说：“哟，原来你也会出错啊？看来‘金无足赤，人无完人’这话不假呀！虽然那女的好说话，可是，你看这么多的顾客眼睁睁地看着这一幕，人家心里会咋想，这样有损我们超市的形象哇。”

王刚听了赵小明的话，见他酸溜溜的有点幸灾乐祸的神态，他嘴张了张，可是最终也没说什么，只看了赵小明一眼，转身便走开了。

王刚在商场巡视了一会儿，又帮理货员上了几箱货物，该他下班了，他向超市后面的更衣室走去。忽然，他扭头看见墙上的公告栏好像贴了一张纸，仔细一看，是刚贴出来的一份通知。

王刚站住看了一遍，不由得睁大了眼睛。原来，通知正是针对他的。通知上写着，鉴于王刚今天在收银台给顾客漏装物品，被顾客找来要求补偿一事，有损超市形象，经理室特意做出对王刚罚款二百元，并免去资产保护部执行队长一职的决定。王刚一想，脑海里马上浮现出了赵小明半小时前幸灾乐祸的那副表情。他明白是赵小明告的状。不过，王刚转而一想：不就是当个小队长嘛，每月多二百元钱而已，不当就不当呗。往后，只要干好自己的工作，顾客满意，每天无愧于心，开心地过好每一天就行了。

王刚刚刚回到宿舍，手机响了。他一接，是表弟吴越从老家打来的。表弟焦急地说："表哥，求你帮我办点急事。"王刚说："啥急事儿？"表弟说："我请假回来办事还没办完，可明天就满假了，我得续请一星期假，你帮我写张请假条去我们公司找张经理批一下，然后把假条交给人事部经理。我们外资公司管理很严格的，有事必须书面请假，见不到请假条，人事部考勤要按旷工罚款的，一天罚一百五十元。早上没打通你的电话，现在你就去吧。实话说吧，我爸进山收购山货时，跌到山沟里，跌伤了腿，我现在就要到山里去了，山里没信号，没法再联系你了。拜托了，一定帮我办好！"

王刚一听是这事，忙说："那你赶紧去吧，人要紧。不就是请个假嘛，我尽力帮你办好。"挂了电话，王刚马上写好请假条，去了诺来曼公司帮表弟请假。他先让部门主任签了字，接着去找业务张经理。但是，张经理出差了。一个热心的员工给他出主意说，张经理不在，现在有个办法可以试试，只要让人事部周经理签字后，把假条交给她，也一样起作用的。

王刚只好去找人事部周经理。可是，人事部一位女文员说，周经理这两天换休，不上班。王刚一听急得快跳起来。如果公司张经理在，签了字，他可以放在人事部文员那儿让她转交人事经理。可是两个经理都不在，这事不黄了吗？人事部经理如果不来上班，表弟吴越旷工不是旷定了？应人事小，误人事大。咋办呢？

人事部文员见王刚面现难色，就说："如果实在急的话，你可以去人事部周经理家里找她签字。她家不远，住在天宝小区。不过，就看她是否给你面子，因为你不是我们单位的人，她见不见你，就看运气了。"王刚说："我试一下。再难也得找找她。"

人事部文员给王刚写了一张详细地址。王刚拿着纸条千恩万谢地告辞出来，立马就去找周经理。

可是，王刚找到天宝小区B楼201室，按了半天门铃，室内没反应。他担心门铃坏了，房内的人听不到，就敲了几下门，室内还是没反应，这说明人不在家。

王刚回到宿舍吃了晚饭，心想：周经理该回家了吧，又去了那个小区。但他赶到周经理家门口，敲了敲门，还是没反应。可能压根儿人就不在家，他只好离开。

次日早上，王刚到了商场，想跟别人换个班，腾出时间给表弟请假。王刚一进超市，就看见了赵小明。可赵小明看了王刚一眼，嘴角露出一丝轻蔑的笑意，就转到一边去了。

这时，三号通道收银员刘婷喊王刚过去。刘婷说："王刚，不好意思，昨天让你出冤枉钱了，还让你免了职，你千万别想不开。"王刚说："没关系，我不在乎这个。"

刘婷听王刚这样说，叹了口气，然后告诉王刚，上午一上班，她看到公告栏已贴出新公告，由赵小明当资产保护部的队长了。她说："其实，赵小明是新来的吴经理的表弟，早就想当队长，所以他哪能放过昨天那个大好的机会呀。"王刚明白了赵小明刚才那个神态，分明是得意嘛。但他还是说："没关系的。"话虽这样说，可起初帮忙这事还不是为了超市好，可落了个这样的结果，还被罚款二百元！免职就免了，还要罚啥款呢！这事无论搁谁身上谁都会觉得窝心的。想到这里，王刚转身就去找吴经理理论不该罚款的事。吴经理知道王刚的来意后，不耐烦地说："这事明明是你的错，已经做完处罚决定了，公告都出了，而且你确实造成了恶劣的影响，就不要再来纠缠了。好了，引以为戒，到此为止吧。我正忙着呢，你也忙你的去吧。"

听了吴经理蛮横的答复，说实话，王刚都有点不想再在这里干了，可是，不干又去哪儿呢？他心中没数。

王刚从经理室出来，刘婷又在喊他，他二话没说就过去了。刘婷说："刚才我话还没说完呢，你就走了。其实，昨天那事，不是你的错，人家要给你还钱呢。昨天那个女顾客来商场道歉了，她说是她错了，她那盘鱼，其实是让邻居的猫钻进来拖到阳台上了，她后来去阳台浇花时才发现的。她几次来到商场找你要还你钱，但是都没见到你。她还给了我一个她的电话号码呢。"

王刚听到那女的来道歉，心里也舒服了一些。

刘婷说完，打了个电话。一会儿，那女顾客到了商场，看到王刚就说："小弟，我给你还钱来了。"她赶紧摸出一张二十元钞票递给王刚，笑着说："我昨天来过三次，都没见到你，你很忙啊？"

王刚想到给表弟帮忙请假的事，就说："我去了诺来曼公司，帮表弟请假，害你跑了好几趟，真不好意思。"

女顾客说："原来你去了诺来曼公司，你表弟是谁呀？"王刚心想：这顾客好奇心真强，还关心我表弟的姓名，与你有关吗？不过说说也无妨，就说："我表弟叫吴越。他请假回家后，明天就满假了，但因为家里有事赶不过来，让我帮他续请一周假。"

女顾客不说话了，只是一直笑，笑得王刚莫名其妙。难道这个名字不好听？王刚刚想问她笑什么，女顾客却说："你办好请假的事了吗？"王刚失望地说："没有，张经理出差了，那个人事部女经理也没上班，我去她家找了好几趟，人都没见到。"

"这不是来了吗？而且来过几次了呢。"女顾客说。

王刚一怔："啊？弄了半天，原来你就是周经理？难怪我找不到你，你来找我了。"

"对呀，因为你是个好人，我错收了你的钱，好人有事上门办。"周经理手一伸，"把请假条交给我就行了。本来这种代人请假的事不好办，不过，既然是你帮你表弟办，我会替你办好的。"周经理说到这里，笑了一下，又说："你真是个牛人！因为你是我们公司开办以来，第一个由经理上门帮你办事的人。王刚，我们公司仓储部要招一个人，工资几乎是你在这儿上班的两倍，月薪四千八百元以上，你愿意去吗？"

"真的吗？"这下轮到王刚傻傻地笑了。

周经理说："当然是真的了。因为我们公司的仓储部原本是两个人，有个员工辞职要走了，而你表弟暂时又赶不回来上班，所以，我们得再赶快招一个人。我听那个收银员小刘说了，你在这干得不开心，不如就到我们公司干吧。其实，好人在哪儿都受大家欢迎的。只要做事问心无愧，你永远是大赢家！我觉得你是仓储部最合适的人选。"

"好，我当然愿意去啊！这样我跟表弟就能在一起上班了。"王刚说完，他一转身，突然看到赵小明从他身后急急地走开了。原来，赵小明一直在后面偷听王刚他们说话呢。

尽管赵小明躲得很快，但是王刚知道他心里服输了。因为，赵小明做梦也没想到，本来想整垮王刚的，没想到越整人家日子越发达了。其实，人做事时，天在看着，好人走路天地宽啊！

## 聪明反被聪明误

在广东的三益时装厂当车缝组组长满一年时，周胜突然有了野心。

三益时装厂，是日本商人投资建立的外资企业，效益一直不错。当时，组长每月工资两千五百元左右。按说，以当时的物价，比同类企业要高一些，可是，与车间主管每月四千元的薪水比起来，就相形见绌了。所以，周胜经常在梦中梦到自己当上了主管。

周胜知道，这样的机会不是轻易就能得到的，总得付出点什么。于是，他把目光盯在了现任主管杨明昆的身上。

不久，周胜得知杨主管的生日是五月三日。这天傍晚，加班结束，他等在车间外面。一会儿，杨主管出来了，周胜拉住杨主管说："主管，我今天过生日，也没老乡什么的，想请你陪我去喝几杯，行吗？"杨主管一听，稍稍一怔，便笑容可掬地说："你过生日，好事啊！走吧，走吧。"

周胜把他带到一家酒店，要了一桌四百多元的酒菜，他俩吃喝了个肚儿圆。回去的路上，周胜才说出自己的用意：“我不是自己过生日，而是谢谢您一直以来对我的照顾。”杨主管又怔了一下，随即就明白了。他拍了拍周胜的肩膀，笑笑说：“你很聪明能干，放心，今后会照顾你的。”

果然，从第二天开始，他们机组分来的货单老是大单子，工人做货时，换款式不换线，不耽搁时间，周胜也不用劳神费心再打纸样，既省事，每天产量也高。有时做冬装，他们组分的都是裤子。做服装的都喜欢做裤子，简单好做呗。

三个月后的一天，杨主管把周胜叫去说：“阿胜，现在有件好事，我想让你跟我一起去做。”

周胜一听，惊喜地问：“有什么好事啊？”杨主管说：“老板已经把楼下的宝信服装厂收购了，决定派我去当分厂的生产厂长，这几个月我已帮你在老板面前美言了几句，所以我想带你去当主管，你看怎么样？”

周胜一听，喜气洋洋道：“好！好！杨主管，噢，不，杨厂长，今后，你让我干啥我就干啥。一切听从你的指挥！”

就这样，周胜跟着杨厂长去宝信厂做了主管。

嘿，当了主管，到底感觉不一样！每天只在车间巡视几遍，给各机组分派一下做货的单，然后就可以躲到一边悠闲着，工作轻松，工资又高，又有身份。不过，有时周胜看见做厂长的杨明昆那种更悠然自得的样子，他不免又想到：要是自己能干上厂长，那才好嘞！

周胜做了车间的主管后，为了提高生产效率，他每日给各机组规定了生产任务，哪个组不完成任务，就别想早下班。这一招果真管用。车间的产量在不断提高，总经理很满意。

一天，上班半天了都不见杨厂长。直到下午，周胜去洗手间时，行政部一个文员说：“杨厂长出事了。”周胜当时惊得差点跳起来。

正当他们分厂的工作有点成绩的时候，杨厂长却出事了。怎么会这样呢？原来，杨厂长昨晚因与朋友在厂外玩耍时，喝醉了酒，朋友借酒劲侮辱了一个女孩子，人家报了警，厂里见惊动了公安机关，惹出了是非丢了厂家的脸，老总一怒之下就把他解雇了。

这样一来，虽然没了厂长，可周胜把工作抓得更紧，丝毫没影响生产。总经理心机一动，就宣布由周胜代理厂长职务。周胜很快成了身兼两职的实权派人物。

周胜的职位升级了，可怎样才能巩固地位呢？他知道，外资企业在中国设厂，是看中了廉价劳动力这一点，还有就是能多节省成本，那就更好不过了。于是，周胜心中一亮。次日周胜就去见总经理，提建议说："现在产量很高了，厂里应该把每件成衣的加工价，下调五角钱才划算。"总经理听了，一阵大笑后说："行！行！周胜啊！宝信分厂的服装加工费的单价，就由你来决定。"

周胜十分高兴，说："我一定会妥善处理好这件事的。"于是他就加班加点，很快把每个货单的加工费下调了六角钱。周胜暗想：这样一来，一个月就为厂里节约一笔数目不小的成本，老总会更加器重我的。我当厂长没问题的。

一个月过去了，又到了二十九号，是厂里发工资的时间。由于厂里赶货时间紧，晚上十点半加班快结束时，才发放工资。

次日早晨上班后，周胜走进大车间，空荡荡的。周胜在车间里转了几圈子，奇怪，八点二十分了，还没有十个员工来上班。"工人干啥去了？"

周胜急忙问一个姓张的组长，张组长面显难色，直摇头。周胜又追问了几个组长，这才得知，员工们说每月做的货越来越多了，工资却比以前低了二百元，全体罢工了！

周胜大惊，急忙让组长们去叫自己的组员，可等他们回来后，都说根本叫不动人。

周胜急了，跑到宿舍区，在走廊大声叫喊："上班了，都去上班，谁不去罚款。"可是，员工们在里面打牌，没人理他。

此后，那些员工也真厉害，不管谁去叫，一连两天，硬是没到车间上班。

不用说，那批货是不能按时交了。这事因周胜而起，总经理把周胜叫去，拍了一通桌子，吼道："周胜，你，扰乱工厂生产秩序，给公司造成重大损失，立马走人，还要罚款三千元。"

唉！周胜一夜之间，从天上掉到了地上。

这段失败的经历，既让他刻骨铭心，也让他积累了经验：无论是在生活中，还是在工作中，都要诚实做人，踏实做事，这才是正道！不要一心往上爬而不顾及身边人的利益，否则爬得越高，摔得会越重。水能载舟也能覆舟。有时，你歪点子越多，自己倒霉得越快，聪明反被聪明误。

# 第二辑　快乐节拍

## 过年图个好心情

街上行人密集，空气中似乎飘荡着来自春节的喜气和故乡的呼唤。

眼看就要过年了，在外打工两年的李杨，仍然没买到回家的车票，打算安心在外再过一个年。

腊月三十日这天，李杨去市场买菜，一个人从后面撞了他一下，他差点摔倒。李杨站好正想发火，转头一看，撞了他的人竟是同一个公司另一个部门的工友周明。因为周明平时爱给厂报写通讯报道，李杨才认识他的。李杨一问，周明说他也没买到回家的火车票，虽然有长途汽车可坐，可那票价已涨到火车的两倍半，坐不起啊。

李杨说："也好！咱俩就来个携手相伴过新年，不回老家过年，还能把咱俩隔在年这边不成？我那儿有灶具，咱们自己做饭，保证这个年过得满意而舒服！"

于是，李杨买了一只现宰的公鸡、一条鱼和一些海鲜，周明买了几斤牛肉、几块猪心和鸡腿，还有一箱古秦洋酒。

回到宿舍，洗好了菜，李杨架起煤气灶亲手操作起来。可周明坐在一边老是愣神，李杨问他："怎么了？"周明叹了口气说："唉！想家呗！不知道我老家的娘是否已收到了我寄的钱，并且去买了鱼和肉，她这个年过得开心吗？往年，我都是陪着老人一起过年的啊！"

李杨一听，知道他这会儿身在曹营心在汉，这样过年，肯定会瘦几斤肉的。李杨这样想着，突然心里一亮，笑呵呵地说："周明，别担心了，也不要想得太多了。今年咱俩在这里过年，说不定，明年啊，你会开上小轿车回家过年，或者会老早把你娘接到这里来团聚过年哩。你知道我为何没回家过年吗？"

周明一愣，摇摇头。李杨说："我表面说是没车票，其实是在这里养精神哩。回家过年时间短，舟车劳顿又拥挤，要瘦几斤肉呢，因为我明年春天就要干大事了。我有个堂外公早年去了台湾，后来在那边发展得不错，办了几家大企业。可是，二十年前不幸出了车祸，成了植物人。好在他的儿子对他倾力救治，想不到半年前竟苏醒了。他醒过来后，思乡心切，就让儿子与大陆联系寻根问祖。可是，堂外公在大陆已没有直系亲人了，只有我妈妈这个侄女了。我堂外公很高兴，说过两三个月后身子能动了就回来，还跟我通过电话，说准备在特区投资办个企业。另外，给我四百万元，让我自己创业呢。所以，我想这段时间把心态调整好，养足精神到时候好干大事。我刚才还在想，我打算创业时，请你做我的得力助手，相当于副总吧。到时候待遇能差吗？"

"你说的是真的？"周明听李杨这样一说，眼睛瞪得大大的。

李杨又呵呵一笑："骗你又没奖金发。我是这么想的，你想不想帮我呀？"

"当然想呀！"周明像个孩子似的，一下跳了起来。

李杨拍拍周明的肩膀，说："别激动，咱们一样一样地进行。现在先做饭，填饱肚子再说以后的事。"

于是他俩七手八脚地做好了饭，周明还去楼下的小卖店买了一卷炮，点燃后，他俩开了秦洋酒，欢欢喜喜地在炮声中过起了除夕。他俩边吃边谈，两杯酒下肚后，李杨的话就多起来了："周明啊，我打算，接到外公的资助金后，先买十辆中巴车，开个营运公司，五辆车专跑广州至中山的客运，五辆专跑'孙中山故居''虎门炮台'等市内各处的景点，涉足旅游业。你看怎么样？"

周明跟李杨碰了一下杯，说："这个设想不错。旅游业，现在可是热门行业，保证赚钱。"

李杨点点头继续说："我第二步的设想是，把公司发展到拥有三十辆客运车、资产五百万的公司。接着把目光投向省外，新购六辆大巴车，每星期向江西、湖南等省打工人多的地级市城市发车。凡到本公司乘车的客人，尽可能绕道送至家门附近，肯定客源如流。"

周明一拍巴掌，高兴地说："保证每次满座。乘这样的长途汽车比坐火车方便，谁不愿坐？"

这样说着喝着，他俩竟唱起祝酒歌来。李杨举起酒杯："再喝一杯。我的第三步是，一年后，我们公司已有了十二辆大东风货车，涉足货运，资产已达一千万元，你已当总经理了，我当了董事长。"

周明兴奋地又一拍巴掌，说："先谢谢董事长，我保证尽全力做好这个职位的工作。"

"好！为我们的美好前景，干杯。"这一夜，他们俩都愉快无比。

次日早晨，李杨十点才醒来，周明已经起床做好了早餐。吃饭时，周明又放了一挂鞭炮。饭后，他俩出门快活地玩了一天。

直到初五，周明都是乐滋滋的，精神焕发，满面春风。李杨仔细一看，周明这几天明显胖了许多。李杨偷偷地笑了，他要的就是这个效果！

初五晚上，李杨因为玩累了早早睡觉了，可周明还坐在一边写着什么。李杨暗想：管他写啥，只要周明高兴就行。

其实，李杨根本就没有台商外公，他是为了让周明高兴，胡诌的。不过，他已打算过几个月，再攒点钱，他真想弄个三轮摩托车队，把车装扮成古色古香的“秦始皇东游车”的样子。如今的人，爱赶时髦，肯定有不少客人想体验那种感觉。保不准他会发财赚足第一桶金，做成大企业当大老板呢！到那时，能少了周明的好处？现在嘛，趁过年就先演习一下吧。

正月二十日这天傍晚，周明喜滋滋地来找李杨，说要请他喝“谢村黄酒”。李杨问他为什么请客，周明说他刚得了六千元奖金。李杨细问缘由，原来周明过年那几天心情好，就参加了省广播电台举办的以“过新年，话理想”为主题的征文，写了一篇散文大胆寄去。因为他是有感而发，文章写得情真意切，又创意独特，竟被评为二等奖。今天下午，他去领的奖，这会儿刚回来。

这一下，又轮到李杨惊喜万分了。难怪初五那天晚上，周明在房子里忙了好久，原来是乘兴而起搞创作呢。

## 换一种活法就是爽

这是一个天气晴朗、四周暖洋洋的星期天。

罗小刚经过半天的思想斗争和两小时的准备，下午一点整，他终于提着礼品，站在泰丰花园 B 幢 16 楼 06 号房门外了。“没错，这是刘副总经理的家，我记得清清楚楚的，上次他让我有空来玩，然后告诉了我他家的地址。”可刘副总经理在家吗？管他呢，为了能彻底改变自己的命运，在这个大都市里永远待下去，不再回到那穷山沟里，就尽最后一次努力吧！罗小刚暗暗给自己打着气鼓着劲儿。

他是地地道道的中国西部小山村农民的儿子。好几年前，当同村的青年们结伙搭伴地背上行囊，兴冲冲地往特区沿海进军的时候，他也随波逐流来到了南方。进入这家合资电子企业后，他时刻铭记父母的谆谆教诲和亲朋好友们的期望，在工作岗位上，不论分配什么任务，他都勤勤恳恳地圆满完成。这样，在不知不觉中，他已成了一个老员工。可由于他比较内向的性格和老实持重的秉性，错过了被委派去高校上学深造的机会。然而，当他看到那些与他一同入厂的同事，大都已纷纷青云直上，被提拔为班长或主管，而且把家都安在这里时，他猛然间恍然大悟，不能再这么老实了。好在前不久，他结识了集团总公司的这位刘副总经理。

那是半个月前的一天中午，罗小刚轮休，便坐公交车去一个老乡那儿玩。刚下公共汽车，他猛然看见一个小伙子，疯子一般从一位站在小轿车门前打电话的五十余岁男子手中抢过手机，又把这男人推倒后转身就跑。

罗小刚心里咯噔一跳：可恶！光天化日，竟敢街头抢劫！不容多想，罗小刚撒开两腿就追了上去。尽管那个劫贼跑得跟兔子一样快，可罗小刚从小生长在农村，上山爬坡，下地干活，练就了一双比兔子更快的腿。追了一百多米，罗小刚就将那劫贼的衣领揪住了。那家伙看跑不动了，就冷不丁地掏出一个刀片一样的东西，往罗小刚的胳膊上划了一下，顿时血流了出来。可罗小刚还是紧紧抓住劫贼的衣服不放手，那家伙没办法，就转身把手机往罗小刚怀里一塞，拼命地一阵挣扎，逃脱跑了。

罗小刚赶回来扶起中年人，把追回的手机还给了他。他十分感激，这时，中年人看见罗小刚的手臂在流血，赶紧把他带到医院包扎了伤口，并给了罗小刚一张名片。罗小刚得知此人原来是自己打工的单位总公司的刘毅副总经理。后来，罗小刚想想自己的处境，突然心中一亮，于是，他也机灵起来……

笃笃！罗小刚举起了略显有些笨拙的手，小心翼翼地敲了两下06号房子的门。正待他再敲第三下的时候，门被人拉开了。

“哟！是小罗呀！快进来吧！”谢天谢地，刘副总经理一手拿报纸一手开了门，他正在家呢。进门后，听了刘副总介绍，刘副总全家都很热情。刘副总还亲自为他沏茶。罗小刚先是有点受宠若惊，继而手脚显得慌乱失措起来。他勉强饮过半杯茶，吃了一颗橘子便进入正题了。刘副总面带微笑，听完罗小刚的来意，翻了翻罗小刚发表在一些报刊上的豆腐块文章的复印件，又详细看了他的个人简历，说："说实话吧，现在调个工人进机关，不容易，不过，据你表现出的写作才能，我们总公司机关的宣传处，需要你这样的人才。我想想办法，内部调整一下，把你调来。"

一听此言，罗小刚激动无比。他心里已经明白了，已到撒鹰的时候，便转身从提兜里把礼物拿了出来。

刘副总见状，收敛了笑容，说："我是单位的副总经理，又是党组书记，如果在这方面把握不住自己，以后怎么去要求别人？你是第一次到我家，这礼我收下。如果下次再这样，别怪我不客气了。"说着顺手打开酒柜，取出两瓶孔府宴酒，硬往罗小刚的提兜里放进去。

"刘总经理，这怎么行啊……"罗小刚急得满脸通红，心想：求人家给自己办事，怎么还能要人家的东西呢？

"现在你得听我的。你的礼品我已收下，你怎么能拒绝我的东西！"刘副总用责备的目光看着罗小刚说。两人推让了好半天，刘副总还是把酒塞进了他的兜里。

回去的路上，罗小刚既对自己收下人家的回礼而懊悔，又对刘副总的回赠举动疑惑万分。难道这位领导真是不沾腥的猫？难道他真的清洁得犹如出水之莲花？特别是在如今这个金钱为上的市场经济时代，他这样做，谜底是什么呢？

此夜，罗小刚辗转反侧总是睡不着觉。次日傍晚，罗小刚实在憋不住了，将送礼一事讲给两位关系十分密切的工友，想讨点儿主意。

"嗨！你真傻呀！你以为他真的如此正派？现在是啥时代？当

官的有几个正派的？其实那意思不是明摆着，调个工人不容易，不破费点怎么成。他一看你那礼品，马上送你两瓶那么贵的酒，意思不更明白：我回赠的都如此档次！暗示你，下次来，要带点拿得起放得下的。有道是，送是敬，回是礼……”小王说。“对呀！谁肯替你枉费劲儿，白磨嘴皮儿！”小吴接腔道。

“看来，二位仁兄在这方面很有经验和切身体会，见解挺有道理。既然已经下水了，何不干脆下去再努力一把！”罗小刚打定了主意。

时隔几天，又到了发工资的日子，筹划齐备，罗小刚信心十足地带上一瓶五粮液、两条红塔山、四盒燕窝，又来到刘副总家里。

“你提的什么？”刘副总看着他手里提的东西，问道。“一点儿小意思！”罗小刚微笑着说。

“咱们是有言在先。上次我送你礼物，是为了谢你那次街头帮了我，因为你表现得很勇敢，算是对你的奖励。可这次你又是这样，那就别怪我不客气了！”刘副总板着瘦瘦的面孔，说着，就把罗小刚推出门外，砰地关死了门。再敲，无一点反应。

“完了！彻底完了！事情弄巧成拙了，提拔上调的事，往后再不要妄想，刘副总家再也不能去了！”在回去的路上，罗小刚提着没有送出去的礼品，蔫头耷脑地自责着，真恨不得把手里的东西全扔到路边水沟里。黄昏时，罗小刚只好把这些没出手的东西悄悄拿去转让掉，连晚饭都没吃，躺在床上又是一夜没睡着觉。

唉！往后就认命吧，上班就好好干活吧。过后一连好几天，他才从失落中走出来。

半个月后的一个星期天，罗小刚正在厂里的集体宿舍看书，旁边四五个工友围成一圈正在下棋。突然，宿舍管理员“大喇叭”小赵来到下棋的员工旁边，高声道：“季祥，这是总公司给你寄来的信。”季祥很迷惑地接过信，拆开一看，禁不住惊呼一声：“天啊，竟然是我的调动通知！上面要调我去总公司机关文宣处工作了，天啊！天上掉馅饼了！”

季祥这么一叫喊，工友们的眼睛都睁大了。罗小刚的耳朵也立马竖直了。一位棋友一把夺过调令通知，边看边问道：“这么好的事能白来吗？你小子打通了关节吧？共花了多少个‘元宝’？”

“我一个铜子儿也没花！”季祥脱口而出，笑容可掬地如实回答。

“真的？”工友们异口同声问，个个显得很惊疑，都用鼓鼓的眼睛盯住季祥，像看怪物一般注视着他。

“谁骗你们，就是乌龟王八养的！我连想都没想过这事，偏有这样的好事来了！我骗大家又没奖金发！”季祥十二分认真的样子说道。季祥越这样说，越发让旁边的罗小刚心中像凭空冒出了一团雾，恍恍惚惚的，都辨不清东西南北了！

次日，公司要调一批员工去一个环境比较差的新建分厂上班，罗小刚的名字正在其中！隔了一日，他去厂部办理调转手续时，一个文员把罗小刚认真盯了几眼说：“你就是罗小刚啊！可惜呀可惜！本来你是不会调走的，而且还要高升……只是你自己把事情弄砸了……”接着，这个文员一来兴致，向罗小刚透露了一个秘密：原来，刘副总的大儿子刘铭，五年前因在A市的某单位瞒着家人贪污挪用公款，被查出判了十年刑，至今还在狱中呢。为儿子这事，差点把刘副总气死。因此，刘副总恨透了人们玩弄歪风邪气和搞不干不净的种种行为，曾发誓，今后若再见到这样的人，见一个就治一个，决不姑息……这次，本来刘副总向总公司机关推荐了罗小刚的名字，还准备给他迁转户口，可眼看快要下正式通知了，却突然换成了在车间当统计员且也有点写作水平的季祥。而他罗小刚呢，则需要到新厂继续观察，加强锻炼……

罗小刚闻此消息，头嗡的一声，他终于明白了，季祥为什么会不明不白地上调高升，原来，自己无意中弄巧成拙，手捧煤灰往自己脸上抹了黑。无意中反为他人帮了忙，让季祥白捡了个大便宜，占有了那个本该是由他这个萝卜去填的“坑”。

“唉！当时我何必多此一举呢！胡折腾啥呢？气死人了！”罗小刚真是后悔得要命。

罗小刚到了新的单位，只有艰辛地工作，他不服不行啊。闲时他想，人要想活出风采，活得体面神气，就要有一身硬功夫、真本事。于是，罗小刚就找来一些书自行充电。他白天在分厂按时上下班，完成本职工作，每天晚上就聚精会神地啃起《电子技术原理与应用》《微电子技术理论概述》等专业书。四个月后，罗小刚把那几本厚厚的书学了个透彻，不知不觉地感到脑子里充实了，对原来上班时按照技术员指导的只知其果不知其因的操作方法，再也不感到神秘了，甚至明白了怎样做是省事又是最完善的方法。

一天，厂部突然召开部门干部会议，部门干部们回来后，都黑着脸，一言不发。大家都不知道发生了什么事，气氛也很紧张。几分钟后，各部门停止工作开了简短会议，员工们才知道，原来，本厂为一家已合作近两年的知名手机厂家签约生产的手机充电器，最近发生了一起手机着火的事故。经检定，是充电器的电容问题。手机厂家已提出将本月收货的八万件充电器退回本厂的决定，本厂面临着停止继续合作的危机和经济损失。总公司的补救措施是：经与手机厂家协商，本公司承担赔偿事故用户提出的三万元的赔款，并于一星期内，火速对八万件充电器的质量进行全面复查，保证百分之百的合格率。

这一来，公司就要抽调一流的技术检测人员去工作。厂部马上出台一个决定：当日举行全厂员工检验技术比拼大赛。凡参加比赛获得前五名者，奖现金两千元；获得前六至十名者，各奖八百元。通知一出，员工们踊跃报名，都想参加比赛。罗小刚也不肯落后。

比赛就定在第二天的上午举行。

比赛在车间进行。公司领导前台就座，总公司还特意派了两名领导代表来监督。一百二十名检验员，在第一车间现场开始检测手机充电器。半个小时后，罗小刚检测了二百八十二个充电器。平均每分钟九个半，现场检测数量第一；第二名则检测了二百三十九个充电器。评委让技术员对他们的检测产品进行了复核，罗小刚的检测产品完全合格。第二名虽然也全部合格，可数量上少了四十多个。这一下，大家不得不对罗小刚刮目相看。比赛冠军的头衔，毫无争议地落在罗小刚的头上。这可是硬对硬的比赛，罗小刚拿到了两千五百元的特别奖的奖金。接下来，公司抽调出这次技术比赛中前二十五名技术检测员，立即对那批命运未卜的充电器进行了一星期的严格检测，终于在第五天下午，全部检测完毕。当天夜晚，厂里将合格产品顺利交给对方，推出了这批货。

这次意外事件，给公司领导者敲响了严查产品质量的警钟，分厂决定成立“质量督促检查部”。报请总公司后，立马被批准。因为在这次事件处理过程中罗小刚的突出表现让他名声远扬，很顺利地被任命为质量督促检查部主管。这是两千多人几千双眼睛目光交织下的突出人物，罗小刚想不被提拔都不成了。他终于出人头地了，风光了。

三天后的这天黄昏，因是星期日，罗小刚正在宿舍看电视，有一个年轻人来传话让他到厂门外的天缘饭馆去。“是谁找我？去那儿干什么呢？”罗小刚莫名其妙地到了天缘饭馆，被服务员带到一个包间。他一看，只见刘毅副总经理正站在门口望着他笑呢。

罗小刚见到刘副总愣住了，刘副总拉他坐下说：“小罗，没想到是我吧？现在感觉如何？”不等罗小刚回话，刘副总又说，“来，先吃饭。忘了吧？今天是你的特殊日子。”

“特殊日子？”罗小刚不由得愣了一下，这才想起，今天是自己的生日。罗小刚接着问：“我的生日，您怎么知道的？”

“上次你告诉我的呀！”刘副总笑了一下，“这还不简单啊！从你那次拿来给我的个人资料上知道的呗。”啊！刘副总竟然将一个仅打过两次交道的员工的资料信息，记得如此清楚呀。

罗小刚惊讶着，感动着，心里涌上一股热流。

刘副总拍拍罗小刚的肩膀，给他倒了一杯酒，然后说：“上次的事，可能你心里还怨恨我吧？不过，我的为人就是这样，对别人的要求也高了些。谁让你曾真心帮过我呢？这份情我忘不了。所以，我希望你能明白，吃自己亲手炒的菜，味道就是不一样！”刘副总吐露说，当初他正要帮助罗小刚提干，可是看到他当时那种想上爬的欲望太急切、太浓烈了，行为太不正道了，怕一旦帮他把事办成，会促使他发展成另一种人，所以就改变主意打压了他一下，让他放弃幻想，树立恒心，自己奋斗。没想到刘副总的计划真的成功了，故而特来庆贺。罗小刚事先也不知道，因为这次新设的部门，是刘副总批准的。其实，刘副总的大儿子，根本没出事，当初是刘副总让那个文员故意这样编故事，对罗小刚说的。实际上，刘副总只有两个女儿，根本就没有儿子。

罗小刚听到这里，眼里盈满了泪水，他紧紧地抓住刘副总的手久久不放：“刘总，您真是好人啊！您对我，真是照顾周到而且用心良苦呀……”

此后，走在厂区，不断有人指点着罗小刚说：“看呀，这小伙就是那个技术比赛冠军，凭本事升了官。”

“对，人家那才叫本事呢，不服不行！”

他听了议论，心里有一种别样的滋味，暖洋洋的，脸上像贴了金一样荣光满面，觉得走路姿态都比以前潇洒多了。他暗想：“嘿嘿，咬咬牙，换一种活法咋这么爽呢？！吃自己亲手炒的菜，感觉比吃别人替你做的菜，那味道，就是好吃得多！”

## 吴小奋的好主张

吴小奋是来自广西的一名打工仔。在来新兴印刷厂之前，他是从顺德一路辗转到中山的。到中山后，先后又在电子厂、印花厂、五金厂等多家企业打过工。

"只要你好好干，我保证让你拿到月薪两千元。"吕老板看到吴小奋的一双手，宽大而结实，又对印刷机器的操作十分熟练，便轻轻地点着头说。

吴小奋听吕老板这样说，又向印刷厂子四周打量了一眼，心想：厂子还干净，人也不多，好吧，就在这里做吧。

来这里之前，在本镇打工近一年的吴小奋，在一家印花厂当开料师傅，虽然工资不高，工作却很轻松，只可惜此厂管理人员多，而且大都是老板的亲戚，这些人钩心斗角，损公肥私，吴小奋实在看不惯。一周前的一天，主管硬要他在开料单上少签一百件开料数字。他说："料都开了，怎能少写？"他知道主管想从中截留成品，便照实签了数。主管失望地瞪他一眼："如此不识相！往后，你好自为之吧。”吴小奋说：“放心，我马上走人。”便辞职了。

离开印花厂的他，决定往后不进人多的工厂了，而且往后还要干出一番成绩来。两天前，在朋友伍勇的介绍下，他来到这一家开办不久的新兴印刷厂面试。

这家印刷厂的老板姓吕，教师出身。尽管这个厂的规模不大，机器设备也不先进，但吕老板很会拉关系，利用自己所在学校学生家长的关系以及读过医学专科学校的老婆的同学关系，把当地一些企业和周围一些医院的印刷业务全揽到自己的厂里。因此，吕老板的厂虽小，但货单却是做不完。

吕老板看到吴小奋愿意留下来，便说：“小吴，往后你就开这台半自动机器，让小王开那台对开机，并由你对车间的进度负责吧。”

吴小奋虽然知道吕老板说的负责，不是主管之类的官，但还是看出老板是很看重他的，也很信任他，因为他让老工人小王放下新机器去开旧机器，把新机器留给自己开，这是一种优厚的待遇，便说：“好。我会好好干的。”

于是，当天下午，吴小奋便开始上班了。

对于印刷品的制作来说，票据、账单之类印刷出来一装订就成，但是医院的药品袋、档案袋、信封之类就麻烦了，一个个粘糊成袋很费事。

吴小奋在吕老板的厂子里干得还算顺利。

转眼到了秋天，吴小奋所在的新兴厂，一下子承印了三家医院的中西药药袋。吕老板原本是揣着到嘴的肥肉不让飞掉的心思揽占货源的，既然接了货，就要加班加点地做。于是，两个星期不到，哗啦啦两台机器一下子印出了几百万个药袋的半成品。

吕老板最初看到堆得像山一样的几堆白纸印成的半成品，心里很高兴。可是，没过几天，几家客户都打来电话说：“等着急用呢，最近几天要提货。”这一下，吕老板心慌了。他深知当时接货单时，为了稳住对方的心，口口声声答应说很快就能做好。可是，如今对方一遍两遍地要求提货，若不能及时交货，人家不要可就麻烦了。

可是，如何赶做这些货呢？临时招人吧，厂房用地以及设备都有限制；不增加人手吧，货怎么做得出来？

吕老板发愁了。他围着几堆山一样的半成品，直打转。

这时，吴小奋看出了老板的心事，建议说：“老板，我们何不转换方式求人增援呢？”

吕老板忙问：“怎么转换？”

吴小奋拿起一支笔，在纸上写了写，说出了他的方法。

吕老板看了看，忙说：“不错！不错！我怎么就没想到这个办法呢。好，马上办。”

吕老板当即写了十几张启事，让吴小奋赶紧贴出去。

第二天上午，刚上班，附近便有不少的中年妇女来到印刷厂，说是愿意为该厂加工粘糊印刷品纸袋。

吕老板按照吴小奋的建议，规定每粘糊一百个药袋，付一角到三角钱的工资，让会计人员登记数目后，把厂里的半成品纸袋的料全发放出去。一周后，那些坐在家里加工的妇女，把按原样要求做好的药袋很快交回了厂里。吕老板又及时地把货送了出去。

这一回，没费多少事儿，吕老板就大赚了一笔钱。

当然他也忘不了吴小奋的贡献，发薪时，他把工资袋之外的一个纸包给了吴小奋：“小吴，这个月，你工作卖力，来，这是奖金。”

“老板，这……这个月大家都有功劳，我不能要的……”吴小奋向四周看了一下。

“你的心事我知道。你放心，我都有准备的。”吕老板把另外几个红包拿在手里，亮了一下。

吴小奋走了后，吕老板看着他的背影，轻轻地点头，笑了。因为，他今天终于看到了传说与事实的相符：伍勇曾说过，吴小奋最反对员工之间钩心斗角，相互争夺利益，互相闹得不和的情况出现。这样的员工，对于用人方来说，真是个宝啊！

不久，厂里又新招了三位技术工人，老板把吴小奋提拔为业务主管，成了一位白领。他尝到了成功的滋味，更重要的是，他懂得了奋斗才是人生正道。

## 胆识如金，卧底卧出一片天

这事得从一九九八年说起。

那一年，一过完新年，二十五岁的周海珠跟妻子提着简单的行囊，离开故乡，南下闯广东了。

夫妻俩先到深圳小住了几日，在那儿没找到合适的工作，就又进军中山，准备在这块土地上“建功立业”。因为周海珠的弟弟在中山民众镇的一家手袋厂里做质量检验员，他们便来投靠弟弟了。

在弟弟关照下，妻子进了一家手袋厂。但是，由于这一带的企业，大多是轻工业类的加工厂，工人几乎全是女工，作为大男人且只有中专文凭的周海珠，就显得麻烦了。

可周海珠不服输，后来经过自己努力，被中山的粤中捕鼠器厂聘用了，当了一名仓管员。周海珠十分珍惜这份工作，所以做事就很尽力。这个厂是手工加工类五金厂，规模不大，三四百名员工。但老板人好，对待员工较公平，发工资也很准时。

一转眼，周海珠已进这个粤中捕鼠器厂半年多了，工作干得很出色，工资也涨了许多，他很高兴。

正当他暗下决心要好好在捕鼠器厂大干下去的时候，不知不觉间有一块阴影笼罩在了捕鼠器厂的上空。

有段日子，有一星期老板没到车间里来过。而这之前，刘老板差不多天天都要到车间里转转，有时候还会跟员工说上几句话，活跃一下气氛，但是这几天……

周海珠感觉到一定有了异常情况。果然，一天中午，当刘老板出现在车间里的时候，就带来一个坏消息：有人生产假冒的本厂的捕鼠器产品。原来，粤中捕鼠器厂生产的是获得了国家发明专利的新产品，是以自产特约经销的形式立足市场的。前不久，刘老板亲自送货去广州的一个经销店，经销店老板提出要该厂适当降低产品的出厂价。刘老板细问原因，才知道四会市方面有厂家伪造产品拿来此处代销，人家的产品与粤中厂的一模一样，而价格却低了三至五元。

周海珠得知此消息，脑海中的第一反应就是不好啦，有人要抢咱们的饭碗呀！粤中捕鼠器厂是个规模较小只有几百名员工的小厂，又是自产自销，厂里员工每天开工八九个小时，从来不用加班，可工资都能拿到九百至一千一百元，由此可见，该厂的生产和销售是何等的正常。这样的厂，对于当时在广东打工的人来说，打上灯笼恐怕也难再找到几家。如果此厂一旦垮掉，可惜的不仅仅是老板。

周海珠心里不安了。下班后，他赶紧跑到镇上的新华书店，买来两本有关产权保护法方面的书研读起来。几个夜晚的“充电”，他对如何利用法律保护自己权益及所要采取的方法和证据方面的知识，有了初步的掌握。

那天上午上班时，周海珠正要询问刘老板对那家侵权厂的对应措施时，刘老板却把他叫到一边去了。刘老板说：“经过这些天的仔细查探，我已基本掌握了那家厂的情况。对方的厂址在四会市的双河镇。我乔装打扮后，进入这个厂查看过，生产的东西同我们的一模一样，我还在他们厂附近的小店里买了两个捕鼠器样品，并打探到那个厂的老板叫高应龙。现在，我决定把对方正式起诉到法院。你进厂这么久了，你的一举一动我也看在眼里，你是个可靠的人。小周，从现在起，你就跟我跑打官司的事吧。”

周海珠望着面前这位年近六十岁的满脸写满风霜的老板，觉得他讲的话是发自内心的，就点头说：“好。”接着他就把自己所知道的情况说出来。周海珠说，听说打官司最重要的是要有铁的证据，特别是在没有人证的情况下，就更要重视驳不倒的不说话的凭证。他拿出在一本杂志上看到的某律师的咨询热线电话号码，请老板再咨询一下。

刘老板当即拨通了这个律师的电话。律师听了刘老板介绍的情况，指点说，与侵犯产权的厂家打官司，在获取了事实证据的情况下，还要搞准对方厂里的企业法人营业执照登记号码和老板的身份证号码，否则，针对对象不明确，法院是无从着手的。

刘老板沉思了一番，觉得这两个证据是最重要的，但也是最难得到的。谁会乖乖地把这两个重要的东西给你呀？可这是取胜的关键呀，难搞到也得去搞。最后，这个任务还是落到了周海珠的肩上。

刘老板取出两千元交给周海珠，让他还是装扮成客户前去获取证据。为了事情进展顺利，老板还派了个叫阿亮的男员工给周海珠打帮手。出发时，刘老板及某些热心员工这样那样地对周海珠口授“机密诀窍”。因为这是卧底，很危险，并再三叮嘱他们要注意安全。周海珠当时心里也是一团乱麻，只是应道：“纸上谈兵是没用的，只有见机行事，见风使舵了。”

周海珠带着阿亮来到四会市，用了整整半天时间才找到双河镇，然后又用了整整半天时间才找到那个同和五金厂。当他们两人站在同和厂的大门外时，做伴的阿亮底气不足，心里咚咚乱跳个不停，连说话都不连贯了。周海珠见他这样，怕坏事影响大局，就让阿亮在该厂门外等待接应。

周海珠以订货客户的名义进入厂里，见到高老板时，高老板显得十分谨慎。周海珠明白对方的心态，就主动先拿出自己的身份证，递给对方说："我是从重庆来广东的打工仔，在广州打工两年了，觉得打工既辛苦，又挣不到几个钱。现在老家的叔叔办了个百货场，两次来信邀请我加盟合作，我决定返回老家与叔叔开商场。回故乡时，想顺便捎带一批捕鼠器发回重庆销售。"

高老板仍未放松警惕，问周海珠是怎么知道这里的同和五金厂的。周海珠说出了广州的那个销售捕鼠器的商店名称，说是从那里得知生产厂址的，并说出了这个销售店附近的一个纺织厂的名字，说自己原来在该纺织厂打工。高老板手捏周海珠的身份证，见他说出的两个地址名号一点不差，又见他伸出的一双手粗糙黝黑，穿着也很普通，确实像个北方来的打工仔，就不再疑心。

周海珠提出要定做一千个捕鼠器。双方很快签订了两份内容相同的合同。周海珠声明要对方备好货，然后等重庆方面的货运车来广州卸货后，来此厂装货再运回去。时间大约是十日后，对方满口答应。周海珠为了表明诚意，取出两千元交给高老板作为定金。高老板打了一张定金收条。

周海珠见事情已进入预期途径，忽然显出憨态说："高老板，质量和材料一定要合格，你可不能食言哟。你是本地人，我是外来客，你若变卦，我的两千元就白费了。"

高老板连说："小兄弟，你放心吧。"

周海珠还是忧心忡忡地说："我做生意是门外汉，第一次与外人打交道，难免心慌，我的身份你已了解，为了我这两千元不打水漂，请你把你们厂的营业执照给我复印个样儿，再把你的身份证号码写到我的这份合同上。咱先小人后君子，以防万一吧。”

高老板笑笑说：“你太小心了，但为了咱们以后的合作愉快，我就答应你的要求吧。”

临走时，周海珠又假称老家的叔叔想先目睹一下样品，他先带走两个捕鼠器让老乡捎回交给叔叔。高老板答应了。

周海珠从高老板的仓库拿了两个捕鼠器出来，写了一式两份的收条，注明先拿走两件产品，将来从总数里扣除。双方签了名字后，又各执一份。

周海珠拿着三件证据出来，跟阿亮速速赶回中山的粤中捕鼠器厂。

刘老板见被起诉对象有了，企业营业执照编码有了，仿造产品的凭证也有了，刘老板满心欢喜，很快将一份诉状递交到四会市人民法院。

半个月左右，四会的同和五金厂高老板收到了法院的传票，大惊失色，这才如梦方醒。高老板是个聪明人，他明白上法庭的后果。于是备礼驱车，迅速赶到了中山的粤中捕鼠器厂，向刘老板赔礼道歉后，自动拿出了六万元的赔偿款，要求双方私了。

刘老板见对方有悔改之心，态度良好，就收回了起诉状，于是这场官司在双方的和解下了结了。刘老板的损失几乎全部挽回。

从这件事中，刘老板发现了周海珠是个难得的人才，本着人尽其才的原则，不久，刘老板就将周海珠升为车间主管，并重新定了工资标准：月薪三千元。

周海珠终于用自己的机智和胆识，赢来了人生道路上第一步的成功。

# 其实大家都不容易

王金刚走在上班的路上，嘴里狠狠地骂着人。

其实王金刚生来是不爱骂人的，这就像他那做事负责、老实憨直的性子一样。可是，这天，他觉得想不骂人都由不得他了，如果不骂上几句，那嗓子眼就像被人偷偷用鸡毛在轻轻地挠，挠得他心里发毛。他只有吼上一阵心里才舒畅。所以，这回他全然不顾影响，乱骂开了。

民工王金刚是南滨市东嘴镇天王城工业区丽姿制衣厂的老员工，虽然他在这个厂干了两年半，虽然至今他还是个车间锁边组的普通员工，但是他技术好，能力强，所以，厂里有一大半的员工都认识他。

这天下午，吃过晚饭加班前，王金刚一边嘴里骂骂咧咧，一边往厂大门内走。那样子，像是谁强硬地拔了他头上的一撮毛或者给他脸上吐了口唾沫似的。

“想一想，真不是好货色。欺侮我们这些傻瓜哩！”王金刚又狠狠地骂了一句。

这时，在厂大门旁边的小商店门口看下象棋的后道部门熨烫组组长陈五叫住他说：“王金刚，你嘴里嘟嘟囔囔的，在骂谁呀？有啥想不开的事啊？”

王金刚站住了，他白眼一翻，说：“我骂那该骂的东西哩。良心坏了……”

“到底骂谁吗？”

“反正我没骂你！”

“我知道你没骂我，我又没惹你嘛。可你边走边骂，身边也没人，难道说是风惹了你不成？”

王金刚看了陈组长一眼，便说：“我骂谁？我骂那些有钱的小气鬼。真是越有钱的人越小气。陈组长，有句话说得好：‘不比不知道，一比气得跳。’你听一听就知道我是咋的了，我可不是神经质地乱骂人呢。我王金刚的嘴，平时可是很干净的。”

“到底咋回事吗？吊得我胃疼。说出来让我也满足一下好奇心呗。”陈五问。

王金刚嘴一噘，说：“好，我告诉你。刚才呀，我那位老乡到我们宿舍来看我，说后天元旦他们厂放假两天，明天下午老板不但请他们全厂员工去君豪酒家吃饭，而且他们当晚还有包场电影，抽奖活动，听说中奖率百分之三十呢。他让我明日傍晚去他们厂里看电影呢。可我们厂不但什么活动都没有，明晚还要加班呢。唉！你说气人不气人？”

陈组长说：“没有办法呀！厂里领导不想搞活动，你瞎怄气，也是白搭。”

王金刚往地下啐了一口，说：“白搭？我想明年恐怕就不是白搭了！会轮换到别人怄气了。刚才，我老乡在宿舍里把他们厂的活动情况一说，在我身边的员工都说，明年坚决不在这个厂里干了，老板小气得要命，我们凭什么要给他们卖命，帮他们赚钱呢？”

陈组长叹了一口气，说：“有能力就跳槽吧，人各有志嘛！”

王金刚继续说：“咱们厂有五百多名员工，也不算小厂了，厂家能力是有的。但从这样的小事，就能看出老板的心黑。明年正月，我非把咱厂里的老乡全拉走不可！这样的厂，不把工人当人看，明年让经理们下车间亲自动手做活好了！”他气哼哼地说完，还悻悻地往地上啐了一口口水，这才与陈组长进车间加班去了。

出乎意料，次日中午下班时，员工们发现丽姿制衣厂三个车间门口忽然贴出了一份厂部发出的重要通知。通知上说：“为了增加节日气氛，本厂今年元旦放假两天，十二月三十一日晚上不加班。同时，为了让各位员工过一个愉快的元旦，厂行政部决定三十一日傍晚，在厂区内举办卡拉OK演唱晚会，之后举行隆重的摸彩抽奖活动。时间七点至十点。望各位员工不要远离本厂，届时一定参加活动。”

中午吃饭时，员工们因为都看到了通知，饭厅里一下子就变得热闹起来了，尽管饭菜质量跟往常一样，但大伙似乎一下吃出精神来了，他们边吃饭边议论。

有员工说：“这样做还差不多，我们还以为老板真的小气来着呢。否则今晚人家邻里厂家都热热闹闹的，咱们厂冷冷清清的，我们的脸也没处放呀！”

“是啊！不争馒头争口气嘛！”

“说得有道理。唉！老板这回总算要大方一回了！”

大家兴趣极高，你一言我一语，把这个话题议论了好长时间。

果然，下午上班后，厂里的后勤部门就组织人员，在厂区大院里搭好了台子，还在台子两边挂上了“隆重庆祝元旦，与时俱进创未来”的标语。台子两边，放着堆砌得似小山样的两堆奖品。

傍晚七点，庆祝会准时“开幕”了。首先，人事主管请刘总经理上台致辞。刘总经理先讲了一大堆套话，并给晚会命名为“年终工作酬谢抽奖晚会”。然后话题转入众人最关心的主题：抽奖活动。接着人事主管清清嗓子说：“本次抽奖活动，规模大，投资高，共设四个奖项，平均中奖率达到百分之六十以上，超过邻边任何一家厂家的同类活动。一等奖一名，奖品为五千八百八十八元的联想笔记本电脑一部；二等奖三名，各奖价值两千元的三百万像素的诺基亚彩信摄像手机一部；三等奖五名，各奖金项链一条，价值一千二百元人民币；四等奖六名，各奖现金五百元。另外还设纪念奖若干名，各奖精美礼品一套。祝大家今晚度过一个愉快的跨年夜。”

接着，卡拉OK演唱会开始了。因为员工们都在心中挂念着那一堆奖品，根本没心思去唱什么情呀爱呀的流行歌。只有六七位“歌迷”员工先后唱了几首歌，也只演唱了五十多分钟。有些员工等不及了，就叫嚷道：“别让大伙儿吼嗓子浪费时间了，赶快抽奖吧。”

有一两个员工一吼叫，马上就有近百名员工响应：“抽奖！抽奖！赶快抽了奖，我们都还要去应付别的事呢。”

“对，抽奖。我们只盼望着抽奖。快来点实际的，别搞这虚的了。”

“对啊！都啥年头了，要来实在的。”

于是，卡拉OK演唱会暂停，由人事部负责的抽奖活动就开始了。为了公正、公平，人事主管现场从台下的员工中叫了五名员工，让他们每人端着一个装着即刮型奖券的塑料盆，分成五组，让员工们排成五条纵队，每队一百人左右，每人依次从塑料盆中摸取一张奖券，然后去前台中奖号码牌上兑奖，中奖后现场即可领取奖品，抽了奖券的员工们拿着奖券迫不及待地刮开，你推我搡地往兑奖牌旁边拥去，只听许多员工都失望地呼叫：“唉！只是一个纪念奖。”

兑奖后一看，原来是一条精美牌毛巾和一块香皂。真的是精美礼品啊！这些没中上大奖的员工都认为“命不好”，只怨自己没这份运气。

就在大家垂头丧气时，只听有人惊呼道：“啊！我中了一等奖。”这一声叫喊，如同平地一声惊雷，把大家的精神和希望都唤醒了。大家循声望去，原来是车间的机器修理工阿光。大家眼睁睁地望着阿光向台上走去，从人事主管手中捧去了那台令许多员工都流口水的笔记本电脑，接着大家又叹起气来——因为这个大奖被人领走了一份，说明每个人得大奖的机会，又小了一点了。

员工们心中正翻腾着，忽闻又有人大呼一声：“哇！我中了二等奖！”

如同被一根颇有魔力的绳子牵引，大家不约而同又把目光投了过去。原来，这回叫喊的人，是饭堂的厨工王桂花阿姨。于是，在大家羡慕的眼神中，王桂花挺胸抬头、满面春风地走上台去，领取了二等奖。

“唉！一个厨房的工人都有运气摸到彩信手机，真是运气来了撞破墙啊！”有人嘀咕着。随之，仓管员何立又欢呼起来，他也摸到了二等奖。接着，另一个二等奖和三等奖、四等奖陆陆续续都出来了，竟然全让办公室那几位女文员和一个车间主管给摸到手了。

两个小时后，奖券终于摸完兑完了，全厂百分之八十的员工都得到了纪念奖——一条精美牌毛巾和一块香皂。

这些乘兴而来的员工们散了后，王金刚手捏着他的精美礼品，进入会场旁边的厕所里小解。忽然，他发现今晚的幸运儿——头等奖的获得者阿光也在厕所里。王金刚平时和阿光常开玩笑，混得很熟，就开玩说：“咦？这不是新科状元吗？幸会幸会！”

阿光苦笑：“嘁，别寒碜我了。这个小奖也能比个状元，我情愿双手奉送给王兄弟。”

“阿光呀，别不知足哟！”王金刚拍拍阿光的肩膀，“今晚捞了个人人羡慕的笔记本电脑，该请一回客了吧？明天你起码得到前面的兰花饭馆里去好好摆上一桌，请我们这几个好哥们吃一席。一个笔记本电脑，五千八百八十八元钱哩，花个零头八百元请我们吃一席你都划算得很啊！”

阿光摇摇手说：“别闹腾我了。免了，免了！我这回是胡桃树上结梨子——背个空名声哟！”

王金刚说：“怎么回事？又想耍花招是不是？明明是你得了一等奖，大伙亲眼看见你笑眯眯上台领的奖品，这回你无论如何都躲不掉一桌酒席了！”

阿光急得脸红脖子粗，左右看看无人，压低声音对王金刚说：“老兄，我实话告诉你吧，我真的是半夜做梦娶媳妇，空高兴一场，真的只背了个空名声。我告诉你实话，你可别乱说啊，这次不光是我，今晚得大奖的，都是太监娶媳妇，背上个空名声。因为这些奖品，是刘总经理跟人事主管去一家商场里借来的，奖品明天还得送回去呢……”

“啊？原来如此！”听着阿光的诉说，王金刚惊得差点把手中的精美礼品掉到地上。到此时，他才明白，员工们都被当猴耍了。哼！这个老板！表面是奖励，背后真有一手呢！王金刚胸膛里又涌上一股无名之火，心里要多难受有多难受。

其实，昨天下午，王金刚在厂大门口与陈组长的牢骚对话，被当时也在旁边玩的仓库管理员何立听到了。他是刘总经理的表弟，他把听到的话全告诉了刘总经理，刘总经理听了心里不舒服。但为了面子，可能也想到过了春节后员工们都走光了，搞坏了名声招不到技术工人。另外，周围其他厂都热热闹闹的，自己厂里太冷清也不好意思，于是就想了个暖一暖员工们心窝的妙招，在人事主管的建议下，火速操办了这一切。因为奖品是刘总的战友开的商场里的，每件奖品只需出六十元租金，这多么节省钱啊！这些获奖的奖券，都是事先发给一些可靠人的，让其在抽奖的过程中来个偷梁换柱，迷惑大家。因为文员是管理人员不用说，而机修工阿光和何立是同学，当然是他们认为比较可靠的人。而厨工王桂花，则是刘总他老妈的表妹，全是自己人啊！这些人归还奖品后，每人可得到八十元的补贴费。这刘总可真精明啊！

王金刚回到宿舍，把他的奖品往床铺上一丢，就找老乡去了。他找到八个老乡，把他听到的实情给老乡们一说，老乡们异口同声地说："真是越想越气人。金刚，你说怎么办？"

"混，往后混满一个月，到月底，咱们一起辞工，搁一搁这个老板，让他尝尝被人耍弄的滋味。"王金刚手一挥，像个指挥士兵们作战的司令官。

"好，就这样。我们先别透露我们要跳槽的动机。到时候来个突然袭击，这样才有意思，才有打击力度。"

"嘿，想想一个月后，就有意思了。"

一个月过起来真快呀，眨眼三十天就从手指头缝间滑过去了。这天，已是元月三十号了。下午，已憋了一个月气应付差事上了一个月班的王金刚，招呼八个老乡各写了一份辞工书，他们一起向刘总的办公室走去。他们要让刘总签字，然后一星期后结工资走人。因为他和老乡们暗中已经找好了一家听说待遇很不错的新厂。

王金刚在前面带头，他们走到距离刘总经理的门口一丈远的地方停住，准备一个一个地进刘总经理的办公室去签字。王金刚走到门前，正准备敲门时，他忽听刘总经理正在嗯嗯啊啊地与别人通电话。

王金刚就停下来，站在门外，一边听刘总打电话，一边等。

王金刚听了一会，忽然两眼睁得大大的，愣住了。稍许，王金刚忽然转身就走。他走到大伙面前，几乎是颤抖着手把自己手中的辞工书撕碎了。

“王金刚，你咋的了，为啥不辞工了还把辞工书给撕了？”老乡们奇怪地大声问道。

“唉！我们误会了。”王金刚说。

“误会啥了？我们有什么误会的？”老乡们不明白。

“我们误会刘总经理了。原来这些日子他有大难处呀……”接着王金刚把刚才听到的话一五一十地说了出来。原来，王金刚听刘总跟对方打电话说：“……周兄，这次一定麻烦您大力帮我一下，眼看又是月底，三号是我们厂发薪水的日子，无论如何得把员工的薪水兑现，不然工人们怎么生活？唉！说起来真惭愧！上次元旦，迫于无奈，为了稳定人心，为了在同行面前造点声势，搞了那个假抽奖活动，我心里老觉得对不起员工们……都怪这股经济危机的浪潮太凶猛了，也怪这个私心重的赵老板，他听信别人的谗言，一意孤行，趁我出差时抽走了公司百分之六十的资金，让我这个百分之四十的小股东守着空厂举步维艰，差点跳了楼……现在我这口气还没喘足，所以这回你一定要帮我一下，借我三十五万元，先发了工资。对呀！民心不可失嘛！现在自己当家了，就要搞好员工待遇，我打算每个员工补助二百元的节日慰劳金呢。借款嘛，十五号我出了这两批货，货款一到我立马还你。什么，能给我准备三十万元！好！我先谢你了！晚上我请你吃饭……”

听了王金刚的话，老乡们全明白了：“难怪好久见不到赵老板的面了！人们以为……唉！没想到，原来，赵老板隐身了，厂里发生了‘山乡巨变’啊！这真是家家有本难念的经啊！”

“这是真的吗？”有人还有点不相信地问。

“大家忘了？三号不是我们厂发工资的日子吗？他筹备钱发工资当然是真的啦。”王金刚说。老乡们听了，想到“迫不得已”这个词，心中对刘总憋闷了几十天的窝囊气，好像吱的一声全散光了。

一个老乡说：“这么说，我们也不用辞工了。”

“当然。否则我们岂非不够理智不讲理了？不要辜负人家补过的一片真诚心意！”另一老乡应道。

王金刚不由得长出了一口气，他几下将老乡们手中的辞工书全收过来，嘶嘶几声，全撕碎了。

“还辞啥工呢？快回去好好上班吧！把应付了一个月的时间补回来。”王金刚说。

“对，回去继续干活去。”老乡回应道。

“王金刚，请你们等一下。”王金刚听到叫声，回头一看，不知什么时候，刘总经理已经开了门，脸红红的，站在门口望着他们。可能刚才大伙儿的吵嚷声惊动了他。

“谢谢你们对我的支持和信任。你们的话，我全听到了。谢谢。”刘总经理说着，向着大伙深深鞠了一躬。

王金刚又愣了一下，马上说：“其实，人活在这个世上，不管是老板，还是贩夫、工仔，各有各的经历，各有各的难处，要想活得有头有脸，有尊严有志气，酸甜苦辣的滋味都要一一尝过。一句话，大家都不容易啊！人心都是肉长的嘛。刘总，我们原来误会你了。你放心，只要你有良知，有韧劲，有信心让这个厂重新振兴起来，那我们不帮你，又去帮谁打工呀？”

刘总经理走过来，一下拉住王金刚的手，眼窝有点湿润：“再次谢谢你们的理解和信任。以前，我真的有些对不住大家，想起来，实在惭愧，请大家多多谅解。谢谢你们肯给我一个难得的补过的机会。往后，我刘玉锟一定努力振兴企业，如果以后我不把本厂员工的待遇搞好，那我就枉为人了。我保证，上次元旦那种丑陋把戏，以后永远不会再发生了。”说着，刘总取下胸前口袋里的钢笔，啪的一声，折为两段，“如果我说话不算数，我的下场有如此笔。”

“好，我们正是相信你，才决定留下的。刘总，往后，你的厂开到什么时候，我们就在这里干到什么时候！大家说是不是？”王金刚问老乡们。

“是的，我们永远会为理解员工、珍惜员工劳动成果的好老板打工的。”大家异口同声地说。

## 老子的辛苦，是儿子的幸福

屈侠和吕梁，是来自陕西宝鸡的一对打工夫妻。

那一年，应该是一九九七年。正月十五元宵节还没有等到，吕梁就带着屈侠，背包包提行囊，随着一群老乡奔赴火车站，挤上火车南下了。初到广东，人生地不熟，屈侠与丈夫少不得吃苦受罪，遭受白眼和讥笑，四处找工作。好在吕梁原来在老家县城某五金厂干过钳工，到广东风餐露宿了近二十天时间，总算在中山市一个小镇上的中南汽车车身翻修厂找到了一份工作。尽管只有每月八百多元的工资，但他也感到很满意了。

可麻烦的是屈侠这个娘儿们。因为是初次出门，又没一点技术，尽管她人长得又俊美又聪明伶俐，但是在广东这片热土上，“白手细胳膊”（没技术特长的生手）的人，注定了会被人拒之门外。无法找到收留她的厂家，吕梁只好咬咬牙，掏腰包拿出二百元让她去学了两个星期的电车培训班，然后，屈侠进了一家招工条件很松的手袋厂。

一连干了三个月，手袋厂也没有发一元钱的工资。屈侠想走人，可又不忍心白干三个月，便继续干着，想看看是否能等到发薪水的日子。一些不安好心的老板早已把打工者的心理研究得很透彻。你越是想收了工资走人，他就越是拖你的后腿。这样，屈侠又白干一个月，实在耐不住了，就死了心。屈侠把自己的行李包从院墙上扔出去，离开了这个手袋厂，重新找了一家皮具厂。

可是，这个皮具厂跟原来那个厂相比，也好不到哪儿去！但比原来那个厂稍强一点的是，这家厂两个月发一回工资。但不管你工资高低，每人每月只发两百元，吃饭是先从厂部借饭票。盼星星盼月亮般，屈侠又干了四个月，领了两次工资共四百元。屈侠看透了这家厂的本质，不再有白白奉献精神及耐性，又自动离厂了。如此东家做做，西家干干，黄瓜敲锣，一年眼看已过去了多半截。虽然屈侠钱没挣到，但技术还是练了点儿。等她再把行李包提到一个效益好一点的香港老板的制衣厂里时，已是年底了。这一年，屈侠与吕梁似乎已把故乡忘了。

进入打工正道的屈侠与吕梁，觉得日子过得飞快，眨眼已是第二年的年底。吕梁跟屈侠商量："去年我们尽管很辛苦，可等于是把一年的时间白混过去了。今年我们扭亏增盈，刚刚多少才有了点积蓄，我看，春节还是不回家了。路远不说，时间紧，挤车难，多寄点钱回家，省下的路费咱们把生活过好点。"

这时，尽管想家的欲望在屈侠的心中突突地跳，可仔细一想，她就答应了。

人们常说：小孩盼过年，大人盼挣钱。越盼挣钱时间越短！转眼，第三年又到年尾岁末了。一到腊月，周边的外来工都在做回家的准备，这无疑又激起了屈侠的思乡情。屈侠对吕梁说："今年我们无论如何都要回家，要回去看看孩子们。"农历腊月二十，屈侠向厂里请了长假，吕梁也准备就绪，次日他们就向火车站赶去。心想：还早呢！可到了广州火车站，夫妻俩便傻眼了，处处人山人海。两人在广场上等了两天一夜，终于弄到了两张火车票。

坐在车上，尽管列车早已全部加速，可屈侠老是觉得比来广东时慢。经过两天一夜的奔波，第三日下午，屈侠与吕梁终于站在故乡的村口上了。进入家门，放下行李，屈侠的第一心愿，就是想见到三年未见面的两个孩子。当夫妻俩饿着肚皮，在邻居们的指引下，在一群打闹的孩子堆里找到自己的两个孩子时，屈侠的心咚咚乱跳，双眼发亮，他们不敢相信自己的眼睛，三年前离家时，小的两岁、大的三岁半的两个孩子，如今都长得老高了！

屈侠激动地猛扑了上去，一把将小儿子乐乐搂抱在怀里。小儿子用手拧着她的脸："你这女人好讨厌！抱得我喘不过气，想憋死我啊！"屈侠说："乐乐！爸爸妈妈回来了，快跟我们回家吃糖。"大儿子荣荣打量着满面风尘的夫妻俩，说："别占我们的便宜！哪儿来的叫花子，还冒充我爸妈呢！我爸妈在广东挣大钱呢，怎么会像你们这贼样子！"

晚上，屈侠拿出精心为两个孩子买的新衣服，乐滋滋地给孩子们试穿。可两个孩子都把衣服往地上一扔，拉着手，走到一边说："少舔我们屁股！我爷爷奶奶给我们买有好多漂亮衣服呢。你想拿这些破衣服收买我们呀？没门儿……"

大年三十，两个孩子向奶奶告状："这两个客人脸皮咋这么厚呀？在咱家住了好久了，还不走。难道他家没饭吃吗？"

奶奶训道："别胡说！这是你的爹妈！"

孩子说："谁再冒充我爹我妈，我就叫他们马上滚……"

这时，屈侠的心里感到很沉重。

正月初六，屈侠跟吕梁要返回广东了。公公婆婆强行带着两个孩子，到汽车站为屈侠他俩送行。开车前，婆婆对乐乐说：“傻瓜，喊一声你妈妈吧，这大老远的回来一趟不容易，又要走了……”婆婆的意思是，要孩子挽留一下夫妻俩。

乐乐说：“不，不叫，我叫她，她又不走了，要把咱家的粮食吃完才好吗？让她快点走吧。”婆婆说：“别瞎胡闹！再胡说，你爸妈就不回来了。”

乐乐说：“不回来又咋的？谁稀罕他们回来啊……”

屈侠强装笑脸，买了一大把口香糖塞给俩孩子，依依不舍地想多看几眼孩子。可大孩子眼里只有糖，他把糖往嘴巴里一塞，转身乐悠悠地边跳边唱：“嘴里吃着口香糖，心里想的是花姑娘，花姑娘真漂亮，赶快跟我进洞房……”唱着跳着，一眨眼就不见了人影儿……

此时，不知怎么的，屈侠心里沉甸甸的，她噙着泪水钻进了车内。一路上，屈侠心里在想：思儿三年，一朝相见，钱花了不少，直到走时，也没能等到孩子们叫声爸妈！唉！在外辛辛苦苦奋战几年，没功劳连苦劳也得不到认可，儿子不再是自己的儿子，娘也不再是人家的娘了！这究竟是何苦啊……

这次回乡，是屈侠心中一个难解的心结！打工人万里归乡，赢不来儿叫一声妈！

上班后，尽管工作很忙，可只要有空儿，屈侠总会想到她的那一双儿子对她的冷漠和巴不得让她快些离开时的情景。她禁不住总会在吕梁耳边唠叨，是我们的错，是父母跟儿子两地分居太久造成的。她两次三番地在吕梁面前提示：“我们想个办法，把两个儿子弄到身边来生活，好吗？”吕梁暗想：不是不好，而是我们有这样的条件吗？挣的钱够这里花吗？都给别人打工，有自由的时间带孩子吗？

此后，吕梁一有时间，就在心里思索创造成熟条件的良策，可没有头绪。

有一天，吕梁下班后走在回出租屋的路上，他突然发现，路边墙壁上有某某公司招聘发单员的告示，就走过去看了看。他心里一亮，如今的公司企业都看重广告宣传，除了在媒体上发布广告外，还把二分之一的目光投放在纸质宣传单上，这就要一定的人力散发，这可是有潜力的行业。

次日，吕梁下班后，就直接找到了这家招聘发单员的公司，应聘了个业余发单员的兼职工作。往后，每天下班后他领来宣传单，晚上，他把休息时间全部利用，出去散发广告宣传单。一个月下来，吕梁虽然人瘦了许多，可是，这个月却多出了六百元的“加班费”收入。

第二个月，吕梁下班后照样做兼职发单员。这个月他做得更好，到月底一算，挣了七百元“加班费”。这只是表面收获，还有更深层的收获是，他已掌握了广告单发放过程的一系列操作程序。比如，广告单在什么地方跟谁联系去哪儿接货，该发在什么范围，什么类型的宣传单，给发放员的酬金的等级，等等。接着，吕梁让妻子屈侠辞去制衣厂的工作，他觉得制衣厂经常没完没了地加班，人连个充足的休息时间都得不到，也没什么好留恋的。

屈侠一出厂，吕梁就去某企业的宣传部接来一批广告宣传单，让屈侠做了专职的发单员。屈侠白天发宣传单，吕梁晚上加班去增援。这样，一批接一批的广告宣传单，在吕梁手中飞出，飞奔到广大的市民手上。宣传单的流动，也给吕梁夫妻带来了丰厚的回报。自吕梁自己接单以来，头一个月，他们发单的收入竟然达到了三千二百元。

屈侠不敢相信自己的眼睛，这可是以前夫妻俩两个月的收入啊！这时，吕梁才说出收入的来源，一部分是夫妻两人的，还有一部分是吕梁发动他的三位同事业余参加发单赚来的。

屈侠这时不得不佩服老公："唉，这几年，看起来你每天忙忙碌碌只顾给别人打工，想不到你还有这种商业头脑。"吕梁说，"这不是我的头脑多么够用，而是被逼出来的，你不是要求我们与儿子们拉近距离吗？想要跟儿子们团聚，就要这样拼搏。儿子的幸福，是老子的辛苦！反过来，老子的辛苦，是儿子的幸福。明天就准备回去接儿子们来这边读书，一家人团聚吧。"

很快，吕梁的爹妈带着两个孩子来广东了。吕梁给孩子们在距离出租屋最近的地点办好了入学手续，又买了一辆电动单车，一边上班，一边更卖力地发展他的散发广告宣传单的业务。就连吕梁的六十岁的老爸，也不闲着，到广东一星期后，就加入了吕梁的发单队伍。

吕梁的广告单散发业务在不断壮大。他每月都有四千五百元的收入，来支撑他幸福的六口之家的家庭生活。他有个设想，到了哪一天，时机成熟了，他便辞去车修厂的工作，正式注册一个公司，名字就叫——幸福广告投送宣传公司。

黑了瘦了，但越来越坚强的吕梁，每当跟儿子们在一起玩时，他总是摸着儿子的头说："好好读书吧。儿子，你们知道老爸的才智是怎样爆发出来的？就是不想让你们再骂我们，想让你俩叫声爸妈，可你们却说我们占了便宜。现在的一切都是你们给逼出来的！老爸从来不占谁的便宜，老爸只记着一句话——儿子的幸福，是老子的辛苦！"

# 第三辑　真实影像

# 修理丈夫，我终于蹚过了男人河

姚碧春　口述 / 晏瑜　整理

我叫姚碧春，是个漂亮文静的打工妹。在青春火红岁月，不经意间降临的爱情，使我陷入两个男孩的争夺之中。最后我背离父母的愿望，选了其中一个男孩的怀抱，执意投了进去。

然而，我爱情生活的航道并没有一帆风顺……其结果将是怎样的呢？一切既出人意料，又属情理之中……

## 爱情，来自于一场意外事件

二〇〇四年八月，我从老家湖南常德来到深圳松岗镇打工，投奔在一家外资电子厂做文员的表姐家。因为那时正处淡季，表姐的厂暂不招工，她就帮我在她们厂附近一个小厂找了份打包装的工作，每天上半天班，表姐租了民房我们住在一起。我每天下班做好饭菜，等表姐下班回来同吃。

大约是我在那个楼里住了一星期的一天。下午，我们吃完饭正在床上横躺着，翻着书小憩，突然听见楼道里叽叽哇哇的说话声。

两分钟后，只听我们住的小房子的木板墙（老板用木板把大房子隔成很小的房子出租，因此房间有两面墙都是木板做的）咚地被什么撞了一下，接着啪的一声，我们挂在木板墙上的钉子上的炒菜铁锅被震落在地板上摔坏了。

表姐一惊，一下跳起来拉开门。她气呼呼地大声说："什么人这样疯癫啊？真不知道自己姓啥了？知道你们刚才做了什么错事吗？"

当时我也急急地走出门外，这才看清外面有三个小伙子，他们正在满头大汗地搬东西，其中有个二十出头的男孩，满脸通红，边擦汗边向表姐赔笑说："对不起，我们是新来的租客，因搬东西太慌忙，可能撞坏了你什么东西吧？"

表姐火气很大，手一指门内说："你自己看看吧。"

这男孩伸头往门内一瞧，看清了情况，脸更红了。连忙赔不是，说一定赔偿。

我见这男孩腼腼腆腆的，态度又好，忙把表姐衣袖一拉，说："表姐，别太盛怒，十几元钱的事儿，况且他们也不是有意的。"男孩见我很开明，连忙掏出二十元钱递向表姐，说不好意思，麻烦你们自己买个新的吧。

表姐瞧着递过来的二十元钱，不接，却说，"我那口锅是十八元买的，那么，不是还要回找你两元钱呢？"对方连说："哪里，哪里，我们没时间去买，劳驾你们了，我们收拾好东西还要急赶着上班呢。"表姐被对方的窘相逗笑了，接过钱，打趣说："好吧，就多收你两元的跑路钱。"

于是，这件事就这样了结了。

一天，我洗菜时在水池边碰上了“赔锅”的那个男孩，他热情地跟我打招呼，一聊，才知道我们竟是老乡。他叫封杰，是我老家邻县人，在附近的利益玩具厂打工。

从这之后，我们便熟识了。他不上班时就来我这里串门、闲聊。有时我也找他借书看。青年人嘛，热血时代，很容易沟通的。

一个月后，我表姐见有机会，把我介绍进了她上班的电子厂。这期间，尽管我不在那楼上租房住了，封杰这个老乡还是借故经常来我们厂里找我。这时，我一直认为是老乡嘛，交往交往是正常的。直到三个月后的一件事出现，我才不得不认真对待。

十一月下旬的一天，我过二十一岁生日，封杰竟然给我送来了贺卡和一个非常精致的电子钟，那钟的顶部有个绿色的翠鸟，时间定好，到了时辰便啄米似的啼鸣。我好感动，我还是第一次收到异性赠送如此精致的生日礼物，我高兴之中便想，他是怎么知道我的生日时间的？后来又一想，可能是他在我房里玩时，从我放置在纸盒里的身份证上得知后默记在心里的。

原来，他早就有心了！从这之后，他果然向我发动了爱情攻势。一个星期之内向我传递了三封情书。

我终于招架不住他那猛烈的爱情炮弹的追击，默认了跟他的关系。我觉得，他其实就是一块烧红的铁，热度真令人受不了。他浑身洋溢着一种巨大的魅力，我整天都觉得生活充满了温暖的阳光，我开始与他偷偷地约会。

其实，我说默认了后偷偷与他约会，是有原因的：在我来广东之前，家里有人上门提亲，帮我介绍了对象周申，跟我还是初中同学。当时我说年龄还小，先不定下来，交往一段时间再说。所以我们一直通信保持着好友关系。封杰的介入令我措手不及又无法拒绝，我只好给同在广东另一地方打工的周申写了一封言辞婉转的信，向他摊牌。然而没想到周申接到信，很快从打工的南海区赶了过来。

周申找到我的时候，恰好我跟封杰手拉手逛街回来，在厂门口与他当面相遇。“阿春，你干得好事……”周申先兵后礼开口就质问我，“吃着碗里瞧着锅里，居心何在？”我说：“感情的事，不需要解释。爱情没有理由！”自然，我们爆发了一场剧烈的口舌战争后，结束了本来不多的那点情谊。

最后，周申朝我脸上啐了一口，随后，他苦着脸，在黄昏的冷风中伤心地离去了。

没想到第三日，周申又来了。原来，那天他连夜赶回南海后，在几位哥们的怂恿和激将下，越想越气，决定第三天带上两位兄弟，再次来讨情债。

这一回，周申直接找到封杰，问他：“你是决定放弃一身皮肉呢，还是放弃阿春？”

封杰说：“两者都不放弃。咋样？”

周申说：“你再选择一次。你给我再选择一次！”

封杰说：“就是让我选择一千次一万次，我也不会放弃对阿春的爱！”

周申绝望了，说：“好小子，是你不地道的，你逼我的。我成全你！”手一挥，三人一拥而上对封杰拳脚相加。

当我闻讯赶去时，周申早已带人扬长而去，封杰鼻破眼肿，躺在地上直哼哼，连衣服也被扯破了。我吓坏了，封杰却挣扎着说没事。他在宿舍里躺了一星期，才勉强去上班。那些天，我心里又感动又担忧。

往后，封杰对我越来越好。我丢开矛盾心理后以更大的热情对待他。

不久，我就接到了家里父母的电话，是周申写信回去告诉两家老人的。父母知道我在外私谈情爱，在电话里把我狠狠骂了一顿，说我是瞎胡闹，放下当主管的周申不珍惜，却被一个不了解的外乡小工人迷住了，是跳过肉盆吃豆渣，是上当受骗，等后悔的时候就晚了。

我说感情的事，他们不懂，别扭曲封杰的形象。父母一气之下，说只当没我这个女儿。以致我很长时间都与家里闹得不和，但是我死心塌地地爱上了封杰，仍我行我素。

一年后，我父母终于被我对爱情的忠贞毅力所感动，默认了我与封杰的关系。

第三年，即二〇〇六年年底，我跟封杰回到老家，在双方父母操持下结了婚。

## 不知不觉，他变坏了

新婚宴尔，新鲜的日子总是甜蜜的，也是让人过得好惬意的。但是，这种日子没有维持多久。

半年后，封杰居然迷上了上网。我说在工厂打工，你不干好本职工作老去网吧干啥？他说现在是信息高速发展时代，大家都去，我去玩玩，也不出奇。我没再说什么。也就在此后不久，他经常一下班就跑得不见人影。问他，他只平淡地回答说是跟他几个朋友玩玩。

后来我经过留心观察证实，他跟几个男孩一有时间就往溜冰场和舞厅里跑，而且这几个小男孩，其中两个还是邻镇的。我真不明白他是怎么认识人家的。这样浪荡能有什么好？他每个月的工资花个精光，还经常胡诌些理由向我讨钱花。我们少不得磨嘴皮子。

一天，我终于又发现了一个秘密：封杰跟一个按摩师勾搭在一起了。原来，一个月前，他有个同事过生日，请他去镇上一个发廊里潇洒了一回，他竟上瘾了。那一天我们所在的工业区停电，因为前天夜里通宵加班了，中午我正在睡觉时，迷迷糊糊地听外面一个男孩问封杰："最近几天，没有去跟你那个按摩情人亲热？"

封杰说："最近手中正缺票子，有一星期没去了，前天还给我手机发了几个短信呢。"我方才明白有时封杰夜里不回来是在干什么。我慌了，再这样下去那还得了！挨到春节前，我提前订好了车票，把他弄回老家去过了个年。我想再不能在深圳松岗待了，一定要换个地方，把他滋生病毒的温床拆毁，要让他远离那帮乱七八糟的人。

年后，我们跟几个老乡来到了中山的民众镇，我进了一家名叫三泰的制衣厂。可封杰就不好办了，因为这里几乎全是制衣厂，他又没什么技术。后来，好不容易把他弄进了一个五金厂，但是没干三个月，他嫌又脏又辛苦就出来了。我又给了他几百块钱，让他去市内找工作。可跑了三四天，工作没影儿，几百元一分都没有了。往后，他硬着头皮又到邻镇转悠了几天，工作仍没着落，他干脆就不找工作了，最后竟然跟一帮赌徒混上了，专职打麻将当赌徒，不赌时又去舞厅混。就这样，转眼三个月又被他浪费过去了。

我是个性格较内向的人，摊上这么个人，只有暗暗叫苦。

尽管封杰的做派很令我伤心，但是，作为背井离乡的打工人，为了生活，我还得压抑着内心的苦恼和忧伤，不停地工作挣钱，支撑这个破烂的家。

十月初，封杰好像是在外浪荡累了，又回到我们的出租屋来了。刚回来一连三天整日睡大觉，睡了几天后又与旁边几个闲汉天天打麻将，硬着头死命赌。每顿吃饭时，他就拿上两个大碗在旁边的小饭馆里买些饭菜，端回出租屋等我下班后"享用"。

我心里憋着一肚子火，心想：你鬼迷心窍屁事不干，自己煮点饭菜也还能让人接受，竟然闲着锅灶不烧，出钱去买些饭菜拿回来气人。

一天，我终于憋不住了，气冲冲说："与其这样，你干脆别管我吃饭的事了，这样还好些！"

封杰说："不管就不管，你以为我稀罕管你啊！"顺手把刚买来的饭菜，啪地倒进门外的垃圾堆里。

我又气又急，望着他的背影说："好啊，封杰！你是过富贵生活的命，咱俩在一起不配，干脆离婚。"

"好哇！离婚可以，离婚后我不把你娘家人杀个干净才怪！"封杰咬牙说道。

我知道封杰已经成了百分之百的无赖了，我无话可说，饿着肚子流着泪去了厂里。

之后的两天里，封杰依然赌牌，依然在小饭馆买饭，但只买他一个人的。我没有耐心和精神再跟他吵。第三天晚上，我趁封杰正赌牌时，请假出来把出租屋里被褥锅灶及一些生活用品，一气之下搬进了厂里的宿舍，还把出租房门上的锁换了新的。半夜，封杰回去进不了门，就把房门上的锁砸了，见东西搬了，就气势汹汹地冲到我上班的工厂门外，隔着围墙把我骂到半夜。

随后的每日，中午和晚上下班时，封杰都准时在制衣厂门外叫喊着我的名字臭骂，还扬言说要把我拉出厂门，打断我的腿。

一连三星期，他天天如此闹腾。我吓得不敢走出厂门半步。

十一月中旬的一天下午，厂里因出货量大，忙不过来，车间抽了我们十几个人去帮忙装货车。我刚走向货柜车，忽听厂门口有人震耳欲聋般吼叫："阿春，你这个臭婆娘，你出来！你不敢来见我吗？快给我拿钱出来，我要吃饭，要生活……"

原来封杰又在厂门外等着。他骂着蹦着就往大门里冲，守门的保安死命拦住他。可封杰不知哪来的力气，照旧蹦跳着，叫骂着："臭婆娘跟我回家离婚去。"把铁门撞得哐当响。

老板听见骂声就赶忙走出了写字楼，他是外国人，听不懂，可看见门口凶猛的阵势，以为是大白日来了劫匪，忙叽里咕噜地指挥里边的几个保安快到大门口增援。封杰进不去，就往院内扔烂砖，又要翻围墙，恰好几个管区治安员路过，才把封杰弄走。我长长舒了口气。

封杰在厂门疯狂大闹之后，一连两星期都没再来我们厂门口，我以为他又去别处浪荡闲游去了，才敢走出厂门。十二月三号，我跟同宿舍一位女孩上街去，路过厂门旁边的小饭馆时被老板叫住了。他说我们厂里发工资了，要我赶快付账。原来，这些天封杰天天在饭馆里要酒要菜大吃大喝，他不光自己吃喝，还邀请一些不三不四的男女共同买醉，叫老板把酒饭钱全记在我的名下，等见到我由我来付账，十几天竟欠了五百四十元的饭钱。我气急败坏地说："谁吃喝你的东西找谁要钱去！"饭馆老板说："封杰三天前已回老家了，走时他写了字据要我找你结账呢。"说着把字条递给我。

我气愤万分，撕碎字据，转身欲走，可饭馆老板死死拉住我不放。我只得流着泪给了对方五百四十元。

这钱出得冤啊！可有什么办法，谁让我摊上这尊瘟神呢？我心里只祈愿封杰回到老家千万别再来这边害人了。

### 峰回路转，爱情复苏

日子一晃，快过春节了，由于年底我们厂里货太多赶得紧，春节放假太晚，另一个主要原因是封杰回老家去了，我受够了感情折磨，心情不好，所以春节我没回老家去，一个人孤单单地在厂里过春节，图个眼不见心不烦。

然而，世上的事总是让人难以预料。二〇〇八年正月初十过后，我千躲避万祈愿不想再见到的封杰，竟像是脱胎换骨一般又来广东找我了。这事还得从年前封杰回家那阵说起。

原来，封杰回老家后无所事事，就四处乱跑，整日不落屋。恰好邻村有三四个在本县酒厂上班的男青年下岗在家，他们就聚在一起赌博，因缺少赌资没赌几回就没了兴趣。后来，其中一个叫小刚的人，提议说夜里联合去偷窃本镇药材种植专业户的天麻卖钱。几个人都赞成。然而，那天夜里他们四个人到了种植场，天麻没挖出五斤，却被专业户的黑犬追得满坡乱跑，慌不择路中，封杰与另外两个同伴，分别掉进了两处人家专为防贼而挖的陷阱里，被专业户捉个正着，然后送进了镇派出所。

因为他们三人的脚和腿都受了不同程度的伤，派出所就先将他们送往医院进行治疗。本来，按规定派出所要对他们做出拘留十五天的处罚，因为他们认罪态度好，又都负了伤，派出所就改为对他们各拘留七天罚款一千元、交钱赎人的处理决定，减少了他们的拘留期。

在医院的日子里，另外两个受伤青年的老婆孩子天天守在跟前照料护理，而封杰因与我大闹别扭，又不务正业，伤了他父母的心，又得罪了我娘家人，都觉得他不是东西，因此没有一个亲友去探望他。

封杰与身边的病友对比后，触景伤怀，难受了好一段时间。好在派出所的干警们得讯后，三次都买了营养品去医院探望他。封杰追根溯源，思来想去，又感动又羞愧，内心也有了深切的感受，体会到当社会混混的下场是什么，也体会到一个完美家庭的重要性和人生真实意义，灵魂渐渐复苏了。

新年一过，封杰就做好了再来广东好好打工的打算。

农历正月十一日，封杰就赶到了中山，他在我打工的制衣厂附近老乡租的房子里暂住下来后，就托一个老乡带信给我要我去见他。我当时听到他来的消息后淡然置之，没去见他。他一直等到第三天也没见到我，就托老乡把一个旅行包捎来给我，他就离开了这个镇。

夜里，我冷静想了想，最终还是忍不住把那个包打开了，里面尽是家乡好吃的熟食品，最上面是一封长达五页的信。封杰在信上详细叙述了他回家后的经历和感受。他一再向我道歉，说他过去的做法是愚蠢的。他说经过那些沉痛的教训，使他体会到了人生真正的意义，他决心痛改前非，做个合格的男人和丈夫……他还说，过春节这几天里，他一直在想，留在异乡孤孤单单过年的我一定很伤心，他便亲手做了一些家乡小吃带给我，希望我能理解他的一片心意……

读完他的信，我看着面前装满小吃食的旅行包，心里涌上一股莫名的酸楚，泪水吧嗒吧嗒地打湿了信笺。

过了一星期，封杰又寄信来了。原来，在老乡帮助下，他在沙溪一家服装厂找到一份熨烫工的工作，他说有时间就会来看我。当时我心生一计，想考验考验他，就没回信。往后，每个星期他都要寄信来。我仍旧沉默。我想让他深刻地体验体验想要得到曾失去的，同样要付出心血、时间和代价！

五月一号，封杰厂里放假三天，他来我厂门外找我。他一见到我，就取出一个精致的缎面小盒子，随即取出一条金项链，他说这是他用第一个月上班的工资买来的。虽然项链只值六百八十元，但是却凝结着他的一份真心以及一份悔改的诚意，真如金子！

当他把项链挂在我脖子上的时候，望着他又像婚前那样温顺平和的样子，我抓住他的手哭了。我哭是因为我觉得我终于盼来了浪子回头的这一天！作为妻子，我用心良苦啊！其实，让封杰进派出所吃苦头那件事，是我精心策划的。因为陪封杰进去的青年小刚和派出所的小王民警，是我的远房亲戚。他们是接到我的信后才着手行动，帮我“修理、教化”封杰的。

八月五号是封杰的生日，我特意请假一天，去市场给他买了一件六十五元的衬衫作为贺礼去他厂里看望他。我送衬衫的寓意，是希望他今后的人生就如这件衬衫一样，要重新开始，活出新的光彩。

从那以后，只要封杰打工的厂里星期日不加班，他都会过来看我。他的心思都放在这边，我们又像婚前那样相互关心着。

那些艰难险阻和失意，都远去了。我终于苦尽甘来，走过了爱情的沼泽地！

# 打工仔的三级跳

——“层递法”生意经：看他如何利用契机走向辉煌

他叫刘玉明，是贵州省毕节人。二〇〇五年对于刘玉明来说，是一个重要的时间段。

因为，在二〇〇五年之前，他还是一个打工仔。

但是，从这一年起，他的身份有了一些改变。随后，刘玉明的名字基本上从打工仔的队伍里消失了。

无论后来有了怎么样的变化，那些往事，在他的生命中，却是无法抹去的……

## 奇特招工，他就这样进了鳗联公司

二〇〇三年夏初，刘玉明的母亲得了重病，需要住院治疗，当时家里缺少人手，他从广东中山一家手袋厂辞工回到了贵州老家，陪母亲去医院办住院动手术。三个月后，母亲基本病愈能干家务活了，但这回给母亲治病又欠了五千元债。他只得又收拾行囊南下广东淘金了。

这一次，刘玉明南下的落脚点是中山市的民众镇。因为在一家制衣厂做质检员的表妹兰儿打电话给他，说她们厂有个保安辞工了，她向人事部主管介绍了刘玉明，人事部主管答应让他来制衣厂顶那个缺。因此，他不得不连日连夜往中山赶。

然而，当刘玉明赶到中山，在荣骏制衣厂门口见到表妹兰儿时，她十分失望地告诉他，事情发生了急剧变化。

原来，这个制衣厂的生产厂长的亲戚介绍了一个当地人，昨天就把这个保安名额给占了。

刘玉明沮丧了一段时间，随后，他决定自己找工作。

可是，形势不利于人的是，当时正值炎热的夏季，各个单位只维持现状，根本不招工。刘玉明只好用从家里带来的两条未拆封的女皇烟，“买通”老同学张红打工的厂里宿舍的门卫，在他们的宿舍暂住下来，从长计议，自己寻找工作。

一天傍晚，表妹兰儿跑来告诉刘玉明一个她刚打听到的消息：本镇的鳗联公司要招一批男工。

兰儿说：“明天早晨尽量早点去，一个馒头九个人争哩。好了，我得赶回去加班了。”说完兰儿转身就走，但没走几步又回头来塞给刘玉明二十元钱嘱咐道：“今晚早点休息，明天吃过早餐再去，振奋精神，这个机会再不能错过了哟！”

刘玉明暗想：放心吧，我也不会轻易放弃的。

送走兰儿，刘玉明胡乱地洗了澡，洗了衣服，躺到床上就睡。奇怪，虽然感到很疲劳，又偏偏睡不着。直到十二点半以后，刘玉明终于迷迷糊糊睡着了。等他一觉睡醒，张红通宵加班还没有下班。刘玉明一看时间，七点半了，慌忙爬起床往洗手间跑，心想：真糟糕，连早餐都来不及吃了！

刘玉明搭摩托车赶到鳗联公司门口，只差五分钟就到八点！可是放眼一瞅，我的天哪！墙边站的，树下蹲的，门外东一堆，西一群，有二百多个人来应聘。保安室外面墙上有个广告，刘玉明过去一瞅，招男工十八名，女工十三名。唉！看来希望太小了！

正在他心中降温的时候，门卫开了小门，叫应聘的人员全部领表格进门先填写履历。“管他呢！”刘玉明急忙挤进人群，按次序进了门。领到登记表后，门卫将所有应聘者带到旁边一幢楼的一楼员工大食堂里。

这时有个女的站起来说：“各位见工者看清楚，现在坐下填表，表上有编号，各位一定要记清自己的见工号，填完表交到我手里。”

刘玉明仔细一看，表格上端果然有红笔编写的号码，他是十八号。大家填完表都交上去了，那女的让他们都走出食堂的大门，按照见工的编号顺序在院落空地上排成四条纵队，然后，男工逐一在地上各做五十个俯卧撑，女的则在一边头裹浇过热水的湿毛巾，做原地跳跃动作。做完这些动作，他们又被全部带进食堂里。那女的大声说：“各位请注意，来见工者，大部分将会成为本公司员工，因此经理吩咐，凡是见工者，我们特意供应一份早餐。下面，我们将按见工号来发放早餐。”

女的话音刚落，两位食堂师傅打开了餐厅与厨灶间的小铁门，把一部餐车推出来。于是，主持招工的那女的就喊见工编号，叫到几号，几号就站出来领早餐。等叫到十八号，刘玉明兴冲冲地去领来自己的一份，边回座位边想：嘿！不错嘛！今早上没吃早餐，偏偏见工还发早餐！还是蛋花煮汤粉呢！

然而，当他落座后大吃了一口时，咦，怎么不对味？啥东西这么苦？刘玉明用筷子把这大碗蛋花汤粉搅了搅，看清里面好像是煮着苦瓜跟什么青菜。说实话，这十多天他从没吃过饱饭，管他呢，只要吃饱肚子还管它苦不苦！刘玉明这样想着，就大口吃起来，几分钟就把一大碗早餐吃了个精光。抬头望望四周，有好多人都还是一大碗，有少数人根本就没动过筷子。还有几个人已吃完，且把空碗拿去放到那部餐车旁边。于是他也照办了。在放碗时，他才发现，碗上还编了号呢。

十分钟后，女主持又说话了："现在，大家早餐用完了，请各位到院子中休息一小时，到时还要继续面试。"一小时很快过去了，他们二百多个应聘者又被叫进刚才那个餐厅。女主持说："今天上午的见工就到此结束。现在大门外，有一份刚贴出的招聘通知，请大家去看一看。"女主持一宣布散会，哗的一声，大家都站起来往门外涌。到门外一看，刚才贴招工广告处又贴上了一张大红纸的通知。

刘玉明上前一看，只见上面写道："经本公司人事部研究决定，下列人员考试合格，被正式聘用。请于明日下午来公司办理入厂手续。"

刘玉明努力睁大眼睛寻找，不到三十个名额中，他的名字居然也排列在其中啊！他高兴得在地上乱蹦乱跳。

## 敢想敢做，我在契机中积累财富

次日，办入厂手续时，刘玉明趁机问其中一位人事部助理："请问我们被录取的依据是什么？"人事部助理一笑说："本公司是一家特种食品类公司，刚开工不久，老员工是从总厂调来的人，所招的新员工，都要入厂培训后才上岗，进蒸笼、下冰窖的可能都有，所以不论生熟手，只要能吃苦耐劳即可。验收标准嘛，有两条，一是男的做俯卧撑，女的头裹热毛巾原地做跳跃动作；二是供应早餐。做俯卧撑和头裹热毛巾原地跳跃是考核见工者身体的健康程度。还有一个目的就是检验见工者有没有吃苦耐劳的精神，这是选拔好员工的关键！一碗苦味汤粉都不能征服，别的还用讲吗？”

啊？原来如此。刘玉明闻此言不由得一怔，心中暗嘀咕，这样的招工条件未免有点荒唐！但是，转而一想：鳗联公司这种独特的考核标准，不能说没有道理，打工者当中长时间找不到工作的人，必定生活无着，备受煎熬，这种人有份工作肯定会很珍惜的，能饥不择食的人，绝不是公子哥儿类的人！我不正是这样的人吗！好你个贼精的老板，服了！这时他想起了一句劝世警言：为人在世要踏实本分且能吃苦耐劳方能过上舒坦日子。此言不虚！

上班后，刘玉明才知道上次所招的女工，全被分在烧烤车间。有些男工被分在冷库工作，他被分在宰杀车间，都要先培训半个月。他们宰杀班员工，天天拿着牛耳刀跟着师傅杀黄鳝，偶尔学杀一条鳗鱼，也是病死了的。

宰杀鳗鱼，可不比酒店杀鱼那么简单、只要杀死能吃就行，杀鳗鱼很讲究技术和刀法。先用两条钢钉（定位针），把鱼头和尾巴钉住，然后拿刀瞅准鱼肚皮，一刀从鱼胸口划到鱼尾处，不能划第二刀，否则就是废品，叫作杀坏了的鱼，要罚款要挨训。因要聚精会神，压力极大。一天上班下来，腰酸背疼，眼睛都发困，身体都快散架了。当时整整练功半个月，刘玉明他们才正式宰杀鳗鱼，当了“执法官”。头一个月因怕出废品，整日紧张得连衣服都被汗水浸透着，当时他总认为比当兵执勤站岗时还费精神。他们宰杀班的员工，每日早晨六点上班，宰杀够一定的鳗鱼任务数量后才能下班，接着再洗地板、刀具等，直至主管检查合格才行。

尽管工作比较累，时间长，但终有回报。因为他们的鳗鱼经烧烤车间加工制熟后包装成箱，都是出口日本及东南亚各国的，公司效益特好，他们的待遇是连奖金在内，每月可领一千九百元左右。因此，他们干起来很有劲头，很卖力。

日子很快过了半年，已是二〇〇四年的春末了。

这时候，他们鳗联公司出现了点烦恼事：从兄弟养殖场调运回来的鳗鱼，养在暂养池中，不知因何缘故，这些鳗鱼大量死亡。这鳗鱼是一种昂贵鱼类，生鱼一公斤就价值一百三十元钱呢，倘若大量的鱼死去，公司还拿什么出口呢？公司领导就号召全体员工集思广益，寻找鱼死的原因。或许是大家没找到真正的原因，又或许是大家认为，研究对策是公司领导的事，反正员工都没有什么反应。

那几天刘玉明上夜班，白天吃完饭休息时，他端上洗衣盆一边在池子附近洗衣服，一边观察着。经过三四天的思考，刘玉明终于下决心提笔写了一份针对死鱼现象，如何采取有效措施防止鱼死的初步设想建议书。他的建议书上，着重提了五条建议和鱼池存在的问题：一、要保证水池的卫生，鱼池中水太脏，循环槽水流动太快，产生的水泡沫太多；二、水池拨水器安装不均匀，水流动不平稳，因而对池中鱼的生活、呼吸及休息造成影响；三、定期彻底更换池水，消除水中杂质；四、增氧器白天和夜晚开动时间区分开来，白天多开，夜里少开；五、派专人昼夜巡查鱼池，池中一经发现死鱼，立即清除掉，保持水的清洁程度，以防感染池中鱼群。

建议书写好，他交到了总经理办公室。至今回想起这件事，刘玉明仍然说不清，当时他怎么会越过生产主管而直接把建议书送给总经理的。也许这便是他的勇气该让自己向成功的道路上迈进吧。

次日，总经理派人来传刘玉明到总经理室去见他。刘玉明忐忑不安地走进总经理室，以为意见书上说得不对，惹恼了经理要当面批评他呢。谁知，总经理态度和蔼地请他坐下，还给他倒了一杯水，开口就说刘玉明关心集体，精神可嘉，把他好好表扬了一番。

尽管这一天，总经理一直没有提到他的建议内容的正确与否。但是从总经理室出来，刘玉明心里甜得还是像灌满了蜜糖一样。

下午六点钟，正是员工们到大饭厅吃饭的时间，餐厅里人声鼎沸，每张餐桌都挤满了就餐的员工。刘玉明与同一个班组的两位员工坐在一起，边聊天边大口吃饭时，耳边冷不丁响起了麦克风里的讲话声音。刘玉明忙循声看去，这才发现餐厅最前一排餐桌边，总经理和生产主管不知何时进来站在那里了。

总经理手握话筒开始讲话了："各位员工，借用大家一点吃饭的时间，现在向各位员工宣布一件事情。什么事情呢？就是关于我们公司近段时间暂养池鳗鱼发生严重死亡现象的问题。上一次，公司领导层发出了要求各位员工都来寻找、探究死鱼的原因的号召之后，一连几天无人响应，也没有提出任何意见。昨日，终于出现了一位热心员工，他就是宰杀班的员工刘玉明。刘玉明作为一个普通员工，关心集体，勤于思考，有为公司排忧解难的精神，无论他的意见正确与否，他的思想和行动都是值得大家学习的！经公司领导小组研究决定，奖励他五千元人民币。明天上午，请刘玉明到办公室及时领取奖金……"

总经理又说了什么话，刘玉明都没再听进去，他只觉得自己被一种兴奋和欣喜包裹住了。

次日，刘玉明领了奖金之后，想不到又一桩好事接着奔他来了，他被生产部提升为宰杀甲班的班长。

刘玉明当班长后，勤勤恳恳地工作着。这期间，公司对暂养鱼池的设施做了改进和翻新清洗工作，又购买了许多杀菌和抗菌之类的药物，定期往鱼池里投撒。终于，死鱼的现象被消除了。公司的危机也解除了，他们觉得工作更顺手更开心，既积累了财富又积累了管理经验。这年年终，公司又奖给了刘玉明八千元奖金。

## 循序渐进，老板是这样当成的

刘玉明在鳗联公司一干就是两年半。二〇〇五年九月初，他在本镇的艺辉鞋厂找了个也是贵州籍的女朋友金花。刘玉明知道，一个漂泊的灵魂有了爱情春雨的滋润，会更有生机。

又过了两个月。一天，刘玉明陪金花逛街，金花突然问他："看起来，你在鳗联公司干得挺不错，是吗？"

刘玉明说："与一些老乡比，还算过得去吧。"

金花问："今后，你还有什么打算呢？"

刘玉明说："打工呗！认认真真、踏踏实实地打工挣钱呗。年轻人，无论干什么都要有恒心嘛！"

金花问："你今年多大了？"

"二十七岁呀。"刘玉明心不在焉地答道，答完补上一句，"怎么？你查户口呀？就是查，你也不必明知故问嘛。"

女友金花仍旧紧随自己的谈话思路，问："你今年二十七岁，身强力壮好打工，那么到四十岁、五十岁时，老腿老胳膊了仍然还打工吗？"

这家伙，看不出还是个穆桂英转世，耍起她的"捆夫绳"来了。

经女友这一盘查，刘玉明也觉得该为自己今后的长远之路做点设想了。当时，他手中已积攒了六万元钱，他想：经过这两年的打拼，自己的管理经验有了，小小的启动资金有了，自己也该奋身一搏了。

于是，刘玉明便辞去了鳗联公司的工作，女友拿出三万元，他用俩人凑起九万元，在旁边工业区里厂家集中的地方，办了个小百货商店，主要经营日用百货和副食品及饮料。

开业第一个月月底，刘玉明算了一下账，除去税金和铺面的租金外，净盈利九百二十元。当天吃完饭时，他把本月的核算结果告诉金花，他说："嗨，不怎么样，两个人忙碌了一个月，才赚九百多元钱，除了我们的伙食费，就没有几个钱了，还不如在厂里上班，两个人一月少说也要挣三千多元。"金花说："你傻了？每月四百多元的税金和两间铺面一千三百多元的房租、水电费，不也是我们从赚的钱里面开支的吗？加起来，毛利润也有近三千元呢！第一次吃自己烙的饼子，成就感蛮大呢。毕竟咱们是为自己而活呀！"

听金花这样说，觉得也有道理，刘玉明的心便释然了。可是他心里又有了一个心事：如何才能加大经营量，把每月的房租赚出来就更好了。

次日，有个三十岁的妇女领了个小孩来刘玉明他们店里买东西，买了东西后，那女人坐在他们的店里看电视。这时那小孩子不耐烦了，扯住妇女的衣袖直嚷嚷："走嘛走嘛，咱们回家去。"

金花笑着逗小孩："回哪里的家？是湖南的家呀，还是河南的家？"

这样一逗，那个妇女笑了一下，来了兴趣，她说她们在后面的民主路租房住，住的那三层楼全是隔开的单间出租屋。房租不高，而且住得还挺舒适。

听了这女人的一番话，刘玉明心里一亮：我何不也租一座楼，然后底楼开商店，上面再转租出去呢？于是，往后他就一边做生意，一边在附近留心打听。

一个月后的一天，刘玉明得知金沙路二十八号，有个小型手套厂要搬走，他赶紧与房东联系，用每月两千三百元的房租，租下了那座三层小楼，然后退租了早先的两间旺铺房。刘玉明立马买来一批木板，将二楼三楼的大通间隔成了二十三个小房间。一楼他们用来开店，上面的及四楼原来的四个小房间，他们全部以每月每间一百五十元的价钱，转租给外来打工的人居住。这样，每月二十七个小房间约四千元的房租收入，他们用它付了整栋楼的租金还余一千多元，也就是说，两间门面不用出钱，真是一变利翻倍啊。刘玉明在金沙路二十八号开店后的头月利润，就达到了四千五百元。

金沙路是瑞祥工业区的中心地段，打工的人很多。刘玉明见那些打工的年轻人晚上不加班时，在工业区里走来走去，有商机可挖。他很快买了两台大彩电，各配一台 VCD，专放武打片及言情录像，接着又专配了一套唱卡拉 OK 的设备。刘玉明放录像是散场不收钱，卡拉 OK 也是免费点唱，还提供座位。看录像的打工人，绝不会白看的，他们都会买刘玉明店里的啤酒和花生，还有水果等食品消费。

这一招很得力，刘玉明商店的效益和名声大增，单是每月为录像时间“提供”的食品销售纯利润额都在一千五百元以上。刘玉明在金沙路二十八号开店三个月以后，每月利润达到了八千五百元以上。

二〇〇七年八月，刘玉明见工业区里又新迁来了一家玻璃厂和两家制衣厂，外来工越来越多。他便见机行事，又在隔壁办了个小饭店，专营早餐和夜宵，生意又出乎意料地红火。小饭店经营半年后，刘玉明渐渐摸清了饮食业的门路，又大胆在本镇的万安工业区和沙栏工业区，各开了三家饭店和两家小百货店，又重拾旧招，再“如法炮制”地放映录像搞促销。

由于刘玉明他们服务态度好，肯吃苦，小心经营，食品数量足，味道鲜，又善于动脑子想出一些新的促销点子，生意都不错。这样算下来，每月每个店都有六千五百元的纯利润呢。刘玉明信心越来越足，他不断滚雪球，力争把生意做大。

截至二〇〇九年四月，刘玉明已拥有四家百货店和五个中型饭馆，手下员工已达六十八人。总资产已超过六百万！

回想起他从打工仔变成老板的成功之路，刘玉明觉得，打工也是一种磨炼。在鳗联公司打工的那段经历和体会，是极有价值的，那些经历，是他的宝藏。

那种敢于尝试的精神，是一种财富，是一种动力，它鼓舞着刘玉明一路向前走去。

# 爱情“接力棒”

这一天，陕南的秋天风和日丽，这一天，陕南的大地娇媚含情。因为，这是一个特殊的日子！一个意义非凡的日子！

这是二〇一〇年十月二十日。在上海浦东一家大公司工作的大学生刘小明，终于收获了美好的爱情。他和女友洪婷在老家陕西洋县举行了婚礼，人们都夸他们是幸福的一对儿。

只是，令一些应邀参加婚宴的高中同学惊讶的是：他的新娘，长得竟与那个得病死去的女友十分相像，难道，他的女友复活了……

随后，当一些同学听了刘小明的解释，了解了他们历经三年长跑的感人故事后，都唏嘘不已：真情的力量是巨大的。

三年啊！一千多个日夜，在日月交替患难真情的感召下，人间足够再创造一幅令人欣慰的奇美图画……

## 花季女孩，南国遭遇

让时光倒回去几年吧。因为，人们通常看未来的世界，眼前都会充满着希望。所以，我们就珍藏这种希望，把时光拉回到隐藏希望的田野里，就定格在二〇〇六年，从秋天说起吧。

那一年的秋天，当金黄色的枫叶开始变得红亮的时候，二十二岁的洪小丽，从陕南一家技术学院毕业后，跟着姑姑离开陕西洋县老家，到深圳市宝安区打工了。在姑姑同事们的帮助下，洪小丽进了姑姑打工的洪兴鞋业公司，当了一名车间统计员，主要负责每天的半成品材料的发放登记和当日各生产组完成的成品数目的登记工作。这种工作，不用技术，只要用心做好账目，工作认真负责就行了。洪小丽做得很开心，时间过得也快。

只是，让小丽有点不随心的是，男朋友周红刚跟她从一所学校毕业后，却去了江苏镇江的一家机器制造厂工作了，所以，她常思念男友，只能每星期六打长途电话以叙思念之情。

时光如车轮，转眼就转到二〇〇七年四月中旬了，也就是洪小丽到深圳打工半年的时候。一天下午，她的姑姑玉珍下了班后，突然觉得腰疼痛得直不起来了，脸也胀胀的，双腿软得跟面条似的，玉珍急忙叫上洪小丽相陪到了医院。一检查，原来玉珍得了急性肾炎，需要住院治疗。洪小丽就请假陪护姑姑。由于洪小丽打工不久，还要寄钱给正读大二的妹妹做生活费，也没攒下钱，玉珍姑姑的工资又不高，所以，姑姑住院时特向厂里借了四千元，一共交了六千元住院费。

在医院，她们生活上只能节俭，每天吃饭时，洪小丽就去医院门口买两份四元钱的快餐。当时，同病室住的另三位病友，他们不是家属在做高薪工作，便是当地的小康居民。那时，每天先后都有人送鸡汤或高营养的补品给病人吃。相形之下，洪小丽总是内心生出无名的感慨和自卑心理，越发盼望姑姑的病快些康复。

洪小丽在医院陪护姑姑后，不用忙碌上班了，该要好好歇歇了，可她又觉得闲得无聊。姑姑就劝她出去到街上走走，不要总待在房内闷出病来。

一天傍晚，隔壁那个与洪小丽混得很熟的陪护病人的小红姑娘，过来叫她一起去看电影。小丽去了。第三天傍晚，小红又叫她，不好推辞，洪小丽就与小红又出去。小红带她到外面看五元钱不清场的录像。录像放的尽是些武打和三角恋爱的内容，说不上好看，只能说是调整心绪吧。

没想到，过了两天，这天晚上小红又叫洪小丽去看录像，她想推辞，小红拉上她说："走吧走吧，反正睡觉还早，去逛一会儿吧。"她只得又去了。洪小丽以为还去先前的那家录像厅，可小红说那一家放的不好看，要另去一家，洪小丽只好跟小红走。

十分钟后，她们到了一处位置较偏僻的录像厅门口。小红掏钱买了票，让洪小丽先进去。洪小丽进入里面，在淡淡的光线下找到位置坐下，小红也进来了，旁边跟着一个三十岁的男人，紧挨小红坐下后就搂搂抱抱的，旁边的洪小丽感到很不自在。

一会儿，有个男人走过来，问洪小丽愿不愿意陪他看录像，陪一小时会给三十元钱的。洪小丽厌恶地说："滚！滚得远远的。"

那男人怔了一下，走开了，边走边嘀咕道："看不出，靓妹还挺正经呢！"

洪小丽知道这地方不干净，没心思待了，就想回去。她刚站起来，小红与那男人也站起来了。小红说要去那男人家里玩玩，让洪小丽别等她了，一个人先回去。洪小丽巴不得她早点说这句话呢，起身就往录像厅外走去。一路上，洪小丽真后悔跟着小红来这样的地方。原来小红是这样随便的人！她边走边想，走到那几幢刚修建完工还未启用的楼房旁边时，洪小丽发现后面有匆匆的脚步声，她以为是过路的。可是，当后面的人走到她身边时，却一把捂住了她的嘴，接着把她拦腰抱住，往旁边拉。然后，不容她反抗，她的头就被什么东西敲了一下，接着，她什么也不知道了。

不知过了多久，洪小丽醒来了，她发现自己躺在一间寂静无声的刚完工的新房子里，而且衣衫不整。顿时，她泪如雨下：自己被人强暴了！她愤怒得大张着嘴，可就是哭不出声。

洪小丽是个思想传统的女孩子，遭遇这种横祸，她知道下面该怎么做了。她飞快地收拾好衣服，压抑着悲愤，丢魂落魄般地回到医院。这时，姑姑已经睡着了。她悄悄躺在姑姑脚边，发誓要把这份羞辱在内心悄悄地烂掉。

过后一连几天，过分的压抑和内心的煎熬，使她体重骤降，天气一变，她感冒了。她去药店买了一些感冒药吃了。虽然感冒好了，可能因服用西药过多产生了副作用，她开始出虚汗，四肢乏力。

## 他狠心地离去，你却痴情地走来

三个星期后，玉珍姑姑的病基本上康复了。这姑侄二人就出院回到了厂里。玉珍还是将养着，洪小丽就先上班了。二○○七年六月底，洪小丽回到厂里上班已经两个多月了，她的体质还是没有恢复，很容易感冒。玉珍以为是侄女护理她时，在医院生活太节俭以及忧郁劳累所致，心里很愧疚，就到街上去给侄女买了一些保健品。

但是不久，洪小丽发现自己臀部生了些小疙瘩。她以为是坐板疮。因为她上班坐的时候多。小丽便买了一些皮康王软膏药涂抹，但是效果很差，渐渐腿上也有了红疮疤。一天，洪小丽把自己的病告诉姑姑，姑姑说："可能是你体质太差，又到了夏天，火毒迸发，去医院看看吧。"洪小丽觉得这边看病很贵，她想回老家去看病。姑姑觉得侄女回老家去也好，一边看病也可以好好歇息一段时间。等病好了再出来。于是，洪小丽收拾了一下，辞了工作，就离开了宝安。

洪小丽回到老家，母亲听说女儿得了皮肤病，以为是乡下常见的疥疮，这病虽然不伤人性命，但很缠人，忙陪女儿去镇上医院找老中医治疗。老中医诊断后说："别担心，这种毒疮病隔一二年，就会在一些人身上发生，我医好过不少毒疮病。我三剂药让你的病稳定，五剂药让你康复。"然而，老中医的汤药一剂接一剂，洪小丽一共服了三五一十五剂，仍旧不见效。

二〇〇七年七月底的一天，邻村一位老大妈在洪小丽的邻居家做客，听说小丽身上生了毒疮，便告诉小丽的母亲，说有一种叫"苦豆根"的植物，挖回来捣烂糊在疮疤上效果很好。小丽的母亲立即背上背篓扛上锄头，上山去挖。这时节正值农历七月，骄阳如火，小丽的母亲在烈日的暴晒下，在满山坡和树林里跑了多半天，两条腿和胳膊被树叶上的火辣虫刺的尽是指头蛋大的疙瘩，可她一点没感觉到。黄昏时，小丽的母亲才挖了五斤苦豆根回来，赶紧放进石臼里，捣烂给小丽涂在身体上。据说治烂疮很灵验的苦豆根熬汤洗、捣烂糊，可用在小丽的身上，仍旧不见多大的疗效。

八月初的一天，洪小丽的母亲听说邻乡有个草药客，叫胡德娃，常上太白山挖草药给人治烂疮，很见效。小丽的母亲就提上五斤干腊肉，登门去求药。可草药客胡德娃却说药用完了。小丽的母亲只好回家取了一千元，给对方送去，托胡德娃专程上太白山去挖了三大包草药，拿回来给小丽治病。

八月二十日，洪小丽的男友周红刚听说女朋友病了，他请假从江苏镇江回到老家来探望女朋友。可是，刚到家里，周红刚的父母就把洪小丽得了癞疮病久治不见好转的消息，给他渲染了一番。周家两老劝儿子别去小丽家了，说洪小丽病得不轻，即使能医好，将来也是满身疤痕，要多难看就有多难看，说儿子正年轻，前途无量，来日方长，劝儿子赶紧退亲。周红刚听了父母的劝告，害怕了，动摇了，就没进洪小丽的家门。第二天，他听从父母的建议，动身返回江苏去了。周红刚走时，把洪小丽毕业时送给他的一块手表和一封刚写给小丽的信，托他母亲送给洪小丽。

当洪小丽见到周红刚的母亲送回来她曾送给对方的手表以及一封信时，她似乎傻了，双眼痴呆，不说一句话。周红刚的妈悄悄溜走了。

“小丽，我们俩在一起不合适，请允许我不能回来看望你。今后请你另选中意的男朋友。祝你幸福……”洪小丽把这封短信看了三遍，确信是周红刚的亲笔字体后，回想到以前跟周红刚交往相处时的一些细节，哭得死去活来。“周红刚，你这个小人，你是这个天下最大的伪君子，以前说的那些甜言蜜语，全是谎言！你滚吧，滚得远远的，我不想再看到你……”洪小丽把这张纸撕成了碎末，扔在地上……

她绝望了。她想到了早日解脱自己的方法。她几次想服药自杀，都被细心的母亲发现了，没自杀成功。

周红刚从洪小丽心中退出，已有十二天了，洪小丽越来越消瘦，体质越来越差。九月六日下午，她正坐在家里的院子里望着葡萄树发呆，忽然，她发现一个人提了一包东西，从院子外走了进来。

“刘小明！怎么是你？”洪小丽吃惊地叫道。

“小丽,你这几天感觉怎么样了？”刘小明边放东西边关切地问。

“你……你来我家干什么？”洪小丽表情复杂地望着对方说。

原来，刘小明和洪小丽家同在一个乡，与周红刚和洪小丽都是高中同学，后来又在同一所职业技术学院读大学。其实，刘小明对洪小丽早就有好感，而且深深暗恋着她。只是因为刘小明性格内向，才没有当面表白出来。后来，他们一同上了技术学院，又不在同一个专业，接触更少了。就在这时，能说会道的周红刚向漂亮的洪小丽发出了爱情的信号，在接连的攻击下，洪小丽很快接受了周红刚的追求，两人确定了恋爱关系。当读大三的下半年，刘小明鼓起勇气向洪小丽表白爱慕之情时，方才从洪小丽口中得知，她与周红刚已经确立恋情快一年了。刘小明伤感之余，就把那份爱埋在了心底。后来，刘小明毕业了，与周红刚一起被学院推荐到江苏镇江，被安排在了同一家大型企业工作。

前不久，听说周红刚回家看望生病的女友了，可没过三天，周红刚又回厂上班了。刘小明一打听，才知悉是周红刚因女友得了难医好的病，已经与女友解除关系了。他想：洪小丽在这种时候再遭受情感打击，肯定受不了。苦思一夜，刘小明打定主意，就向厂里请假一个月，回来看望洪小丽了。

洪小丽听刘小明说了事情的来龙去脉，不由得想到面都没见而狠心离开她的周红刚，失声痛哭：“小明，你走吧，你来干啥？我已成这样了，活一天是一天，我不需要别人怜悯……”

刘小明着急地说：“小丽，你怎么能这样说呢？你咋能这样理解呢？我不是周红刚，我是真心回来看望你的，我几时在你面前说过虚情假意的话！再说，你得的是皮肤病，又不是绝症。这次回来，我要留下来陪伴你，医好你的病……”

洪小丽固执道：“我累了，不想再与男生纠缠，也不想再连累别人了！”

“小丽，你别这样，不说别的，作为同学，你有病了，我不能照顾你吗？我是个不爱多说话的人，过去我喜欢你，现在我仍然有义务关心你。我已请假回来，你就让我陪在你身边吧。只要你医好病，就是我最大的心愿。你病好了，你若讨厌我，我立马就离开你。”

“小明，你为什么这么善良？你为什么这么傻啊？”

真情的力量是无比强大的！最后在刘小明的苦口婆心劝说下，洪小丽才放下了绝望的念头，她趴在刘小明的肩膀上，哭得泪如雨下。洪小丽不再赶刘小明走了。刘小明留在洪小丽的家里，帮做家务，为她煎药熬汤，悉心照料洪小丽，陪她聊天解闷儿。小丽的母亲也接受了刘小明，洪小丽的情绪也渐渐好转了。

这样一来，各种闲言碎语随之传开了，大家都说，周家嫌小丽成了“癞疙瘩”不要了，刘小明却傻瓜蛋一个，来捡不值钱的便宜货。闲话传到了洪小丽耳朵里，她难过地对刘小明说：“小明，你还是回厂里上班去，别把你的正事耽搁了。反正我这样了，我不会有啥想法了，自己照料自己吧。”

刘小明说：“什么是正事？帮你治好病就是正事，别人爱怎么说，就让他们说去。我就愿意跟你在一起，别人有想法可没办法！我一定要陪你治好病给那些人看看！”

刘小明的父母也被别人的闲话戳伤了自尊心，他们捎信来，说家里有急事，让他回家一趟。刘小明赶回去了。父母见到儿子就劝告：“儿呀，洪小丽又不是你公开的女朋友，只是你过去的同学，你这样做值得吗？明天，你别去洪家了，赶紧回厂里上班去！”刘小明说：“洪小丽现在这种状况，她男友狠心不管了，我再不给她点帮助，让她感受到真情，她还怎么活呀？”父亲说：“人家男友都不管了，你瞎急啥呀！”

刘小明说："我已经二十四岁了，不是小孩子，做事会有分寸的。正因为她男友甩了她，我现在就是她的寄托，她的男朋友，我想照顾她一辈子！"

"你这个傻瓜！真让别人说中了！"父亲气得跌坐在椅子上。

刘小明不顾父母生气，又转身去了洪小丽家。

日子一天一天过去，洪小丽的病情不见减轻，人却越来越瘦了。刘小明觉得靠镇医院的老中医和民间草药治疗多日没有好转，是不是病没有诊断准确。在他的提议下，洪小丽的母亲准备让女儿去县医院或市人民医院皮肤科治疗。

二〇〇七年十月十六日，刘小明和小丽的母亲带上洪小丽到县医院治疗。皮肤科医师诊断为严重性红斑狼疮，开了一些药，又建议她们去市医院检查治疗。

十月二十二日，刘小明下了决心，不再拖延，带上洪小丽到了市医院皮肤科治疗，并住了院。

第三天，经过对洪小丽做全套程序的各部位大检查，次日一大早，主治医生把刘小明和小丽的母亲叫到办公室。医生支吾了半会，不知该怎么说。小丽的母亲觉得情况不妙，赶紧催问。医生指着诊断书，说出了小丽的病情："艾滋病中晚期患者！"

## 生命极限，清丽江边埋情人

当洪小丽的母亲亲耳从医生口中听到女儿的病情时，犹如听到一声惊雷！不是刘小明及时扶住，她差点栽倒在地上。从医生办公室出来，刘小明禁不住泪如雨下："小丽啊！你怎么能得这种病呢？我们才倾心相爱走在一起，我还想和你白头到老呢！"从来不抽烟的刘小明，却突然向一个过路的男子要了一根烟，躲进走廊尽头，狠狠地抽起来。

很快，洪小丽被转送到隔离病房。她终于知道了自己得的病。这时她才醒悟，才想到自己得病的原因，是与半年前那天晚上的那场“劫难”有关。她哽咽着，向母亲讲了那场噩梦般的经历。她说：“妈！小明！我不是有心去学坏的啊……”

刘小明红肿着眼睛，悲愤地咬着牙齿，差点把嘴唇咬出血来，他拉住小丽的手说：“这不怪你，小丽，你受苦了！做了多年的同学，我难道还不了解你的为人。如果我能找到那个畜生，我要把他碎尸万段！你放心，我一定要把你医好，让你做我的新娘……”

洪小丽哭道：“老天虽然给予我生活的不幸，却补偿了我爱情上的真情。小明，有你在我身边，是我今生的福分……”

刘小明跟厂里电话联系，向部门经理说明了情况，并提出了辞职请求。经理得知他决定放弃高薪工作的想法，虽然遗憾，但很感动，就同意了。经理还告诉刘小明，以后什么时候想回去都可以。随后，让财务部将他最近的工资打进银行卡里。之后，刘小明就专门陪护住院的洪小丽。

二〇〇七年十一月二十五日，得知大女儿洪小丽得了大病的洪炳成，急匆匆从打工的所在地新疆赶了回来。当洪爸爸见到女儿时，禁不住老泪纵横，他取出包里专门为女儿买的牛肉干、葡萄干，湿润着眼睛往女儿嘴里送，尽管这时，洪小丽已经没有什么食欲，但老爸一定要看着女儿，一口口吃下去才舒心。

当小丽得知老爸把打工所挣的九千多元，全部交到医院给她治病，她就劝爸爸节省些血汗钱，留着供妹妹洪婷上学。老爸不答应。有几次，洪小丽趁父母和刘小明不留神时，溜下床要回家去，都被洪爸爸和刘小明拉回来按到床铺上。

亲情和爱情，虽然无限温暖，却没能阻止住死神的脚步。洪小丽的身体连续发烧，不停地说胡话，每天主要靠葡萄糖吊液补充营养。

二〇〇八年三月十六号，洪小丽最终被病魔折磨得气息奄奄，死在医院。

刘小明与小丽的父母，带着小丽的骨灰路过汉江河边。刘小明想起读中学时，有一次，他和洪小丽路过江边，洪小丽说她最喜欢妩媚多姿、清丽柔情的汉江了。刘小明想起往事，揪心般疼痛，就流着泪，亲手把洪小丽的骨灰埋葬在河边，让她与江水相伴。

刘小明在洪小丽的坟边坐了半天，不愿离开。眼看天色不早了，小丽的妹妹洪婷劝他："小明哥，天快黑了，咱回去吧，过几天，我们再来看望姐姐。"

黄昏的江边静悄悄的，江风缓缓移动，吹乱了刘小明的头发，他望着被风吹皱的江面，忽然感到生命一下子孤单了许多。恰好有一群燕子在旁边的树上啁啾，刘小明动情地说："洪婷，你姐没有死，她化作了小燕子在跟我说话呢……"

洪婷听到这话，她哽咽着，把头靠在刘小明肩头，说："这就够了！姐姐遇上你，真有福气，她不会孤独，她会含着笑在天堂看着你过上好日子的……"

## 重续情缘，只因无价的真情

消沉了一些日子，二〇〇八年五月上旬，刘小明跟原来的单位联系，回到厂里上班了。他被安排到模具设计室做设计工作。此后，刘小明隔一些时间就接到洪婷的电话，洪婷劝他不要沉浸在姐姐去世的感伤中。刘小明一边致谢，一边暗想：这女孩子真懂事，姐姐不幸而逝，她同样需要安慰，而她却总是安慰他人。这女孩子多懂事啊！

转眼到了二〇〇八年八月二十六日。这天，刘小明正在上班，突然听到有人叫他的名字，他出门一看，吓了一跳，只见洪婷拖着一个大皮箱，汗流满面地站在门外。刘小明意外地说："洪婷，你怎么到镇江来了？"洪婷说："小妹我大学毕业了，学校推荐我去广东工作，可我因为心里有姐姐那不幸遭遇的阴影，对南方不感兴趣，这就朝苏浙方向来了。我手机在车上被人偷去了，没了你的电话号码，只好打的士，找到你厂里来了。"

刘小明赶紧给洪婷找个地方住下来。过了两天，刘小明带洪婷去人才市场找工作。女大学生找工作比男生容易，很快有两家不错的企业愿意聘用洪婷，可她却犹豫着不想去报到。刘小明忙问她："为啥不想去那两家企业上班？"洪婷回答说："因为那两家企业在郊区，我人生地不熟，一个人到那边去上班，太孤单了。"刘小明只好帮她在工厂旁边的企业找了个人事部经理助理的职位。洪婷这才快乐地上班了。

二〇〇八年十二月十八日傍晚，刘小明吃过晚饭与同事在厂子后院体育场打篮球，摔了一跤，把左胳膊摔骨折了。刘小明被送到医院，医生连夜为他做了接骨手术，手臂接合术很成功。次日中午，洪婷听到刘小明住院的消息，连午餐都没顾上吃，就赶到医院。当她找到刘小明的病房时，焦急地埋怨他："小明哥，出了这么大的事，你也不和我说一声？"刘小明赶紧说："这不，手术做了没事了吗？我知道你工作忙，想缓几天再告诉你……"

小婷噘起嘴说："噢，你是想等伤好出院了，再告诉我？"

这时是吃饭时间，陪护刘小明的一个同事忽见来了一位伶牙俐齿的靓妹，听口气，关系与小明不一般，恰好有了抽身的机会，懂事地赶紧溜了出去。洪婷只好到医院门口买来两份快餐，喂刘小明吃了饭。

以后每天傍晚下了班，洪婷就用电饭煲煲好汤，送到医院给刘小明吃，还帮他洗脸，洗衣服。同病室新来的一位大妈赞赏道：“小明呀，你的女朋友对你可真好！什么时候结婚啊？大妈一定去喝杯喜酒。”

刘小明赶紧解释说：“她是我的表妹。”可洪婷一脸自豪相，一点不尴尬，越发表现出亲热样。刘小明看出了苗头，就劝洪婷要把工作放在首位，他的伤口快拆线了，以后不用来这么勤了。

洪婷生气地说：“你想想，在这儿除了我，还有谁可以贴心地照顾你？”

刘小明低下头，无言以对。

两个星期后，刘小明可以出院回到家里休养了。他回到单位的宿舍休息。洪婷下了班，照样来他的住处帮他做饭洗衣服。隔壁的同事看到这么一个靓妹，对刘小明还这么贴心，眼红得不得了，就问另一个同事，“刘小明这么有福，找了个好女孩，小刘的女朋友是哪儿的人？”刚好被问到的人是周红刚，他故意酸溜溜地说：“哼，那有啥羡慕的呢？龌龊！其实那不是他女朋友，是刘小明的姨妹子。也就是说，刘小明是那妞儿的姐夫……”

“这家伙，不地道，跟他姨妹子纠缠在一起！”不明底细的同事议论来议论去的，厂里一时流言四起，刘小明尴尬极了。

一天，洪婷又来到刘小明宿舍，他鼓起勇气说：“小妹，以后你真的不要来了，外面传得沸沸扬扬，我是你哥……”

洪婷说：“别人几句话，你就受不了啦？上次你骨折那么痛，都不哼一声。我就是喜欢你，就是想跟你在一起。”说着从后面抱住了他的腰。恰好一个同事从门口路过，看到了这一幕，同事回头神秘地一笑，刘小明赶紧挣脱洪婷的双手。洪婷说：“不要再叫我小妹了，叫婷婷好吗？在这个诚信危机、人人崇拜名利的新时代，你却一直固守着可贵的人间真情和美好品格，我不是傻瓜。真情可以摧毁一切阻碍，让人产生无所顾忌的举动。这不关姐姐的事，姐姐已经不在了。如果我发现了一颗金子般的心，还不去追求去关爱，我就是大傻瓜……你老实说，你爱我吗？”

刘小明困惑了，老实说，小丽温柔内向，而洪婷性格直爽外露，做事雷厉风行，爱憎分明。小丽不在了，能得到跟小丽一样漂亮的洪婷做女朋友，那是福气。可是，上一次，自己面对小丽已经迈出了不寻常的一步，遭遇好多人的讥讽，家乡人有句俗话说：“人有再一再二，没有再三再四！”自己现在又跟洪婷纠缠在一起的话，家乡的人知道了，不知要在父母面前说出多么难听的话呢！父母受得了吗？

刘小明说：“洪婷，你漂亮能干，是多少男孩梦想中的女朋友人选。我真的……真的喜欢你，可是，我总觉得不合适……”他故意绕开“爱”字，继续搪塞着。

“有什么不合适的呢？怕别人说闲话吧？难道一个人怕噎，就不要吃饭了吗？”

“我……我，是我没有这个福气……不说了，对不起，我现在还有点事，要出去一趟。”刘小明拉开门逃走了。

过了几天，眼看要过春节了，刘小明说要回家过春节，跟洪婷打声招呼就走了。

可是，二〇〇九年二月底了，洪婷也没见刘小明回镇江。她打电话问父母，父母说没听说刘小明回老家呀。洪婷几次打电话到刘小明的家里，软缠硬磨，终于得知刘小明去了上海的确切消息。洪婷明白了刘小明的心思。

二〇〇九年三月二十六日下午，刘小明刚下班，跟他在一个单位的同学王华说有人找他。刘小明到了门口，大吃一惊：只见洪婷又拖着一个皮箱，正望着他微笑呢。原来，洪婷搞明白刘小明逃避而走后，去了他在上海浦东一家大型包装印刷公司的同学王华那里。随后，她费了好大的周折，才从老家那边打听到王华的电话和工作的地址，于是，她义无反顾地辞了工作，追了过来。

“雨打尘土不容躲，水流百里渠道成。”这一回，刘小明不能再跑了，把洪婷安顿下来。洪婷说：“我不想再叫你小明哥了，我要叫你小明。我们都受过高等教育，不要被那些世俗的东西所击倒。我们要掌握自己的命运和幸福。”作为老同学，王华也很佩服洪婷的所作所为，极力劝刘小明，事业可以反复重来，爱情机遇失而难返，不要错过这样的好姑娘。刘小明思来想去，终于点头了。

刘小明所在企业的领导，知道了刘小明和洪婷两家人波波折折的事，大为感动，特意把洪婷安排到公司的行政部，做了行政助理。

四月五日，洪婷和刘小明的生活距离拉得更近了，因为，他们成为同事了。

二〇一〇年二月十号，洪婷和刘小明一同回到家乡。洪婷的父母认可了她和刘小明的关系。出人意料的是，家乡的人见到他们没有再说闲话，纷纷向他们投来羡慕的目光。

二〇一〇年十月二十号，洪婷和刘小明按照家乡风俗，到登记部门办了结婚手续，举行了婚礼。他们终于为自己的事业和爱情这两张答卷，写上了满意的答案，开始了来之不易、却只属于他们的幸福新生活……

## 是是非非说保安

各位朋友，你肯定已经留意到了，在打工一族里，有这样一群另类——他们穿着一身看上去很像警服的制服（其实不是），整日守在工厂或宿舍区的大门口，跟哨兵似的。

当然，有时他们也三五个人列一个队列，有模有样地从你跟前走过，你还以为他们在巡逻呢！其实他们真的是在巡逻。他们把上班和下班叫成上岗和下岗，因此，他们每天都要上岗或下岗。

没错，这些另类，就是保安。

也许你心里压根儿没把他们当回事儿，觉得他们只有一身好体力，用“头脑简单、四肢发达”来形容再贴切不过；也许一说起他们你心里就来气，甚至恨得牙根痒痒的，因为他们仗势欺人，曾在你面前张牙舞爪的不可一世；也许你在内心深处很感激他们，因为他们毕竟也为你守护过一片宁静……

据报载，一九九八年一月，东莞市某超市的保安人员，因怀疑孕妇某某偷窃，挥刀将其四个手指砍下，引起了众多媒体的关注。

而就在两年前，一群手持凶器的歹徒冲进深圳市一家酒店行凶，保安员雷彬临危不惧，为了保护顾客的人身安全，挺身而上与歹徒搏斗，最后倒在了血泊中……

对于他们的是与非，我们有时真不知该如何置评。

当他们脱下那身制服的时候，你觉得他们和自己一模一样，没什么区别。可当他们把制服穿在身上的时候，你却惊讶地瞪大了眼睛，就像那首歌中唱的那样："就在一转眼，发现你的脸，已经陌生不会再像从前……"

保安是一种以保卫治安为宗旨的特殊职业，却引起了许多员工的憎恶和诅咒。因此，我们有必要抛开他们那身装束和表象，挖掘他们的内心世界及从业的酸甜苦辣，力争给大家展示出有血有肉正常人的保安员形象。

## 互相友爱，结伙求财

（采访时间：一九九九年六月。被采访者：杨战友，男，四十二岁，重庆人。被采访时在某手袋厂做宿舍区保安。）

我认为保安工作看起来轻松简单，其实要做好这个工作并不是一件容易的事。这是我在这个厂做保安半年多来的深刻体会。

我是去年初从老家重庆出来打工的，来广东之前，在重庆市内一个单位打工三个月，情况不太好。那时，我妻子已在广东待了半年，她知道我在重庆的情况不怎么样，就写信让我过去，我便回家收拾收拾后，立马赶过去了。

我一来中山，就很顺利地进了现在这个手袋厂，刚到时不是做保安，而是在典雅部的车间里。我在这个手袋厂车间做了五个月的工人，恰好厂里有个保安家里有急事辞工了，老板翻阅人事部储存的员工登记表，发现了退伍军人且又是中共党员的我，觉得很满意，就亲自找我谈话，要我走出车间做保安。当时厂里有几个年轻的保安，火气盛，经常发生与员工打架的事。打从心底里说，我不想做保安，就找理由推托。可过了两天，老板再次找我谈话，我怕让老板失了面子，若是跟他闹翻了，一发火叫咱走人，再把老婆连带出来，出了厂门又在何处歇脚？况且，家里两个孩子读书正是花钱的紧要关头。我大孩子维娜正在重庆读电子大专，已花去了近三万元，小的孩子阿杰十三岁，正读中学。多少也是负担呀，家里已没有积蓄了。为了生活之计，我便穿上了保安服。我自动要求把守宿舍门的岗位。

可是，我一承揽了宿舍的门岗工作，老板也许看我靠得住，就说生产区缺个保安，就抽走了一个。至今我守宿舍区大门已近半年，早早晚晚都是我一个人，老板闭口不提“增援”的话。现在等于我一个人承包了整个宿舍区。有时上个厕所、出去买个肥皂牙膏都抽不开身。这样一天算下来，上班时间达到十六七个小时。有时车间加班赶货，我的时间无形中也在延长，直到午夜两三点钟员工冲完澡我才能关门休息。每夜只能休息五个多小时，可工资跟车间区保安一样，月薪五百五十元。

我守卫的岗位，还有一点就是闷。白天员工都上班了，我就面对着铁门。为了解决这种空寂的感觉，我掏出近二百元买了一台收录机，寂寞时陪伴我。我还买了两副羽毛球拍，趁员工下班时跟他们在门口的场地上打一阵，以便调节一下心态。很多员工都把我的这套体育用具当公物，都来借，谁借我都给，现在光羽毛球都打烂几盒了。我还自己买了电视机让员工们看。妻子就阻拦过我说：“家里有还买那个干啥？”

作为员工，他们出出进进只见我坐在门口，平凡而普通，甚至视而不见，根本没有人知晓我内心的感受。春节时大家都来去自由，而我仍照旧守着铁门。曾建议厂里大年初一初二中午准许我关闭大门两小时出厂走走，但考虑到留厂过年员工进出宿舍的自由方便，最终也没实现我的计划。过年时，家里两个孩子冷清清地自个操办过年。当孩子们写信来谈了春节的感受及对我们的问候时，我都流泪了。

我是上了年纪的人，不管保安在员工们心中是什么地位，我始终是善待那些员工的。比如宿舍大楼的门是卷闸门，我总是等所有员工都进去了才关门，否则一会开一会关，哗啦啦的响声很大，影响楼上员工休息。有时，夜里没开水喝，我常常用电饭煲偷偷烧点开水装在水瓶里，给那些向我讨开水的员工喝。私自用电烧水，原则上这在厂里都是违反制度的。但是，为了员工的身心健康，有时就得冒点傻气。

虽然做这份工作内心里有难言的苦楚，但为了生活，为了挣得一个月那不多的几张大票子，就得忍耐着。跟老板结伙，跟员工结伙，共同求财是中肯之计。

在这个厂子做保安工作半年多了，员工对我的评价还是不错的。很少出现员工跟我瞪眉鼓眼吵架的现象。在老板眼里，我没给他惹过事；在员工眼里，我没有对哪位苛刻为难过。我说话都是有分寸的，态度都是和善的。

总之一句话，一份尽管难做的工作，就看你是如何去做的。要做好一个保安不是件容易的事。

## “威武”中的真心话

（采访时间：一九九九年五月。被采访者：王安，男，三十六岁，四川人，被采访时在某外资服装厂做保安。退伍军人。）

我是一九九五年就从老家出来打工的，一直做保安工作，至今已干了整整五年了。我当兵退伍后被安排在老家的汽车制造厂。我刚去时效益还可以，可是没过三年，厂子就一日不如一日，我只好收拾收拾走人，下广东了。

大家都知道，当兵出身的人，干别的总觉得有点不适宜，我来广东后跟许多外来漂泊客一样，也受了些时日的煎熬之苦，但总算谋到了一份保安的工作，还算是本行。

我进的第一个厂是台湾老板的服装厂。保安站岗值班必须双脚并齐、双手并拢垂放面前。上班时间是八小时制，月工资就四百八十元，不过吃饭不出钱，饭票是免费发的。

其实当兵出身的人，站岗是没问题的。苦就苦在衣帽齐整，冬夏都得打领带。尽管站岗的位置是在大门值班室门外的宽宽屋檐下，但五黄六月，又是在南方的天空下，室外温度将近四十多度，周身又束得紧，站在那儿额头上汗珠密密，后背犹如雨淋。这种滋味对于在宽窗阔门的车间里上班的工人来说，他们是根本体会不到的。更该死的是，值班站岗时的岗位跟写字楼是斜对面，在空调凉爽的办公室里，老板与厂务经理时常隔着有色玻璃窗，向外探望监视保安的站岗姿势，稍不尽心就会遭到上司的训斥，甚至辞退。

那时候，我所在的公司经常换保安。很多时候是保安值夜班时“遭难”的。因为公司保安住的是离大门极近的一间铁皮盖顶的宿舍，每天太阳一出来，里面就闷热难耐。公司又规定保安必须一起同住，不准在外租房住。上夜班的保安白天在铁皮房子里肯定休息不好，夜里值班时就很难受。

公司对保安上夜班的监督很有一套。保安上夜班一过十二点，每隔一小时，必须拿上当日的陪夜卡在卡机里打一次进行登记，即一点钟打一次，两点钟到了再打一次……一直打到次日晨六点。因此保安上夜班一定要高度集中心思。若到了某一整点时，忘了打记录钟点卡，次日晨交班后把记录卡送到写字楼厂务处核对后，就知道夜班保安值班时思想开小差。轻则罚款，重则开除。

我在公司干到三个月的时候，一天吃午饭时，看见两个保安的行李被搬到了保安宿舍的门外。向别的保安一打听，才知道他们二人昨夜值班时，其中一个保安打了十几分钟的盹儿。尽管整点记录卡都打上了，但是在两点到三点之间偷空儿打了一会盹，不巧被半夜起床查看的总经理看到了。现在已通知二人去办离职手续。老板的逻辑是：一人睡觉，二人必有共同行为，肯定会换着睡。因此睡一人就要炒同一个班的两个。而且保安睡觉被炒是要扣罚工资的。一直以来，我觉得做保安思想压力极大，既要应对好老板那头，又要避免跟员工的冲突，心里头也很累。

在员工眼中，保安一定很坏而且还是他们的敌人，因为保安要执行老板的指令。其实保安也很冤枉。有时是无可奈何呀！如果按老板的要求做不到位，老板肯定说你这保安是失职的。

比如有一次我值大门口的白班。厂里规定下班时员工一律不准把在车间穿的拖鞋穿出大门，可偏偏就有那么一两个人不遵守规定，不换鞋，仗着下班时人多，夹在人群中涌出大门。我看见了就叫他回来换鞋，他不但不愿意，还嘴里骂骂咧咧的。在他心中则认为：这个保安真多事，是我自个穿的鞋，吃完饭我穿进来不就得了！

可实际上有这么简单吗？厂鞋很醒目，你穿出厂门让经理厂长碰上，一眼就看出来了，他们即使好心一点不罚你款，可见了保安必定会讲咱的不是，还会在心里给咱记一笔：这个保安值班不中用，连厂鞋穿出去都看不到，更别说有人偷东西出去了。如果一回两回总是遇到这种情况，那保安肯定因不负责被炒掉。

还有一两回，有女员工下班时要带旧纸箱回宿舍装东西。本来厂里就规定了任何人不能从车间区往外带东西，又是晚上，我不放行，对方就不高兴了，当面就抵制说我太认真，一个破纸箱又不是我家的竟也不让她拿走。过后竟然见了我气哼哼的。之所以我不让她拿旧纸箱出去，一是正处于晚上；二是在老板心目中，认为员工时时都会偷他东西出去的。况且老板经理们的宿舍楼就在离厂门不到五十米的地方，常常晚上下班时，他们会趴在窗口上向大门口张望。尽管员工拿出来的是个破纸箱，老板们从外观上看了心里肯定认为偷了什么东西，次日会找保安训话。保安的苦衷，员工肯定不知道。

说来说去还不是为了谋生，为了过好老板那一关。有人说保安人员的替换现象就像一道岗哨，这个去了那个来上。这个比喻很恰当。正因为保安工作不好做，做保安的人才做不长久。因此，处处小心，时时留意，可老板往往还不满意。

保安同车间员工相比，虽然穿得比较威武，看起来还管制他们，实际上保安比他们还多了一种负担，就是没有安稳感。车间的员工一般情况下是除非你自己不干了，否则是不会被开掉，保安则不是。

我现在供职的这个厂，还是服装类，但老板是日本人，他不懂汉语，语言不通更不好做。但选择了这份职业，就得好好干，生活所迫嘛。

这个日资厂有个明显的弊端，让我们做保安的也感到是老板的不对。什么弊病呢？就是车间里无货做，老板也让员工闲坐在车间里。作为员工来说，特别是连日连夜奋战在流水线上的员工，平日做货忙的时候，没有时间出厂玩；车间没货做时，该放员工出去，也可以借机会办点私事吧？可老板偏不这样做。

有一天上午，车间里有一半员工没货闲坐了一上午，吃过午饭有好多在外面租房住的员工不想进厂来了，但有十几个跑到厂门口来探消息，老板打电话到值班室吩咐保安硬把那些员工叫进了大门。结果让这些员工在围墙边及阳台上干等了几个小时直到下班，弄得员工怨声载道，怒斥保安没人性，这无形中加深了保安同员工之间的隔阂和矛盾。但愿老板能早日废除这些不合理的制度，我们的工作才好做一些。

## “秀才保安”的心灵剖白

（采访时间：一九九九年六月。被采访者：黄颖，男，二十岁，湖南人。被采访时在某家具制造公司任保安。）

我在来广东打工之前，在老家自费学过书画。结果后来还是半途而废，原因是因为穷，家里拿不出那么多学费。因此我的书法家以及画家的理想就破灭了。稍缓一段时间后，父母又凑了些钱，供我读了新化保安培训学校。

我是去年上半年来广东打工的。刚来时，我在这个厂应聘的是一般员工，正要上班时，没想到公司刚好有名保安要另行高就，于是我就当了保安。当了保安后，众人知晓我以前既读过书画大学又上过保安学校，有人就笑我是秀才当兵，文武兼备。

现在我做保安已经有七八个月了，很有一番感受，觉得做保安工作，稍微比车间员工轻松一些，因此，工资也很低。但精神压力甚至比车间员工还大些。车间员工下班就没事了，可保安就不一样了。比如厂里丢失了什么东西，罚款时人人有份。因此我们老怕丢什么东西，时时祈祷厂里平安无事。

由于保安人员职业特殊，老板要求保安要与员工上班时拉开距离，因此在员工心目中，保安就显得高傲，冷酷不近人情。

其实，保安也同样是打工的人，同样要付出辛苦的劳动，每月才能拿到比员工还少的薪金。

在家具厂做保安，虽不像在制衣厂鞋厂那样老怕员工偷拿产品，但比制衣厂更不易做的是，家具厂男工数量众多，大多都是人强力壮的精干小伙，很容易跟保安发生争执，甚至打架。

说起来争执的内容也是上不了大雅之堂的事。比如上下班时打卡不排队，一窝蜂拥挤在卡机旁，这样你争我抢，反而浪费了时间，你值班站在旁边不说能行吗？一说，就得罪了人。还有进厂得佩戴厂牌，这是车间门口明文规定了的，偏偏就有那么一些员工不佩戴厂牌。你不放他进厂门吧，耽误了上班时间；放他进厂门吧，老板有时就在车间门口转悠，看见进来的员工没佩戴厂牌就来骂保安，甚至指令叫保安按厂规罚款。老板站在旁边，敢违抗命令吗？一罚，员工就骂保安狗仗人势，警告保安“小心”性命。实际上，佩戴厂牌是轻而易举的事，这东西又不重，戴上又不是什么警告牌之类怕失了体面。对不对？反而要弄出些前因后果来又与保安结仇，你看这冤不冤！该怪谁呢？

我来这个厂之前，就听说有个保安因得罪人，走到厂外后，在偏僻的地方被人打了个半死，幸亏后来得救，被送进医院才没丢了性命。因此说，在一些员工人数多，且籍贯复杂的工厂，特别是男员工人数占的比例大的厂，保安工作不是简单的被人认为是“看看门”的工作，有时可以说是与生命打交道的工作。

保安的工作像老牛拉破车一样，单调又缺乏节奏。由于保安长年累月没有假，似乎已失去了亲情味，在父母面前也失了孝道。今年过春节时，我心里酸了几天。除夕之夜，想到北方老家暖暖的火盆、热热的米酒和红红的腊肉，我一夜没睡好觉。

我觉得保安也有“飞鸟尽，良弓藏”的悲哀写照。有好事时，老板就忘了你。

我有个叫华的亲戚在一家台资厂里做保安。去年过春节时厂里在镇上一家酒店里订座聚餐，不幸的是，那天刚好轮他值班。自然厂里不能没有人值班留守了，结果全厂上至经理下至员工以至于清洁工个个都去吃得一饱二醉，回到厂里人人红光满面酒气熏人。看到那些心满意足的身影晃进厂门时，华只能直咽口水，竟没有人想起他还饿着肚皮。

真是祸不单行。前年中秋节时，华的厂里在电影院包了电影。电影完毕又接着在剧场内进行厂里投资的摸奖中彩庆典。奖品上至彩电、项链，下至自行车、小闹钟。真倒霉，这天夜里又巧逢华值夜班，电影看不上不说，只能眼睁睁见那些幸运儿把彩电和项链、自行车等物捧走。

每每这种时候，谁又能来一同品尝保安的酸涩滋味呢？保安也需要被理解。

请理解保安也是普通的打工人，我们也是背井离乡在外讨生活的普通人！

真的，我们只是一个打工的，仅此而已。

## 女保安的体会见解

（采访时间：一九九九年六月。被采访人：林叶童，女，二十三岁，广东人。被采访时在某家具厂做宿舍区保安。）

我是一九九六年来这个厂做保安的。当时也说不出是出于什么原因要来做保安的，也许是带着崇拜的心理吧。我见这个厂公开招聘保安，我就来了。那天去应聘的有好多人，当时我见了那阵势，就有点泄气，后来没想到竟然被录用了。

上班后我被分配到宿舍区值班。经一些人点拨我才明白，老板安排我到宿舍值班是因为我是本地人。由于一种偏见，本地人与外地人有一种天生的疏远感。这样，就可减少外地员工的七亲八邻流浪者在本厂宿舍搭宿的现象，而消除一系列由此引出的对本厂不利的因素。比如宿舍区的安全、员工之间的纠纷等等。搞明白这些，我觉得这保安员肩上的担子还挺重。这宿舍区呢，也是个容易与员工发生矛盾冲突的地方。于是我小心行事，机智周旋，凡事以情动人，还没出过什么事儿。不过，骂还是要挨的，毕竟什么品性的人都有嘛！

说老实话，做保安人员，开始一段时间觉得很新鲜，进出的员工都向你行注目礼，还有些自豪感。可时间一久，就算平平安安也有些烦。首先是失去了自由，特别是我们厂保安上班是四小时一换班，这样劳逸就不很分明，时时得在心里牵挂着上班的事。

但是，再烦再闷，为了生活还得做。你看我，在这里不知不觉做保安已经五年了。作为一个人，有时是迫不得已的。

下面是记者与这位女保安的对话。

**记者：**我想向你提出一个问题，不少员工骂保安是老板的狗，叫他咬谁就咬谁。现在通过采访，我明白了保安人员工作的苦衷，我对这话不赞成。还有一些员工说保安是刁徒干的工作，我认为这种说法也不中肯。你的看法呢?

**女保安：**有句话说，林子大了什么鸟都有。保安是一种职业，也是偌大的一个群体，但这里面肯定有孬货。一些人穿上保安服后染上了匪气，或者说他们本身就缺乏涵养，没知识，是粗人。保安是一个单位的门面。如果长期存在那种不良品性、不思改进的人，我想保安的饭碗是端不久的，有见地的老板迟早会炒这种人的鱿鱼。

**记者：**有一阵子，听到一些员工说，在厂里收信时，保安都要收取什么手续费。说收到个挂号信或者汇款单什么的，保安的收费标准是一元，特快专递是三至四元，就连收封平邮信也要二至三角钱。你听说过这种现象吗？你的看法是怎样的?

**女保安：**这种现象我也有耳闻。这是一种违法行为。个人收费，这不是变相敲诈勒索吗？听说起因是某些黑心的邮递员收取挂号邮件的好处费，而厂里的保安则借此机会“搭便车”，提高收费价码，而且连平信也收费，这反映了保安也有贪心的一面。我们厂从来没有出现这种事。我建议有此种行为的保安，应及早悬崖勒马，迷途知返，否则没有好结果。

**记者：**前一段时间听说某些城市的工厂，常有保安殴打员工，还有把员工关进狗笼、罚站罚跪的行为。作为保安，就要保一厂之安，当然也包括员工安全。但对员工如此行为，不太对路吧?

**女保安：**是不对路。这主要原因应该在老板身上，老板对保安放权太大，同时为他们撑腰把他们惯坏了。有些老板用心不良，招保安时就专招那种凶悍的人为其效劳。长期以来，保安在员工心目中的不良形象，正是这些害群之马造成的。作为保安，我呼吁大家应洁身自爱，自会名誉，人为树敌。打铁先得本身硬，不要给员工们留下指责的话柄。

# 要活出别样的精彩

“做个真的汉子，承担起苦痛跟失意……”

赵俊好想像林子祥所唱的那样去走自己的人生之路。所以，他一直奋斗着……

## 离开这里，我不信就会饿死

那是一九九七年的春天，是南国“火热”的季节。无论走在南国都市的哪条街上，到处是人，密不透风。

经过两星期多的奔波，赵俊这“漂泊之船”哐当一声，停泊在中山市境内一家中等企业里。

赵俊又一次寻觅到了自己人生的港湾，他心里十分激动。

这是一家台湾老板投资的服装厂，名叫合兴，挺有拉拢意味的厂名。该厂有五百名左右的员工，因订单充足，效益还算不错。赵俊被聘为这个厂的保安。当他第一天正式踏入这家厂门时，看到明亮宽大的厂房，绿荫环绕的厂区，全厂干部员工区别明显又整洁的服装，他就对这个新的“驿站”充满了好感。赵俊在心里默默地祈祷，希望合兴制衣厂能成为自己长久的家。

在台湾老板的工厂里做保安要求很严，上班要全副武装站岗执勤。既入此门，则尽其职。上班后，赵俊便兢兢业业，竭尽全力干好自己的工作。一次生，二次熟，三次四次很顺手。半个月下来，他对保安这份工作已有了一份钟爱之情，并且让他享受到了像军营生活一般的威严和豪迈感。

轻松的日子总是过得很快。转眼三个月就从指缝间溜过去了。人们说：生活是条无形的河，自然没有永远的风平浪静和欢快的节奏，这话没错。有一天，他们的老队长因老婆得了一种怪病，要回老家去长期为老婆治病，便辞职了。

老队长走后的第二天，行政主管宣布：任命保安当中年龄最大、工龄较长、工作经验丰富的刘定为新队长。宣布完毕，六个保安卒子连声祝贺刘定升官加薪喜运降临，为了以后更加和谐地相处、开心地工作，暗中商量了一下，每人出了十元钱到厂门旁边的小店买了十几瓶啤酒和几斤花生拿回宿舍，围在一起，既是联络情谊又是为新队长庆贺，他们喝了一顿交心酒。

为了保证厂里的安全，本厂保安人员合住在离工厂大门不远的一间专用宿舍里。也许是平时对别人的生活细节不太留意，也许是人一当“官”有了官儿习气，刘定当队长不久后，赵俊发现他每晚回宿舍时，总是酒气冲天。他有天夜里醉了酒还砸东西，又吐又哭闹得人不安生。又过了一段时间，说不清从哪天开始，刘定下班后，总是召集大家在宿舍里打牌，打着打着，就觉得白打没意思，要玩“出水”的。于是每日傍晚打完牌算账时，就会有人连声叫悔，而有人咧着嘴笑，赢家两三个小时就捞了五六十元，输家则两三个小时就输出去两天的工资。

一个月后又增添了新项目：打牌输了的人不给赢家掏钱，却得请众人去酒家吃喝一顿。保安宿舍里，差不多天天晚上都要赌牌，天天晚上都要喝酒。

俗话说：同流合污，臭味相投。这样又赌又酗酒的“习俗”，其他几个保安很快就习惯了，而且还觉得日子过得舒适、开心。但是，却苦了赵俊这个“书呆子”。因为赵俊喜欢清静，想用工余时间充实一下自己。书看得多了，有时还禁不住提笔“涂鸦”几篇语句不通的文章。他们这样又吵又闹而且乐此不疲又劳民伤财地开心下去，怎么行？起初出于礼节，赵俊有时也陪他们玩玩，后来这些保安们竟把这些劣根性的陋习当作正事和每日的必修课，赵俊就只好躲避或找理由推辞。

本来嘛，人各有志，不必勉为其难。可是，在合兴厂这支小小的保安队伍中，渐渐的，赵俊连“人各有志”这点权利也不能享用了。

一天下午，上完中班后，赵俊到宿舍换下保安服，冲了一杯浓茶喝了一会，然后走出工厂到相距几里远的老乡那儿去玩。刚好老乡阿圣晚上不上班，这天赵俊就住下了。

次日早晨，赵俊回到合兴厂的保安宿舍，却找不到自己的茶杯了。他记得昨日离开时，杯子好好地放在宿舍里那张共用的桌子上的，怎会不见了呢？赵俊一连问了三个保安，可他们都说不知道。赵俊觉得很奇怪。

过了一个多星期，赵俊偶然听一个河南籍保安说出茶杯的下落：原来赵俊的茶杯是队长刘定故意扔掉的。赵俊当时一听很气愤，心想：我的东西，你有何权力随便给我扔掉呢！难道我的茶杯惹你了吗？这是什么德行呢！

河南籍保安顿了顿，才吞吞吐吐地说出原因，原来，赵俊的茶杯真的“惹”了他。

那天夜里，赵俊不在厂里，刘定又和几位保安喝酒了。常言说，酒后吐真言。刘定喝多了酒，就发牢骚，说赵俊不参加他们的“活动”，不跟他们“打成一片”，越说越气，看到赵俊的茶杯放在那儿，就抓起茶杯出气，一下就扔到门外的垃圾堆里。果然我没看错，刘定是个站直不够五尺的小人！当时赵俊心想：虽然他扔掉的是我的茶杯，但这却代表着我的尊严和人格，作为一个有血有肉的男人，人格和尊严比山还重！既然不是一条道上的，何必要待在一起！宁与君子一同乞讨，也不与小人同桌吃肉！

次日，赵俊毅然地写好了辞职书。当赵俊请行政主管在辞职书上签意见时，行政主管诧异地说：“你为什么要辞职？进厂时不是说要好好地干下去吗，你为人这么踏实，怎么不满半年就要辞职了？”赵俊只是礼貌地回答说：“我也没想到自己这么快就要走，我也没办法，因我身体不适，要回家休息半年。”说这话时，他真想打自己一个嘴巴。

老乡阿圣听到赵俊辞工的消息后，特意相劝道：“你千万别辞职，找工作不容易，好不容易才扎下根，你怎么能主动放弃工作，拍拍屁股走人呢？”

赵俊说：“不光彩的事我不干，不干不净的人我不想看见！放心，离开这里，我不信就会饿死。”阿圣见劝不住他，长叹一声，随后走了。

一星期后，辞工期到了，赵俊收拾行李，当天就离开了合兴厂。

## 坚定地走，他找到另一片天

赵俊毅然地走出合兴的大门，就像他当初毅然地走进来一样，他把行李搬到了邻镇的一个老乡的出租屋里。这一住就是两个星期。

现实毕竟是残酷的。时间在一天天地推移，他渴望早日找到满意的工作。而这一小小的愿望，也在向后推移。一个又一个极有可能的机遇，被现实击碎后，赵俊感受到了生活的艰难。

正在赵俊快要绝望之时，希望出现了。这天，他蔫拉拉地走在街上，竟和他的表哥张彬不期而遇。当张彬听说了赵俊的情况后，兴奋地告诉他，说他们制衣厂刚好有两个职缺，一个是昨日下午才走了一位仓管员，另一个是剪裁车间的裁床组上星期炒掉了一个书记员。

张彬希望赵俊第二天上午就去试试。赵俊一听这消息，心像一个充满气的气球一样，一下子鼓胀了起来。赵俊听说张彬是车间主管，心想：他官儿还不小哩，把这个表弟搞进厂应该不难。可张彬却说，他们厂有名望，条件好，招工要求高，也很严，要经理亲自考核合格才能录取，即使有“当官”的职员介绍也不一定能搞成。他希望赵俊发挥实力，争取顺利进厂。

告别张彬，赵俊想：欲进入这个有名的企业工作，第一关要闯得顺利，得把个人形象搞好。可怎么样去搞呢？人靠衣裳马凭鞍，花点钱打扮自己总比托人拉关系现实吧。于是，赵俊回到老乡的住处，取出三百元钱，就向商场走去，花了半天时间，挑来选去，最后买了一套二百五十元的笔挺西服。

衣服准备好了，赵俊就到路边的餐馆吃了一大份快餐，然后回到出租屋睡觉养精神。

次日，赵俊早早起床穿着整齐。八点整，他准时赶到了张彬所在的宝裕公司。这是一家日资服装公司，经理姓皮，四十余岁，江苏人。皮经理礼貌地请他坐下后，让赵俊简略地填写了一份应聘志愿表，就说："开始面试了。"

说起来是面试，但皮经理却像唠家常一样，询问赵俊来本公司之前在哪儿干，为什么离开的，以及他对打工的感受。赵俊便如实向经理说了自己在合兴厂干保安的真实经历和离开的原因。

话题一拉开，赵俊便滔滔不绝地讲了自己的性格及人生观、当前打工族里许多令人看不惯的现象，以及某些打工人思想和心态扭曲而做出为人所不齿的行为等。言谈之间，既直言不讳，又有理有据。接着，皮经理又提了几个关于工作当中的一些问题，赵俊都按照自己的思路，毫无拘束地回答着。

赵俊发言期间，皮经理始终一言不发，听得津津有味。

该问的问了，该答的答了，皮经理没说什么，只是客气地让赵俊回去等通知。

又是老一套，像所有用人单位一样的猫逗老鼠一般的戏弄玩法。赵俊默默地叹息。

等等等，一等就是杳无音信，这分明是一种打发走人的借口。赵俊心里很气很反感，但光气有什么用，人家是雇主，自己是雇工，只好强做镇定地往回走。

他不想让这种无谓的等待浪费自己的时间和机会，赵俊又出去寻找机遇了。

毫无目的地跑了多半天，黄昏时，他又饥又乏地回到老乡的出租屋。路过院门口房主的百货店时，房主告诉他，一小时前，宝裕公司来电话通知，让他明天一早去报到上班。

真是运气来了墙都挡不住！赵俊一听这消息，当时竟然乐得跳了起来。

次日报到时，赵俊才得知，自己之所以被录取，是他面试时的坦诚和那份浩然之气打动了皮经理的心，又因为自己为人正直以及不甘与低级趣味之人同流合污的思想准则，被安排到了仓管的职位上。皮经理说："这种人公私分明，心中不藏小九九，最合适在仓库做事。"月薪给赵俊定为一千一百元。

赵俊终于找到理解自己的好上司。

事实证明，赵俊毅然地离开合兴公司的保安队，是正确的行为，他该为自己的抉择而喝彩！赵俊一高兴，当天夜里叫上张彬去一家小酒馆吃喝了一顿，当然，赵俊又掏了一百元，但他十分乐意。

## 为了以后更有"人气渣渣"

到仓库上班后，赵俊把原来那个仓管员摆放的各种物料重新摆换了位置。按照品名、颜色、规格大小，分门别类地归类库存，然后编排了物料位置存放单，熟记于心，即使是在库里突然停电的情况下，他也能随手抓到领料人所需要的物料，绝不会出错影响工作。

一天，经理来仓库里视察物料的存放情况，对赵俊的工作大加赞赏。

半个月很快过去了。一天，一个车缝组的组长来仓库领裤腰拉链，赵俊付给他物料后，他眨巴眨巴眼睛看着赵俊说："你比原来的仓管做得好多啦！你干仓管工作很久了吧？"

赵俊说："不久，第一次做仓管工作。"

"不会吧？"组长表示不相信，接着问道，"是谁介绍你进来的？"

赵俊说："是我自己考进来的。"

他说："那么，你是怎么知道宝裕厂要招仓管这一消息的？"

赵俊说："可能我运气好吧，那天在街上碰上了我表哥，就是张彬，他告诉我的。"

组长噢了一声，顿了一下说："原来张彬是你表哥呀，你表哥有个坏毛病，你知道吗？"

赵俊一怔，忙问："他有什么毛病？"

组长说："张彬赌瘾很大，几乎每次发薪后，三五天就把三千元工资全输给了别人。这个月更厉害，连伙食费都没有，一日三餐，都是由三组组长和五组组长对他'包干'供食。这样下去，恐怕没好结果呢。"

组长走后，赵俊为张彬的事绞尽脑汁。经过一天的认真观察和半天时间的思考，赵俊终于证实了组长的话，与此同时，他也想出了一个好主意。

次日中午，距下班还有十几分钟，赵俊正在仓库门口琢磨怎样去约张彬时，刚好张彬上厕所路过仓库门口，赵俊赶忙追上去说："老哥，先给你打个招呼，中午下班后，咱俩一同到厂门外的大排档里去吃午餐。"

"怎么啦？今天又有什么好事，舍得破费？"张彬半开玩笑半认真地说。

"不怎么，就不能请你吃餐饭吗？我不是你的表弟嘛，关心关心你呗。"赵俊也半认真半玩笑地说，还补了一句："说定了，别失约，我等你。"然后就回到仓库上班了。

打完下班卡，赵俊先到厂门口等着。一会儿，张彬果然出来了。他们一前一后走进了距厂门有五百米的发仔大排档。

"咱们吃点什么？"一坐下赵俊就问张彬。

“随便，吃啥都行。”张彬说。

“好吧，既然表哥这么随便，那咱就吃快餐，再各来一盘牛肉炒粉。”赵俊自作主张说。

见张彬点头称好，赵俊站起来说：“你喝茶，我过去催促快点，咱吃了好休息。”说完，赵俊就向厨子那边走去。

不一会儿饭和粉都端上来了。他们正吃着，又进来了五六个打工仔，是隔壁红涛印染厂的。

赵俊暗想：今日这里，等一会儿会很热闹的。饭吃完毕，该付钱了，赵俊一掏口袋哎呀一声，吃惊道：“早上换了衣服，没装上钱，口袋里只有上班时李金柱还给我的十五元钱。这可怎么办？”不等张彬插话，赵俊随之眉头一皱，就有了主张：“彬哥，现在只有这样，我先付一个人的钱，你先暂时坐在这里等着，我回宿舍去拿了钱送来，咱就一同回去。这样做，就不会让人怀疑咱赖账了。”

阿彬直点头：“行！行！那你就快去吧。”

赵俊点头说好吧，就委屈你等会儿，走过去给店老板付过钱就走了。

赵俊这一走，其实就是泥牛入海，再没回到大排档这来。

一个半小时的午饭带休息时间，很快要过去，离下午上班还有四五分钟，赵俊正在车间门口等待张彬的消息的时候，看见他匆匆忙忙从厂门外进来了。

“赵俊！你小子干得好事！没钱就别猪鼻子插葱装象嘛！你小子害得我张彬好苦呀！你真不是人……”一见面，张彬就脸色铁青破口大骂起来。

通过张彬之口，赵俊这才知道店老板不见有人送钱去，扣着张彬不让他走。后来，当着好多吃饭人的面将他好好讥讽挖苦了一顿，说他这人不值一顿饭钱，眼看快上班了，张彬苦苦求情，老板才放他回来。

赵俊听了张彬说的话，想象着他在餐馆里的狼狈样子，真想放声大笑，但终于忍住了。赵俊故意说："表哥，请息怒。其实我真是回来拿钱的。谁知回到厂里让别人一打岔，就把你被押在大排档的事给忘到爪哇国去了。对不起！"

"说声对不起就行了？你让我丢人现眼，受人讥笑挖苦，丢的面子还能找回来吗？赵俊！我知道你小子不是东西！我算把你看透了……你！你没有一点人气渣渣！"张彬指着赵俊的鼻子发泄，转身欲进车间。

赵俊见他仍然气冲牛斗执迷不悟的样子，也来了气。其实饭钱赵俊在离开餐馆时背着张彬全付清了。这一切只是一个善良的圈套，是他请排档老板跟他配合，故意为难张彬让他有所领悟，受到启发改变不良作风的，是对他用心良苦。可他仍然……赵俊就叫住他，呵斥道："张彬！你现在知道丢人难受了是吧？既然你还知道吃饭没钱付账，受欺难受，为啥要死着心去赌牌呢？所以我说你是活该！如果你想再继续丢人的话，就多去赌牌吧。倘若你还有志气，就戒了赌，让人瞧瞧嘛，光会发火顶什么用！"

赵俊说到这里，张彬一下子蔫了。赵俊知道自己的话击中了他的要害。赵俊不管张彬受得了受不了，转身就朝仓库走去。

十多天后，张彬收到了一封家书，是他父亲请人代写的。信上说他母亲有病，需要用钱，让他寄回去三千元。信上还说，听说外面赌博之风盛行，如果张彬有此种劣习，就给他滚回老家去。

恰好第三天就是厂里的发薪日，听说张彬把生活费之外的钱全部寄回了家里，自然也戒了赌瘾。

工友中有人对张彬的戒赌行为甚觉疑惑，与赵俊探讨这个话题，赵俊只是笑而不语。然而，只有赵俊最清楚张彬的个中缘由！他知道自己的良苦用心起了作用。当然还有一个暂时连张彬也蒙在鼓里的秘密是：他收到的那封家信，是冒牌货。那是赵俊伪造好的家信寄回去，托在老家县城邮局工作的同学再寄来的。

又过了半个月，第二个秘密也揭开了谜底（因张彬收到家里的又一封信）。他的良心彻底复苏了。为答谢赵俊的良苦用心，星期日的晚上，他恭恭敬敬地把赵俊请到附近那家有名的丽苑酒店里吃喝了一顿。

就在临要散席的时候，张彬出其不意地又给赵俊倒满一杯酒，补充说："老弟，这最后一杯，就算是我那一次在厂门口对你'狗咬吕洞宾'时出言过激的精神补偿吧。倘若以后俺又有不对的地方，请你再多加指正、监督。"

"好吧。"赵俊笑着说，"为了以后更有'人气渣渣'，我就不推辞了。"望着面前满满的一杯酒，赵俊心想：自己精心设计的计谋很成功很见效！值得为自己祝贺。

想到这里，赵俊突然端起杯子说："来，为我们自己干杯。"咣当一声，他把这最后一杯酒干了下去。

张彬望着赵俊笑了，笑是发自内心的。

# 三年避祸挣回一个家

打工的世界里，拼搏着许多被“逼上梁山”的打工仔和打工妹。

郝小妹就是这类打工者中的典型人物——四年前，一场婚姻，使她陷入人生的苦难之海，无奈中只好“浪迹天涯”。

但是，谁料到在漂泊之路上，却又阴差阳错地与昔日冤家结成眷属，改写了命运，这究竟是怎么一回事呢？

## 少女婚事初定

郝小妹出生在湖北省西部的十堰市与武当之间的一个小山村。尽管她的家住在地黄坡镇，距全国有名的汽车工业发达的十堰市不足三十公里，但是由于封闭的地理环境，那一带的经济相当落后，乡亲们的日子过得都很清苦。

郝小妹读初中时，一生勤恳耕作的父母已上了年纪。她是家里最小的孩子，在她之前还有一个哥哥和一个姐姐，都已成家立业单独过日子了。山村里的孩子，特别是女孩子，在老实巴交的父母心目中好像始终没有多大的出息。由于郝小妹的哥哥和姐姐都无法摆脱修理地球的命运，父母便认为女娃子迟早是别人家的，对郝小妹的读书失去了支持的信心。又加之郝小妹本身成绩就不是很好，因此，初中没读完就回来给父母打帮手，整日在家做饭、养猪，撑起了三口之家的大半活计。

一九九五年，郝小妹已出落成一个秀眉俊眼、亭亭玉立的大姑娘了。这年初冬的一天，郝小妹去舅舅家走亲戚刚回来，母亲就用慈爱中透着庄重的口吻说："小妹，潘家昨日托人过来说了，提出想在今年冬天就把你娶过门去。这也是实情，庆娃娘俩也缺少帮手呀。"

郝小妹母亲所说的潘庆娃，是三年前双方父母做主，请人为媒，给她定亲的对象。潘庆娃的家离郝小妹家不远，同属一个镇。两家人算起来还是连襟扯衫的远房表亲。上初一时，郝小妹跟潘庆娃还是同班同学，却很少搭腔说话。由于两家是亲戚，潘庆娃的父亲隔上三五月就会来郝小妹家走走，见女大十八变的郝小妹聪明又能干，便起了想要郝小妹与自己的儿子庆娃订婚的念头。庆娃的父亲把这个想法同郝小妹的父亲一说，老实厚道的郝小妹父亲很快就答应了，他还说："这样一来，亲上加亲就更好。"于是双方请了个媒人，就把这事定了下来。

当时郝小妹脑子里乱哄哄的，在她的印象中，潘庆娃诚实腼腆，激不起她一点喜欢他的意思，想拒绝吧，又找不出什么理由，只好听之任之。

郝潘两家订婚的第二年秋天，潘庆娃的老父亲去县里出差，半路上，自行车刹车失控，连人带车冲到路边坡崖下摔死了。潘庆娃葬了老父亲没出五十天，就顶上父职成了农行乡信用社的职员。初中毕业的毛头小伙，没费什么力气就有了正式工作，引起了好多人的羡慕。这时乡邻们又直赞郝小妹找了个好婆家，郝小妹这时心里才慢慢对这门婚事热心起来。

山村女孩子找婆家早，结婚也早，郝小妹同样也逃不脱这样的命运。

可是，整天在父母膝下撒娇卖乖惯了的闺女，一旦嫁出去，成了别人家的媳妇，生活在另一片天空下，总觉得没有做好心理准备，也担心在人家屋里生活不习惯。因此，郝小妹对母亲说："女儿年龄还小，想留下来再伺候父母一年半载，到时结婚也不迟。他潘家这么急做什么？不是说服丧的人家，三年内不办喜事吗？庆娃的爹死去还不到两年呀。"

母亲叹口气说："你以为自己还小，都二十一岁了，该出嫁了，庆娃他爸的丧期，按规矩已满，前几天已出灵了。再说你爸也答应下来了，你就欢欢喜喜地准备做新娘吧。迟早都要嫁的，嫁出去我们也就少了一桩心事。"

听母亲这样说，郝小妹眼泪都快要掉下来了，她说："妈，你们是把女儿当脏水往外泼呀，你们以为女儿嫁不出去吗？你们竟然这样狠心地往外赶女儿。"

这时，郝小妹的大哥刚好从窗外经过，他走进屋子，说："小妹，不是大哥说你的不是，你应该瞎子吃汤圆，心中有个数。那庆娃如今已有了正式工作，潘家提出早日娶你，是咱们求之不得的事。你再推来推去，夜长梦多，如果潘家变卦另订了婚，你错过了这次机会，等到以后年龄越来越大的时候，再去哪儿找如意的人家呢？爹昨夜已同我商量过了，这事已定下了，你可没得推辞！"

郝小妹听大哥也是这话音，便低下头，默不作声了。

## 借根行动悄悄地进行

郝小妹的婚期定在腊月二十日，山里人的婚礼，比不上城里人的热烈隆重，但也排场热闹。两家的人都是忙忙碌碌地准备了好几天，最后摆了几十桌酒席。

潘家的酒席开得迟，罢得也晚。当多数客人散后，潘庆娃进入新房已是深夜十二点了。潘庆娃泡了一杯浓茶喝下去，然后，坐在桌前静静地抽烟。

郝小妹虽说已做了新娘，但山村少女天生的矜持和羞涩还是抹不去的，又因这几天忙进忙出的，确实累了，倒在床上不知不觉就睡着了。一觉睡醒，已是半夜三点多钟，看看潘庆娃，仍旧坐在桌前抽烟，她也不好意思惊动他，一翻身就又睡了。

早晨醒来起床时，郝小妹才发现潘庆娃和衣睡在床的另一头。

第二天夜里，潘庆娃又是老一套，先喝浓茶，后抽闷烟，不知不觉又是大半夜了。这时，尽管郝小妹仍未摆脱少女羞怯的心理，但她暗想：既然已结婚了，就要做个贤良的女人，两个人和和睦睦的日子才过得好。于是她就在床上喊丈夫："鸡都快叫了，你还不睡觉的？"

潘庆娃把半截烟头摁灭，好像一个娘儿们一样忸忸怩怩地来到床前，解裤脱衣，钻进了被窝。郝小妹见他周身冻得冰凉，就大着胆子挨近他。郝小妹胀鼓鼓的胸脯抵得他难受，潘庆娃就摸摸她的奶子，说："我……我想……可是，我不能跟……跟你……我命里，不带儿子呢……"说着背转身去，独个儿睡了。

郝小妹听得不明不白，就红着脸问："什么命里不带儿子？究竟怎么回事？"

潘庆娃叹了一口气，低声说："原来我也不知道。还是那天进城，顺便请人一算才知道这事……"原来，腊月初一那天，潘庆娃叫上村里儿时的伙伴三黑进城帮他买结婚的家具时，看见街上有个算卦先生，就上去求这先生给算一下结婚的日期。那先生算好了婚期，说你们这桩婚姻是一桩大好的良缘，只是，我掐来算去，你这八字命里不带儿子啊。

潘庆娃一惊，忙问先生如何能修改过来。先生摇头："无法修改，祖坟所定，没得改法。"当时三黑也觉得好奇，就也凑热闹让先生给他算算。先生掐算过三黑的八字，指着他连连点头说："这位小哥命好，坟正脉顺，命带三丁，只是婚姻迟缓，三年后才会谈婚论娶。"

潘庆娃从城里回来，一直闷闷不乐。他怕先生算得不准，就另外请了个风水先生，偷偷去祖坟上转了一圈。五十元红包搭上一顿酒肉，换来风水先生一句话："祖坟没在穴眼上。"跟城里那算卦先生的说法相符：庆娃养不出儿子传后！

当时国家计划生育管得紧，只准生一个独苗儿。潘家已是三代单传，老爸临咽气之前留下一句话："儿啊！咱老潘家的根，得留住哟……"

郝小妹听潘庆娃说出因由，心儿扑扑直跳，双眼望着黑洞洞的屋顶，脑子里一片空白。

从此往后，潘庆娃每天去五里外的信用社上班，晚上回家来住。两口子虽然新婚宴尔，小夫小妻，同床却一直相安无事，外人看不出任何破绽。

一九九六年正月初十，潘庆娃的妈被远嫁省城的女儿接到省城去住了，家里就剩下新婚的小两口。正月十五元宵节的下午，潘庆娃说："小妹，你收拾一桌饭菜，我去买点酒，要请兄弟帮忙。"

郝小妹不明白，问道："请人帮什么忙？"潘庆娃不明说，只说一句：“到时候你就知道了。”

晚上，在镇上修理自行车的三黑到家里来了，他不时地拿眼看秀眉大眼的郝小妹。郝小妹似乎心里明白了一大半，弄好饭菜，盛上一碗饭端到睡房里吃去了，往后再也没出来。

堂屋里，潘庆娃和三黑摆开了“双龙宴”。三黑比潘庆娃大三岁。二十六岁的三黑身强体壮，他只是大块大块地吃肉，酒喝得少。潘庆娃相反，吃肉少，喝酒多。几杯酒落肚，潘庆娃摇着头嘀咕道：“唉，她还是黄花女儿身呢！”

三黑吃肉的时候，不时扭头揪揪郝小妹的新房，喝下一口酒说：“嘿嘿，这个兄弟知道。没办法的事呀。老天爷不睁眼也没法。咱们都是不得已才这样……”

潘庆娃又喝下一杯酒后，还是嘀咕着那句话：“唉，她还是黄花女儿身呢！”

三黑夹了一块肉放在潘庆娃的碗里，说：“别伤感，老话说得好，拔了萝卜眼儿在。反正人是你的，我帮你养上人就再也没关系了。放心吧。”

十一点半左右，堂屋里的两个男人收拾了酒摊。潘庆娃倒没怎么合眼，支起耳朵听新房里的动静。新房里开始有哽咽声，后来就传来床响声。这一夜，潘庆娃耳朵特灵，对那边的动静听得很清楚，那床咯咯吱吱响了半夜。

稍后的几天里，潘庆娃怕这事拿不稳，就让三黑接二连三地来了两次。

## 弄巧成拙小家破散

日头暖了，风柔了，山青了，郝小妹的肚子也一天天大起来了。潘庆娃心中的石头也落了地。他一高兴，就把一块一百五十元新买的石英手表送给三黑当酬谢，又把老爸生前骑着没摔坏的那辆自行车送给三黑，让他修修骑回去。

自从郝小妹肚子里有了货，潘庆娃就对她关怀备至，体力活一点都不让她干，并嘱咐她吃好休息好。潘庆娃每日把家里的活儿干了，才骑车去信用社上班。反正乡镇上的信用社，逢集时才忙，平日里没业务，也没事做。潘庆娃知道怀肚婆吃得好，生出来的娃才壮。他一篮一篮地往回买鸡蛋，三天就要割一刀肉，还买些猪脚炖给郝小妹，逼着她多吃些。自己却上顿下顿光吃青菜。

端午节快到了，正是收麦时节，潘庆娃就干脆请假在家干农活，仍然不让郝小妹下地帮忙。想到将来的胖儿子，他什么都愿意一个人干。

一天下午，潘庆娃从地里挑了一担麦子回来，听到屋里有嘀嘀咕咕的说话声，他进屋一看，只见三黑的手伸在郝小妹衣服里乱摸，扭头又看见桌上放着两个刚吃过炖猪脚的碗，就把手中尖担在地上一敲。三黑红着脸走过来搭讪："庆娃，你一个人忙不过来，我来帮……"

潘庆娃把脸扭向一边："帮你的脚……滚！你要再敢来，我就打断你的腿……"

三黑讪笑一下，溜出门去，拔腿就跑了。

这年九月中旬，郝小妹要生孩子了，潘庆娃把她弄到了镇医院。当一声啼哭从产房里传出来后，潘庆娃迫不及待地冲到护士怀中扒开小婴儿双腿去探寻，但是他傻眼了，他没有看到心中向往已久的能传宗接代的那个“小烟斗儿”。潘庆娃疯了般冲出医院的大门，边走边扇自己耳光：“笨蛋庆娃，偷鸡不成蚀把米，我真没用。”跑回家怄气地在床上睡了一天，心里老是闪现正月十五晚上的那一幕情形，心里恨死了三黑：我好酒好肉伺候你，你占有了我老婆的处女身也没弄出个儿子来，还好意思收了我的酬谢物。越想越气，次日一大早，提上斧子，就去找三黑算账。

三黑起了床洗把脸，正想去镇上的修车铺，一眼瞅见潘庆娃提着斧子气冲冲奔来，一愣神儿，拔腿就往屋后坡上跑。潘庆娃边追边骂，三黑折身跑下坡，跳过河去，直向公路上狂奔。刚好有辆汽车经过，三黑隔着车厢跑了，庆娃没追上。此后一连两日，潘庆娃都去镇上的修车铺，门一直关着，三黑不知了去向。

郝小妹在镇医院躺了两天，抱着丫头自己走路回来的。潘庆娃从此再没对她和颜悦色说过话。郝小妹也没再吃过“炖猪腿”，甚至连鸡蛋都很少吃了。郝小妹刚出月子，潘庆娃就要和她同房。她说身子虚不答应，潘庆娃就几个耳光扇过去，强迫着把事给办了。往后的农活，郝小妹全是干大头。

郝小妹在家过了半年挨打受骂的日子。一天，潘庆娃的一个同事结婚，郝小妹趁潘庆娃去喝喜酒的空儿，回了一趟娘家。次日回来，潘庆娃责问她：“你昨晚到什么地方去私会三黑了？”郝小妹分辩了一句，潘庆娃就一阵拳打脚踢，把她打得爬不起来。

第三日，郝小妹就抱着半岁的女儿跑了。

郝小妹带着从家里偷出来的三百元钱来到广东。经过十多天的流浪，在中山境内一个建筑工地找了份煮饭的工作。四个月后，郝小妹才试着给姐姐写了封信。不久姐姐回了封信。郝小妹才知道她走后不几天，潘庆娃就疯了。每日村前村后叫她的名字，边叫边乱跑，也不能再到信用社上班了，潘家家族的人放出风声说："郝小妹偷人养汉气疯了潘庆娃，无论她跑到哪儿，都要抓她回来算账。"

郝小妹吓得信也不敢再回，赶紧转移了打工的地点。两年中，郝小妹转移了五个地方。由于带着年幼的女儿，她只能找些替人洗衣做饭，或者工厂的清洁工之类的工作。但始终是人家嫌她有拖累，干不久就被辞退了。直到现在，到了这个砖厂才算安定下来。大家都很同情她，也多方面关照她。刚到砖厂时，她是往小板车上装砖坯。后来，大家觉得她拖着个孩子不方便，就调她去煮饭，让她有更多的时间照顾女儿。大家在工地上干的都是计件活儿，可经大家一致同意，大家给她认定的固定工资也不低，她感觉到工地上的"大家庭"好温暖。

## 不是冤家不聚头

郝小妹在砖厂众工友的体谅关照下，过着较安稳的打工日子，脸上有时也露出些笑容，看起来她对存留在心头好久的痛苦往事已经释怀。

其实，郝小妹内心世界的天空仍然笼罩着一块块阴云。每当一个人闲下来的时候，特别是眼看着女儿惠惠已能扶住身边的东西，移动着嫩嫩的双腿叫着妈妈时，郝小妹就心头沉沉的。因为女儿降生人世已经两年了，在她幼小的心灵里，至今不曾有爸爸的印象存在。将来孩子大了，自己将如何向她交代?

想到这些时，郝小妹每每都是目光呆滞，且有泪水在眼眶里打转。

厂里有个在砖机上打帮手的陕西女孩玉琴，跟郝小妹同住一个宿舍，平时两人相处不错。玉琴看破了郝小妹的隐衷，就找些不碰触她伤口的话，开导宽慰她。有时玉琴还弄些文艺杂志给郝小妹读，以充实她的工余时间，转移她的注意力。

一九九九年九月的一天，砖厂发工资，下午全体工人休息半天。玉琴说要去镇上的大市场买些日用品，问郝小妹去不去，郝小妹不想去，玉琴就约了三四个女孩走了。

天将要黑时，玉琴手提着购物袋回到砖厂，一见郝小妹的面，玉琴就掏出一本杂志，兴致勃勃地指着书内的一页，要她看个仔细。

郝小妹见玉琴那副神秘又激动的样子，就好奇地接过了书。原来玉琴所指的是该杂志第四十页上的栏底语，那儿登着一则寻人信息："漂泊在外的十堰籍同乡郝小妹，我很想见你，请告知踪迹。三黑（516133 广东博罗县长宁镇 ××× 养殖场）。"

看到这几十个字，郝小妹心里咯噔一下，呼吸变得急促。呆愣了一瞬，郝小妹眉毛一拧，半嗔半怒地把书塞回玉琴怀中道："你……你，这种东西拿来叫我看有什么好？若不是见你辛辛苦苦地跑了老远去买了书回来，我肯定会给你扔到垃圾堆里去。"

玉琴干脆一屁股坐到郝小妹床沿上，说："这种东西登出来，不就是让人看的嘛，不叫你看，叫谁看去？小郝姐，你的心思我清楚着呢：第一，你觉得自己无家可归；第二，又痛楚惠惠长大没法向她交代。我想，看了这条寻人信息，或许可以解除你心里的焦虑！"

郝小妹听玉琴这样说，沉默不语，只是静静地低头看着自己的脚尖，稍顿，扬起头说："好了，别瞎闹了，你爱看书就静静看吧，我出去走走。"说完独自走出了宿舍的门。

一日中午，郝小妹正在厨房门口洗菜，有个工友走来告诉郝小妹，说有个老乡来找她。郝小妹忙问："人在哪儿？"那工友说："那人正在晒砖场上等着呢。"郝小妹很疑惑，自己到砖厂后，从来没有与家乡人联系过，怎么会有人来找呢？她快步走向晒砖厂，只见远远地有几个工人在收砖架外，并没见到有别人。

郝小妹以为是那个工友在开自己的玩笑，正要往回走，却从一堆砖垛的背后走出一个人来："小妹！"这人开口叫道。真令郝小妹大吃一惊，来人竟是几年未见过面的三黑！

这一刻郝小妹嘴巴张得老大，但却发不出声音来。愣了几秒钟，郝小妹才粗声说："你来干什么？"

"我……我，知道了你的踪迹，就想来……看看你。"三黑谨慎地说。

"有啥好看的？！还不都是——"郝小妹几年的委屈和怨愤，在这一刻成了无明火，理不清头绪地喷发而出。她本想说还不都是由你引起，把我逼到了这种地步的，但是说了一半，就停住了。她眼圈红了，哀伤地说："没什么好说的，你走吧！"说完就转身向厂房奔去。

这天玉琴正好歇班，郝小妹进了宿舍，望着玉琴瞪眼说道："都是你多事的吧？那人来了。"

玉琴笑嘻嘻地问："谁呀？"

郝小妹眼又一瞪："谁，你说谁？三黑！"

"哎哟，我还当是谁哩？我也是为你好呀。我见见他去。"玉琴连说带跑出去了。

一会儿，玉琴回来了，说："那个三黑还没走，他说想见见惠惠。"

郝小妹头扭向一边说："不行。少啰唆。"玉琴说："三黑说见见惠惠他就走，不然，他不走。"郝小妹依旧说："不行。这次是你惹的麻烦，你把人给打发走便没事！"

玉琴又费了一番口舌，郝小妹仍然不答应让三黑见惠惠。玉琴一个人又出去了。

过了一会儿，玉琴回来说："别生气了，三黑已经走了。"

可是，第二日上午，三黑又来了。其实昨日他并没有走远，在镇上的旅馆住了一夜。这次郝小妹坚决不见三黑，三黑就在砖厂的砖垛旁边蹲到第三日上午，最后只好蔫蔫地走了。

谁料，三黑第三次来到了砖厂。这一回，三黑还带来了一个小旅行袋。一到砖厂，就从包里扯出一张塑料布，在晒砖厂旁边的树下搭了个帐篷，看来是要打持久战了。然而，郝小妹照旧不理三黑。三黑在帐篷里住了两个晚上，玉琴就憋不住了，那天晚上她挤到郝小妹的床上，唠唠叨叨地从郝小妹为什么要外出漂泊，以及为何恨三黑，一直分析到最终的罪魁祸首还是封建思想严重的潘庆娃。最后，还劝郝小妹道：要想到惠惠的将来以及未来的家庭幸福，就要挺身昂头，向前迈出一大步。

玉琴又接着说："经过这三次的表现，可以看出，三黑并不是那种道德败坏的男人，从他身上可看到痴情专一的优点。这种男人，如今并不是很多。毕竟他是惠惠的亲生父亲呀，希望你能为惠惠的幸福着想，做出理智的选择。"刚开始，郝小妹对玉琴的劝说还投以"胡闹"的评语，可后来便不吱声了。

次日，虽然郝小妹仍未见三黑，但已托玉琴给三黑送了一碗饭去。因为三黑已来过砖厂两次了，砖厂好多人都基本知情，有几个年长的同事就劝郝小妹还是珍惜一下这份感情。下午，郝小妹终于去见了三黑。那时，玉琴已偷偷抱了惠惠去跟三黑玩，没有正式相认的父女俩玩得还挺投机。三黑对小妹说："天作孽，害得你和惠惠四处漂泊，我对不起你们母女俩！"

郝小妹没吱声，半天才说："你怎么知道我们已流落他乡了？"

三黑说："自从庆娃提上斧子找我算账起，我就知道他会由我恨及你们，你们不会过上好日子的……今年初，我潜回老家，才得知庆娃疯了，你们也没了踪影，随后我偷偷返回广东，便在杂志上登了寻人信息……我一直都想找到你们赎罪，起码也尽点……尽点父亲的责任。说来，我的罪孽大呀，害了庆娃，也害了你……”

一提起庆娃，郝小妹便想起了在老家时过的那些日子。潘庆娃打骂自己的情景似乎又浮现在眼前，这与面前诚挚痴情的三黑形成鲜明的对比。郝小妹心里一酸，一下子靠在了三黑的肩膀上：“三黑，别说了，过去的事，让它们烟消云散，就别提了，这是天意！这几天，我也想通了，咱们还是一起把过去的一切忘掉吧，从头开始……”

三黑惊喜地一把抓住郝小妹的双手：“真的？你说出了我心中不敢说出的话。其实，早在第一次见玉琴妹时，她就提出了这个大胆的建议。我终于等来了这个希望。”

## 摆脱孽缘重组美满家庭

三黑在砖厂住了三四天，大家都明白了他对郝小妹的心意。砖厂的副厂长（承包负责人）是陕西人，他对郝小妹说：“咱们都是外地人，在异乡生活得艰难，谁都清楚，你若想回家去解决你们的家庭大事，我们大家给你捐助路费。事情办好了，你若是还想来广东打工，我们一样欢迎你回来。”

郝小妹准备了一番，第三天，即一九九九年十一月八日，她便跟着三黑启程回湖北了。

他们来到了十堰。郝小妹跟三黑商量了一下，决定不让三黑露面，在十堰做点建筑的活儿，郝小妹一人带足两人打工所积累的钱回黄坡镇去办理事务。郝小妹一回到黄坡镇，就带着五份厚礼，分别拜访了潘家家族中五户有声望的长辈。本来长辈要指责郝小妹怎么怎么的，可一见礼貌周到的郝小妹带来价值数百元的礼品，他们一个个笑得眼睛眯成了一条缝，只顾殷切地招待，哪里还会吭一声。

郝小妹分别对潘家的长辈们说，自己是迫于无奈，才外出谋生的。如今多少挣到一点钱了，这次是专门回来给庆娃治病的。随后家里派人把潘庆娃送到十堰市精神病医院治疗，郝小妹则跟随护理。

在郝小妹的精心服侍和医生的治疗下，潘庆娃的病情一点一点地好转起来。在治疗期间，医生知道潘庆娃的病因是由于思儿心切等一系列因素造成的，有个医生就提出心病用心药配合治疗的建议，他们搞了个高质量的软塑料男婴儿，放在潘庆娃床边，以唤醒他的神智。果然，这一招起到了一定的作用。

二〇〇〇年元月十八日，潘庆娃出院了。郝小妹付出近六千元的医药费，经过五十二天的治疗，潘庆娃又成为健康人了。回家十天左右，郝小妹就开始筹划与潘庆娃离婚的事宜。她找了一个初中时的同学，一次长谈后，托同学去跟潘庆娃磋商离婚的条件。

潘庆娃一听郝小妹提出离婚，就明白她在外面有了归属，心里泛上一股酸水，便把心一横，赌气说："她想离，我偏不离。我不会这样便宜她。"

老同学就给潘庆娃分析利害关系，并启发说："你不是一心想要个儿子吗？"

潘庆娃说："没错，潘家绝不能因我而断了根！"

同学说："一个子女的名额，惠惠已占完了呀！"

潘庆娃头一抬，脖子一梗说："我不承认惠惠是我的女儿！"

老同学笑了笑："这不就对啦。咱俩人现在说私房话，这事当初，还是老同学你搞砸了。脑子迷糊了，找什么三黑嘛！如今，你又不接受惠惠是你女儿的事实，可她毕竟是你和郝小妹法律名义下的子女，国家才不管是谁生养的呢！既是合法夫妻，就只准养一个，你还能有什么招儿要个儿子？其实，这个，正是郝小妹考虑过的问题。你们离婚后，她带走惠惠，你再娶一个，不就有生养儿子的希望了吗？郝小妹还答应付给你五千元呢。别傻啦，这样大家都好，更何况你的工作还在，比郝小妹处境好多啦。”

潘庆娃听同学这样说，狠狠地抽着烟，不吭声了。

二〇〇〇年二月二十五日，郝小妹跟潘庆娃到乡里办了离婚手续。郝小妹依照许诺，给了潘庆娃五千元，什么东西也没要，只带走了惠惠。郝小妹到了十堰市找到一直没露面的三黑，把情况告诉他，然后双双回到黄坡镇，开了介绍信，便到民政局办了结婚手续。

三月十二日，郝小妹与三黑收拾一番，带着女儿惠惠又返回了广东中山的砖厂。因为他们如今虽然拥有了完满的家庭，但是这几年打工的薪水，都为了郝小妹离婚的事花光了，如今又得再次奋斗，重新创业了。

当郝小妹三人的身影出现在砖厂办公室门前的时候，从四面八方拥来的工友，在陕西籍副厂长的带头下，响起了热烈的掌声。望着众人诚挚的脸，郝小妹张了张嘴不知道该说什么好，只能用闪着激动泪光的双眼看了大家一圈，直点头感谢。最后，郝小妹终于在人群中找到了玉琴，她一把抓住玉琴的手，紧紧地握着，手颤抖了一会儿才说出一句话：“玉琴妹，真的很感谢你！”说完，一把把玉琴搂在怀中。

由于三黑在年前回老家时就辞了博罗养殖场的工作，因此，歇息了两天，副厂长就把他安排到砖机班当了上料员。郝小妹仍旧干炊事员的工作。

第六天已是周末了。一来是为了感谢砖厂领导和工友们的关心，二来也权当补办婚礼，三黑跟郝小妹一商量，去镇上市场买了好多菜，在大灶上操办了六桌酒菜，请大家畅饮一番。

酒菜上齐的时候，三黑第一个敬副厂长，第二个就向玉琴走去。三黑把满满一杯酒递到玉琴面前时，郝小妹不失时机地把事先备好的一只烤熟的小公鸡放到玉琴面前，公鸡的脑袋正正地对着玉琴。郝小妹解释说:“按照我们老家的规矩,红娘,要独个儿吃掉这只‘奉谢鸡’，并要先从朝你望着的脑袋开始吃。”

在座的人都齐声说：“好啊！玉琴，这是应该的！”

玉琴微微一笑，说：“那我就不客气了。”说着，一把拧掉了鸡的脑袋，往嘴里送去。

顿时，酒席上空爆发出一阵热烈的掌声。

## 这一天，儿女的心最真

每年五月份第二周的第一天，是母亲节！

母亲节，好一个让人产生联想让人感动的节日！虽然母亲节是世人为母亲定下的一个节日。但是，既然定下了，这一天就有了特殊的意义。

下面是二十世纪九十年代，一群背井离乡的打工人在母亲节这一天，给各自的母亲准备的礼物。

尽管那时物质生活还不够发达，但是，打工仔、打工妹对母亲一片真心！

尽管岁月在飞逝，但是，无论时间怎样迁移，这份情却永远不会褪色。

## 愿我妈妈得欢欣

十八岁的打工妹曹芬，来自于被汉高祖刘邦视为“天汉之土”的陕南汉中盆地。她性格温和，但嘴很利索。别看她年龄小，人却机灵着呢！数月前在一次拜会朋友时，我认识了她。

一天下午，我带着《外来工》杂志的策划任务找到曹芬，没闲扯上几句，我就拐上正题问：“小老乡，眼看母亲节到了，你有何打算？是否已想好为你妈妈送点什么礼物呢？”

曹芬笑笑，说：“嗨，没想到你还能当神仙了。”我有点莫名其妙，忙问：“怎么看我能当神仙了？”曾芬仍笑着说：“不是神仙，你却能猜到我的行动。你看，我手中提的袋里装的正是为我妈妈准备的礼物呢！”

噢！原来如此，我不自觉地点点头。

曹芬继续兴致极高地说：“你别看，先猜猜我今日买了什么礼物？”

我摸着脑门想了想，说：“哎呀，我是个笨人，你一考我我就糊涂了，猜不中的。”

曹芬哧哧地笑了一阵，方才说：“好吧，我不让你猜了，先给你节约些脑细胞，就让你瞧瞧吧。”曹芬说完，就从袋里取出一个黑色的东西在我眼前晃了晃，然后递到我手中。哦，原来是个如语文教科书那么大小的微型收录机。紧贴着收录机还附带了一张电脑打印的信笺，上面写着：“在那遥远的小山村，愿我妈妈得欢欣！”

我问曹芬：“你买这个，有什么特殊意义吗？”

曹芬说：“当然有啦！”

于是，曹芬不等我追问，就侃侃而谈：“我家住在小山村里，属于米仓山的余脉地带，比较闭塞一些，跟城里比起来自然像两个世界。可是，我妈妈偏偏不像山里人，因为她有很好的艺术细胞。十几年前我们兄妹都还很小，却记得妈妈唱得一腔好歌曲，且能熟唱一本本旧戏剧，在我们乡镇一带都是很有名气的。那时每年春节时，乡里干部组织文艺宣传队下乡流动演出，我妈妈都是台柱子。有一年，打春时我妈妈随业余剧团到周围十里八乡演出，半个月之后才回来。妈妈回到家后，才发现爸爸一人挑肥料犁坡地，把三亩地的土豆都种好了。自然，爸爸跟妈妈吵了一场架，把妈妈气得在床上睡了两天，不吃不喝。那时我和哥哥还小，不大懂事，只见妈妈吧嗒吧嗒直掉眼泪，双目肿如红桃。

“后来，妈妈再没出门唱过戏，只是一个人做事时，偷偷地唱几曲。这时我已多少懂得一些世事：那是兴趣爱好压抑的一种煎熬。又过了几年，山村里有了电视机，每逢电视里有戏剧节目时，妈妈一定要跑好远去看上大半夜。记得一九九三年冬天，县里宣传部组织，由文化馆编剧的描写陕南红色游击队生活的歌剧《野人岩》和新编话剧《雷锋》上演时，那天妈妈在城里看完戏误了班车，硬是步行走了四十里山路，快半夜了才到家。

“去年秋天我随同学来广东打工时，妈妈送我到县城。妈妈说：‘小芬，去吧，我支持你走出山村，城市里跟山村里是不同的。如果能在外面闯出自己的事业，是你的福气和造化……’妈妈说这话时，眼里已有泪珠滚出。

“我想起前些年关于妈妈的旧事，我说：‘妈妈，我理解您的话。’我与妈妈搂成了一团。

“去年年底，我一次性汇回去两千元，信上注明要家里春节时买台彩电。后来，家里来信说买了，当时我很高兴，觉得自己为妈妈做了一件实事。母亲节快到了，我夜里躺在床上老想起离家时妈妈送别的情景。于是，我思考一番，就买了微型收录机，又精选买了十多盒戏剧磁带，当作母亲节的礼物寄回去。我要妈妈下半生过得愉快，让她在田地里劳作时有乐曲陪伴，在疲劳缠身时听听戏剧，回到欢乐的年轻时代，补偿她那份执着的心愿。”

听完曹芬的叙述，我好一阵唏嘘，忍不住大声地说：“真是个孝顺的好女儿！”

曹芬听我如此赞扬她，脸颊上泛起微微的桃红色，说声“老乡再见！”就匆匆向厂门口跑去。

跑了几步，她突然停住回头说：“明天中午吃饭时，我就去邮局交寄这包东西！”我大声说：“正好！宁早勿迟。”

## 两份特殊礼物

张勇的表哥在南方一个名叫市桥的繁华小镇上开了一个香蜡纸货店。

这天公司放假，张勇到表哥家玩。表嫂去妹妹家了，表哥就买了现成的好酒好菜招待他。正要吃饭时，来了个二十四五岁的小伙子。小伙子进了店门叫喊道：“老板，定的货好了吧？我来取货。”表哥一看是个不认识的人，就问他定的什么货。小伙子说是一只大鹏。“大鹏？”表哥一怔。小伙子明白了，说：“噢，三天前我订货时是老板娘在，当时你不在。我们所谓的大鹏，就是飞机，我定做了一架飞机，还有一个……一个小胖仔。”表哥赶快去存货间找寻，很快把客人定做的货拿来了。

张勇一看，原来是一架三尺长的纸飞机，另有一个圆头肥脑的纸娃娃。张勇看小伙子人模人样的，又精明又持重，不像是顽皮人，禁不住问他：“哥们，你定做这东西有何用处？”小伙子一听，眼眶一下泛红了。

张勇不知所措，说："对不起，我不该乱打听，惹您伤心了。"可小伙子说："没事的。唉！说来话长啊！"然后一手捧住这架飞机，一手托住娃娃，缓缓地向张勇和他表哥说起来：

"我叫赵伟，二十五岁，是四川达县人，在日资服装厂做后整部主管。进入这个日资服装厂，连续两年我都没回过老家。去年腊月，我还是纽门组组长，请了几天假，提前走了一星期回老家过春节。进入家门，发现母亲清瘦了许多，还不满六十岁的人，头上出现了好多白发。我心里好沉重，那是妈妈太辛苦而留下的痕迹。我踏入家门时已是腊月二十四了。因为是跟在广东打工的妹妹一同回去的，儿女相拥在老人面前，母亲很高兴，精神看起来还不错。妈妈每天早晨早早起床打扫各个屋子，接着烧好两壶开水，然后煮早餐，给我们吃的鸡蛋全是自家养的母鸡下的，母亲说很有营养。"

张勇听到这儿禁不住说："可怜天下父母心啊！可这和你定的货物有何关系呀？"

赵伟说："别急嘛，听我继续说。腊月二十八早上，我母亲催促爸爸去镇上买几斤黄豆，并叮嘱爸爸顺便在粮食加工店碾成豆浆，说是要亲手做些豆腐过年吃……"说到这里，赵伟突然停下来，擦拭了一下眼泪。

张勇和表哥的心同时一紧，眼睛不眨地盯着对方。

赵伟接着说："当天晚上，我在邻居家中打了两三个小时麻将，母亲喊我回来吃消夜。吃完消夜，我还想去邻居家再玩一阵子，母亲劝我说别玩了，天冷，早点休息吧。于是我就进屋睡觉了。母亲在爸爸的帮忙下还在厨房里做豆腐。我不知睡了多久，迷迷糊糊中，爸爸慌慌张张把我叫醒，说是我母亲出事了……"

"怎么了？"张勇的心一慌，禁不住打断对方问道。

“当时我大惊，跑出睡房，妹妹也被叫醒了。我一看时间，已是午夜一点。这时，妈妈正歪躺在堂屋的躺椅上。爸爸噙着泪花说出了经过。原来，十分钟前，豆腐做完刚上了榨板，母亲说是要去茅房。爸爸就打上手电筒陪母亲走向屋后的茅房。母亲解手时，爸爸就到隔壁给猪加了两瓢猪食。当他还想去母猪圈里看看刚生下不久的小猪仔时，忽然听到扑通一声响，忙赶过去，发现母亲倒在茅厕门口的地上。爸爸慌忙把母亲背回堂屋，母亲手脚已僵直，一会就身子发凉了。任凭我跟妹妹怎样扑在母亲身上哭叫、摇动她，她还是没能睁开眼再看一看大老远回来相处没几天的儿女们。可怜的妈妈，辛苦大半生，死时连年坎都没翻过！”赵伟哽咽道。

“唉！分别几年刚见面，真够遗憾的。”张勇叹息道。他还是急着想知道对方手中礼物的事。

赵伟也叹口气，接着说：“腊月三十上午，我们只得在别人家贺岁的爆竹声中，将母亲入土安葬了。正月初八我回工厂开工，不料竟被提升为后勤部主管。我想，这是母亲在天堂对我的庇护！记得我去年腊月二十刚回家里时，就向母亲许诺说，我在广东的情形一有良好势头，就一定要把母亲接到广东住上一阵，还要让母亲坐一坐飞机。当时母亲微笑着说：‘日子不同已往了，我在电视里经常看到一些和我年纪相仿的人，坐飞机出外，别说，当时看得我还真眼热呢。我就想这辈子不知道能不能坐上一回飞机。不过，现在有你们在身边相聚着，飞机坐不坐无所谓，只要你们平安健康，在外有出息就行了！唉！我还有个更大的心思，你能在明年娶上媳妇，生个胖娃娃，那才让我开心呢！’现在我当了主管，月薪已达三千五百元，条件已许可了。可是，我的这个心愿和母亲所盼望的，她再也无法亲眼见到了。母亲节眨眼即到，我彻夜难眠。回想起母亲去世后，爸爸小心翼翼地从箱子里捧出一个纸盒，我打开，全是五元、十元的零碎钞票，共有两千多元,那全是妈妈卖了鸡蛋攒的,说是准备给我结婚时买床上用品的!因为我有气管炎病，夜里易犯病，妈妈想给我买床金丝绒被。我越想心里越难受。可这些年我对母亲做了什么？后来我想啊想，想到了这个主意，就到你们诚意香腊店来，托你们为我糊一架三尺长的锡箔纸飞机，外带一个胖娃娃。今天是母亲节，下午，我请假半天，要去镇上的公园内祭烧给母亲，让母亲在另一个世界里来去方便，也接她老人家来广东‘看看’，这个娃娃就当是老人的孙子，我特取名叫‘盼盼’。这就是母亲节我献给妈妈的两份礼物。”

“啊？原来如此。”张勇和表哥听到这儿，静静地站着，像傻了一样，心绪如潮水般不停地涌动。

这时，张勇的表哥突然转身把小伙子给的货款钱向他塞了回去:“冲着你的这份孝心，我收你的钱，就是冷血动物。”说着，表哥转身把刚买的一只烧鸡往袋里一塞，递给小伙：“哥们，把这个给你娘带去，因为我也是达县人，就当我这老乡今日去探望了她老人家……”

晚上七点钟，张勇和他表哥几乎是同时各自拨通了一个电话，开口就急切叫道：“妈……”然后，一唠就是二十多分钟……

## 无可奈何的礼物

与众多的打工姐妹一样，来自河南省南阳市方城县的秀秀，也是个孝顺的好姑娘。

可是，她的打工路刚开始，就是满地泥淖。

今年（一九九九年）二月初，秀秀跟随回老家过年的远房表姐阿娇来到中山市，住进了表姐在市郊租住的出租屋。刚到的一星期，阿娇天天好菜好饭招待秀秀，之后还领着秀秀到各个生活小区和主要街道上观赏游玩。表姐说是刚到中山要好好安歇调养一些时日，出门走走是熟悉周围环境，了解当地人的生活习惯。

转眼在表姐的出租屋里已闲住十多天了，对作为出门以“淘金”为目的的北方妹秀秀来说，哪能安心闲吃闲住呢？而且还是让人家养着。

一天，秀秀鼓起勇气跟表姐阿娇说起给自己找工作的事，阿娇笑了笑说：“好啊，既然你有这心想早点赚钱，那明天我就带你上班去。”秀秀听了很兴奋。

然而，这天黄昏时，表姐却拿出一套很漂亮的衣服和一件加厚海绵层的胸罩叫秀秀穿。秀秀一脸茫然地问表姐为什么要穿这么漂亮的衣服。表姐微微一笑说：“在这儿，像你这样十七八岁刚从北方来的姑娘，要是说不安下心思挣钱吧，一分也挣不到；要说安下心思挣钱吧，则可挣到大叠大叠的钱，甚至要用口袋来装。”

秀秀说自己听不明白。阿娇说：“今晚我就带你去实习实习。穿上这套衣服，再轻轻化一下妆。反正往后你是天天以此谋生的，我就给你明说了吧。我们挣钱的工作其实很轻松，就是每天去酒店呀、舞厅呀、娱乐场呀陪人说说话儿，喝喝饮料、啤酒什么的。有邀请跳舞的男人，特别是那些肥肥大大满脸福相的，就跟他贴紧一点，在舞池里胡乱旋一通，然后就有大把的钱塞进你的荷包。遇上兴致高的，他要在你身上捏捏摸摸的，你也别见外，脸上要挤出一丝笑，这样，那些男人给钱时更大方，本来给两张时，也会给你三张。”

秀秀听表姐这样说，才知道表姐是干这样的工作。难怪前几天问她白天为何不上班，她说厂里放假还没开工。秀秀听表姐说带自己去挣让男人捏摸的那种钱，身上直起鸡皮疙瘩。像她这样传统思想很重的山村女孩，在家时，连洗个澡都要关紧门窗，藏在睡房里洗，连母亲都没有见过她的净身子，何况让陌生的男人动手动脚呢！

秀秀看见阿娇在她身上量来量去的那件露肉衫，恼羞成怒地说：“我不干那种丢脸皮的活。”

阿娇粗声问：“到底干不干？”

秀秀顶撞道：“不干！就是穷死也不干！”

“好！我倒要看看你的骨头有多硬！”阿娇把衣服往秀秀面前一甩，转身走了。

从第二日起，阿娇就开始对秀秀施加压力。一是每日只给她喝一碗稀粥，二是把秀秀带来的衣服及像样的衣衫全锁起来，只给她留了两件从废品收购站要回来的能遮体的衣服让秀秀穿。秀秀一日强，二日弱，一星期下来精神不振，往地上一蹲就眼冒金星。于是没人时就暗暗垂泪。

房东阿姨姓陈，四十六七有了些年纪，是一个台资服装厂的清洁工，见秀秀可怜，就拿了两件女儿的旧衣服给她穿，有时会端点饭菜来给秀秀吃。

阿娇见了就不高兴了，她反对说：“房东姨，你再这样为秀秀护短，长她志气，她就更不愿意出去挣钱了，我们房租可没钱付给你哟！”

一个月下来，秀秀受尽折磨却仍不屈服。因为一是人地两生，又没一分钱；二是身份证又押在阿娇手里，无法外出，便每日为阿娇洗衣打杂，苟全性命。

眼见周围的人都在聊母亲节的话题，秀秀想起离家时母亲十分留恋自己的情形，心里很难受。

一天秀秀装出生了重病的样子，躺在床上直哼，好说歹说，问阿娇要了八元钱，以看病为由，跑到照相铺要求照相的人找了一件十分漂亮的衣服换上，照了张强装灿烂笑容的四寸彩照。次日取出，悄悄到邮局写了一页短信说自己一切都好，把照片夹在中间寄给妈妈，说是女儿给妈妈的节日礼物！

当信封塞入邮筒的一瞬间，秀秀已泪流满面。

## 声讯传真情

她姓韦，大家叫她阿菁。

阿菁在中山民众镇某玩具厂车间做普通工人。阿菁的妈妈在老家湖北麻城镇上的小学当学前班的幼儿教师。阿菁的妈妈从事教育事业二十多年，始终如一地浇灌呵护着祖国的幼苗希望。

阿菁从小十分依恋妈妈，上小学四年级了还要跟妈妈睡觉。来广东打工后的第一个月，阿菁老是做梦想妈妈，而且加班一累就躺在铺上掉眼泪，口里喃喃地向遥远的妈妈诉苦。现在，她觉得，妈妈每日的工作看起来似乎不重，像哄小娃儿的保姆，可整天泡在几十个像小鸟儿一般时时叽叽喳喳不休的孩童中间，脑袋也被吵得嗡嗡响，不但要哄乖这些娃儿，还要使他们“吐枝发芽”“吮吸灵气肚内长窍”，阿菁觉得妈妈也好辛苦。

母亲节快到了，为了献上自己的一份礼物，阿菁连续一星期傍晚收听广播，研究电台的节目规律，终于确定好，提前一个多月给广东广播电台打了电话，预定了在母亲节下午为母亲点播《妈妈的吻》那首歌。

阿菁还写好了一封信，她在信上告诉妈妈母亲节的下午一定要打开收音机，接受女儿的礼物。不过，精灵的阿菁写了信并未立即寄给妈妈，而是写好信皮贴好邮票，算好了邮程时间，准备在母亲节的前一星期投寄，让妈妈在节日的前一天收到信，来个意外惊喜。

母亲的伟大是天地可鉴的。母亲的心慈爱而伟大，为了儿女，什么苦都可以忍受。愿天下的母亲们在自己节日的这一天，有各自独特的感受。

祝母亲们快乐吉祥！幸福安康！

# 高小英生命的最后七个日夜

一九九九年十月二十三日下午六时四十分，中山市人民医院的五楼重症监护室，因工负伤的打工妹高小英，在白衣天使颇含遗憾的摇头喟叹及亲人的泪水和呼喊中，停止了呼吸。

其时，高小英刚过十七岁的生日。

十七岁，正是人生花季时，然而，她的花季却如此短暂，甚至没有来得及焕发她迷人的光彩就消失了，消失在为生活奔波的风雨路上。

## 逼出穷窝的打工妹

高小英出生在陕西省洋县东部罗曲乡的一个山村里，父母是老实巴交的农民。“秦巴山地像头牛，耕来犁去是老黄土。一年三季都在坡地里转，愁得农人白了头。”这一块土地虽然广袤，但不能掩饰它的贫穷，农民们几乎把全部的希望和精力都集中在黄土地上了。

连续四年的大旱把农民们累得腰酸腿软不说，单那点收成就让他们心里直发毛。忙碌一年，除去种子、化肥、农药和灌溉的费用，不但毫无收入，甚至交农业税和提留款都得借贷。家中有三个孩子的高小英父母，为供孩子读书，更是雪上加霜。

一九九六年的夏初，高小英的父亲在买化肥时对高小英说："娃呀，再过两个月就要把初中给读满了，爸实在供不起你了，就读到此为止吧。让你妹妹把初中也读满。"他没有提弟弟，因为弟弟是弱智。

高小英能说什么呢？她理解爸的难啊！还记得上周六晚上回家，家里有电灯不见亮却在点煤油灯，高小英奇怪，一问，妈才说因两个月电费没交，组里的电工把电给切断了。每学期开学前几天，爸就为学费的事愁开了。"算了，算了，识得几升字，不会被人骗就行了。"

高小英小小的心灵里，藏满了怜悯的情愫，她知道庄稼人日子艰难，就默认了父亲泄气时教导儿女们的"名言"。是呀，县里吃皇粮的人，工资都要在下半年才发年初的，何况土里刨食的父母呢。

不久，高小英就回家务农了。

一九九七年初，村里邻里外出打工的人越来越多。正月底，当村里最后一批人要动身赴广东时，高小英好说歹说，人家才答应带她到广东闯世界。那些路费还是高小英的父亲把家里的两袋油菜籽运到三十里外的县城卖掉，加上东借西借凑来的。

临行前的那个晚上，父亲对女儿说："娃呀，广东离咱家远，爸妈不在身边你就要自己照顾自己了。别人家都是男娃子出门，可咱们家穷，让你外出打工挣钱，爸心里不忍啊！大人没本事，把娃们都害了……"说完眼泪就出来了。

高小英心里一阵阵酸，但脸上露着笑：“爸，广东是特区，听说挣钱容易，往后妹妹上学的钱我就包了。”

## 好挣钱处钱不好挣

高小英一到广东就傻眼了，那么多的人找不到工作。高小英跟一群老乡度过了一段几个人同吃一份饭、七八个人不分男女挤卧一间小屋过夜的日子，最后借了一个老乡的身份证（高小英才十五岁，还没有身份证），才在中山市板芙镇的一家玩具厂找到了一份工作。那家港资厂效益不是很好，有货就赶，没货就玩，一个月下来只能拿上二百多元的工资，除去生活费就所剩无几了。

高小英慌了，这样打工下去，到了年底恐怕连回家的路费都拿不出来。于是她采用了“高度节约术”，甚至舍不得吃早餐，病了也舍不得拿钱看医生。一天，她竟然栽倒在地上。

勉强干了近一年，高小英辗转到中山民众镇进了一家电子厂。电子厂是硬流水线，连上个厕所都不敢，而且稍一放慢手脚，面前的货就会堆成小山，这时候监工的便过来破口大骂。受气受累高小英倒挺得住，可每日工作十个小时，月薪和生活补贴一共才三百元。又是低薪。

一九九八年八月中旬，高小英似乎有财路要开，她从亲戚罗中华那里打探到相邻的浪网镇绝缘材料公司要招人，高小英便三番五次找亲戚帮忙。罗中华劳心费神，最后花了四百元钱请客打通关系，八月底将她介绍进厂，安排在上胶部车间当了配料工。该厂效益好，环境也好，计时工资，每天上班十二小时，月薪可达七百元左右。工作的暂时稳定，让高小英的心里有了亮堂堂的感觉。

时间一晃到了一九九九年的八月三十日，高小英仍像往日一样与工友们认真地工作着。她多么盼望时间快些过去，然后下班冲凉躺在床上看那些心爱的杂志。可是，命运哪里让她能等得到下班呢。

## 灾难选中了苦命人

或许是某种暗示，一九九九年八月三十日的下午，整个浪网镇都显得十分闷热，田野上没有一丝风吹过。绝缘材料公司的员工尽管中午刚刚休息过，但显得也不是很有精神，大家都在按部就班地进行着自己的工作。

下午三点二十分左右，突然轰隆一声巨响，霎时，绝缘材料公司上胶部车间屋顶浓烟冲天而起：一台胶料合成的装甲车般的 M 机器发生爆炸。顿时，车间内的日光灯全部震碎，室内一片漆黑，烟雾尘灰弥漫，员工炸得七倒八歪。

突如其来的灾难，让工厂陷入一片混乱。

五分钟后，浪网镇周围的民众以及邻镇的消防队相继赶到。

十五分钟左右，中山市消防局的官兵也赶来了。

一时间，尖锐的警报声在宁静的上空响了起来。接着，大批伤员被送往附近的浪网和民众等医院，伤重的则马上送到中山市人民医院。鸣鸣叫着的医院救护车也一辆一辆开进厂里，于是，一幕生命与死神搏斗的故事就上演了。

## 紧张而漫长的救治

一九九九年八月三十日下午，罗中华正在车间干活，突然听到一声巨响，跟着就有点站不住。罗中华发觉自己没事就跑出去看。此时整个厂一片混乱，声音嘈杂，人心惶惶。当听说是上胶部车间出事了，罗中华暗叫不好，小英在那儿，就赶快去找她。当时受伤的人已被送走了，车间也正在清点人数，罗中华在人群中没有发现高小英，就跑到浪网医院，也没有找到；又跑到附近的民众医院，在那里碰到了一个老乡，他问："你找谁？"罗中华说找妹妹。他说："小英她在。"然后两人一起来到急救室。当时高小英头被白布包着，双目紧闭，脸上没有擦拭干净，还有点灰尘的痕迹，但可以看出疼痛的表情。医生们正在手忙脚乱地处理其他受伤的病人，高小英属于处理好的病人。掀开盖着的被子，罗中华看到高小英脚上沾满了血，身上还有许多碎玻璃，特别是背上。

罗中华请求医生再仔细检查一下高小英的全身，看看还有没有其他问题。罗中华出去之后，医生又检查了她的下身。不一会儿罗中华就听见她喊"痛……痛……痛"，声音很微弱，但很揪心。罗中华跑进急诊室，"小英，小英"地大声喊，但高小英没有答应，只是不断地说着什么，罗中华也听不清。罗中华有一种直觉，就是高小英必须转院，否则会耽误救治的时间。罗中华跟医生说高小英要转院，医生说："你去找领导吧。"罗中华又到医院办公室去找领导，没见到人，后来见到一个看样子是领导的医生，罗中华跟他说了要转院的事，那人说："没车。"然后就走了。

罗中华转身一想：不行，人命关天，又马上跑过去说："我们打出租车去，但院方必须同意转院。"他说："好吧。"经过一番争执，院方最后答应转院。罗中华以及他老婆和一个陕西老乡一起护送着高小英到了中山市人民医院。一到市医院就被安排进了医院所说的ICU（重症监护室），那时已是下午五点钟。

医院马上组织医生进行抢救，有些忙乱，但进行得很有序，护士、医生神情严肃，脚步匆匆。罗中华一直站在门外等，他听到高小英在里面一直"妈妈……妈妈"地叫个不停。此时的高小英已完全昏迷，脸上冒汗，口里不断地说"妈妈，我要上厕所""要上大厕所""把手拿开"之类的胡话，有时手还不停地打头部，医生只好用绳子绑住高小英的手。经过大半个小时的反抗之后，高小英好像变得镇静了些。随后高小英转入了观察阶段。罗中华向医生请求让自己进去看一下。医生答应了。并允许罗中华半个小时进去看一次。想不到高小英一直昏迷不醒，再也没有说过什么话。

接着，医院集中了脑外科、肾内科、血内科以及消化、呼吸等科的精英、专家进行会诊，最后初步的医疗诊断与后来从广州请来的专家的意见完全一致。据主治大夫丁建军副主任医师介绍，高小英当时的伤势主要体现在以下这些方面：

1. 重型颅脑损伤：弥漫性轴素损伤；脑干损伤；多处脑挫伤；颅骨骨折。

以上主要是由于头部遭到重击引起的。上述伤情最严重的是弥漫性轴素损伤，这种轴素处于脑的中间部位，损伤得不集中，呈弥漫性，而且脑内无明显出血，所以无明显手术特征，只能用药物治疗，静观其变。

2. 心肺肾损伤——由于爆炸时气浪冲击引起。

这些伤势可能是爆炸的高压气浪冲击人体并使人体撞击玻璃和其他硬物所造成的。

院方做出决定：先进行药物治疗，并留院观察，尽可能请广州的专家参与会诊。

接下来的三天三夜，高小英一直在昏迷中，生命体征极不稳定，脉搏有时一下跳到一百七十次，血压也忽高忽低。医院决定一直使用呼吸机和升压药来稳定病情。高小英发高烧的时候用降温帽、降温床。

九月一日，三天三夜的寸步不离的守护，罗中华实在是有点撑不住了。那天，他想回到浪网镇拿点衣服洗个澡。上午十点多钟，罗中华把该办的事都办好之后，就坐公司的车回去（那时公司每天都有车往来于浪网与石歧之间）。中午十一点多钟，他回到出租屋洗完澡，扒了两口饭，十二点钟上床休息一会，他太困了。五分钟左右，迷迷糊糊听到住在附近的同事说："有一个人死了。"

罗中华顿时惊醒了，他决定马上返回中山市，老婆给他准备的衣服也来不及整理，乱放一气就打了一辆车走了。罗中华再见到高小英的时候，高小英已变了个人，一头的长发已剪短了，脸上没什么表情，鼻子上插着呼吸机，手背上输着液。人睡得很沉，看不出是痛苦还是安详。罗中华抓了抓她的手，她的手很烫。要知道，刚开始的时候，由于脑部受伤，医院要把高小英的头发剪掉，但那时她还清醒，冥冥中似乎知道头发对一个女孩子来说意味着什么，哭着喊着，双手乱抓，坚决不让剪头发。但现在她已没能力反抗了，只能静静地躺在病床上。罗中华一看如此情景，鼻子就开始发酸，他赶紧走出病房。

下午，医院决定让高小英转入新大楼的ICU（重症监护室），在新病房实行二十四小时的特级护理。广州的林志俊医生专家来会诊，但效果不大，高小英仍然昏迷不醒。她可能也不知道罗中华一直在身边守护着她。

晚上，更糟糕的情况出现了。十点半左右，值班的胡子慧医生神色焦急，几个护士也快步赶往重症监护室，显得有些慌张。胡医生还打电话给主治大夫丁医生，请他马上赶到。一分钟不到，丁医生就到了，罗中华意识到出了事，悄悄地问护士怎么回事。护士说："病人的呼吸已经停止了。"他脑袋嗡的一声，半晌才回过神来。"老天啊，高小英才十七岁呀。"

经过几分钟的紧急抢救，高小英又醒过来了，但仍处于昏迷状态，不能说话。后来经丁医生介绍，要不是胡医生及时发现高小英呼吸骤停的情况，很可能九月一日就是高小英离开这个世界的日子。

深夜十二点，丁医生、胡医生在交代完病情之后，深深地舒了一口气，但心情还是很沉重，病人时刻都会有生命危险。对这样一个年轻的生命，丁医生他们还能做些什么呢？

接着，医院又与厂方协商，以每小时上千元的代价邀请广东省人民医院神经外科主任林志俊教授再次前来会诊，但治疗效果还是不大。高小英仍然处于昏迷状态。

九月五日中午十二点三十分，高小英再次出现休克，又由于发现及时抢救得力，高小英再次被救活。

一个生命至此已预示去日无多，但令人感到惊讶的是，这个生命在多方面的努力下又多活了将近五十天。

九月六日，高小英的病情没有任何的好转，但每天的医药费高达三四千元，公司感到此时有必要通知高小英的家长了。于是就打电话到高小英的老家——陕西洋县罗曲乡，希望家乡能来几个亲人帮助照顾高小英，并希望高小英的父母尽快赶到中山，即使坐飞机也要马上来。

高小英的父亲得知这个消息的时候，正在农田里收稻子，接到消息后如闻惊雷，竟将满满的一筐谷子洒了一地。这个一辈子都没出过远门的农民，面对发生在千里之外的灾难，不知所措，最后竟然呜咽着哭了。良久，才慌慌张张地拉着妻子奔往乡政府，找到当乡长的亲戚出主意。这位乡长倒是冷静许多，他决定马上陪这对苦命的夫妇去一趟中山。他们以一千多元的价格租了一部出租车直奔省城西安，然后坐飞机，以最快的速度从两千多公里外的老家赶到了中山。他们以为高小英在浪网镇住院，他们先到浪网镇。当得知高小英不在那里之后，又马上赶到中山市医院，在新大楼五楼的特级护理室外面的走廊里他们碰到了罗中华。罗中华一把拉住他们，说："你们不能太激动，不能大声说话，医院需要安静。"他们茫然无助地点了点头。然后罗中华领着他们进入了高小英的病房。

当他们看到在病床上静静躺着的高小英时，眼泪再也忍不住了，高母一声"闺女啊"就昏了过去。高父则在一旁发愣："娃呀，你怎么啦？"罗中华没有动，静静地听着醒来的高母哭："闺女啊，前几天我跟你爸在梦中都梦见你回家过中秋节哩，梦见你长高了，人也更尖（陕西洋县话，意思是聪明）了，可没想到，你竟然这样……"

正好此时高小英要接受例行的 CT 和 X 光检查，跟护士和医生见过面后，高母、高父就给医生下跪。丁医生赶忙扶起，说："别这样，别这样！我们一定会尽力的，你们放心吧。"然后要把高小英推走。高家父母拉住病床不放，"闺女啊，你好可怜啊……""闺女啊，你这个样子，我们也不想活了。"母亲边哭边使劲地用头去撞铁床。医生一看架势不对，赶忙强行推着病床就走，两个老人伤心得当场昏倒在地上。旁观者无不落泪。

晚上，厂方安排高小英父母住在特意为他们租的一栋别墅里。

厂方也正积极地采取一切措施配合医院的治疗，要钱给钱，要人给人，要物给物。公司负责人对高小英父母说："你们放心在这里照看高小英，医药费的事不用担心，吃住的事也不用担心，公司会尽最大的努力，花多少钱都可以，只要人能活下来。"

公司方面也相当信任罗中华，让他负责支付高小英的医药费，当时的医药费每天都在两三千元左右，罗中华手上拿的钱经常都在两三万，有时八九万，以备缴付医药费之用。罗中华当时的感觉是公司有花不完的钱，高小英的生命才是最重要的，所以罗中华觉得有这样的保证，高小英完全可以活过来。

这几天可苦了罗中华，连续的劳累使他一点儿食欲都没有，只是喝点水，或者吃点水果，睡就更不用说了，有时想抽烟，他就跑到四楼的过道上猛抽两口，然后赶快又上来看看有没有什么新情况，即使上厕所也是赶紧回来。

九月七日，医院决定由刘君医生做气管切开术，以保证整个呼吸系统的畅通。这是一个比较小型的手术，而且很成功，这为高小英的呼吸畅通提供了良好的条件。但高小英在那天也没有醒过来，她一直都这么睡着，睡得让所有人都感到心力交瘁。

罗中华基本上每天都是坐在医院的走廊上，随时听候医生召唤。他老婆在附近的制衣厂打工，一天不小心割伤了手，冲凉、洗衣服很不方便，她打电话给罗中华看能不能回来帮帮忙，罗中华说："不行。"行政助理秦文峰跟罗中华说："还是回去一下，看看老婆吧。"但罗中华没有回去。罗中华太担心高小英的病情了。

罗中华的妈妈知道了这种情况后，打电话要求他不要再管这件事，说："小英的父母来了，你就不要再管了，要不然身体会垮的。"确实那几天罗中华明显地瘦了。罗中华那时想：高小英一是老乡，二是亲戚，又是她入厂的代办，总不能就这样一走了之吧，人还是要有点良心。他就跟妈妈说："高小英在这边没什么亲人，她的父母又不熟悉情况，老实巴交的农民是办不了什么事的，我还是留下吧。"

高小英的父母也非常相信罗中华，一切的事情都由罗中华替他们代办，每次他们来医院看高小英的时候都一声不吭，偶尔问一句“吃饭了吗？”就没有更多的话了。

高母那天在街上请了一尊佛像放在别墅的房间，然后上香，他们期待有神灵的帮助，但神灵并没有出现。

这期间，高小英的病情基本上是稳定的。但她一直都没有醒过来，直到生命最后终结。

九月二十二日，高小英的病一直不见好，她的父母住在漂亮的别墅里总觉得有点儿不踏实，特别是高小英的母亲放心不下家里还有一个弱智的男孩，孩子怎么过的她心里一点数都没有。在中山的半个月，该闹的闹了，该看的看到了，该说的说了，一时半刻也不会有个结果，母亲和亲戚叶乡长就想回去了，同时决定让高小英父亲留下继续照看。

上午走的时候，天有些阴沉，还下着点毛毛细雨，高小英母亲拉着罗中华的手欲言又止，良久才说：“中华，现在我也没什么可以报答你的，春节回到家里，就过来喝喝酒，小英的事还要你再操心费神。”走的时候还不忘走到女儿的床前，拉了拉盖在她身上的被子，没说什么，但眼泪已经掉下来了。

在医院，罗中华没有时间，也没心情去洗衣服，一身衣服还是上次回浪网带的，现在穿得实在不舒服了，就想上街再买一套。下午，罗中华借朋友的钱到街上买了一套衣服。等他回到医院的时候，医生就告诉罗中华：“那个高小英的父亲来闹事了。”罗中华忙问是怎么回事，丁医生说：“你去问他吧，家属要求病人转院到广州治疗。”

罗中华明白了，他找到高小英父亲说：“不要再去闹了，转院到广州不见得好，小英已经这么虚弱了，她哪里还能经受这样的折腾。广州的医生都过来了，现在只能是这个样子。况且这么远，我们人又不熟，这边这些医生对小英这么重视，我们还要怎么样呢。”罗中华有些生气。

绝缘材料公司在中山是有点名气的。这次突发事故造成的影响也很大，惊动了上上下下的人。

九月中旬，中山市委书记闻知该公司员工伤得很重，特来医院探望高小英的伤情；次日市长来了；稍后，劳动局的干部来了；就连浪网镇的罗书记和镇长以及管理区的何书记也来了，镇妇女主任每天都去。他们都带来了水果等物，还分别掏出二百至三百元不等的慰问金，都希望医生以及专家使出华佗奇术，把高小英的伤治好。当时村委会还组成了一个事故处理小组，实行领导轮流值班，保证整个医疗过程的顺畅。

厂里就更不用说。因为受伤的人较多，厂里差不多每天都会煮一大锅鸡汤送到医院，分到每个病人的手中，但很遗憾，每次鸡汤都太多，吃不完只有倒掉。护理人员也与病人一样，吃得很好，每天厂里都派专人送一些水果、可乐什么的过来。有个病人想吃水果糖，负责后勤供应的就买了最好的水果糖。

厂里的经理经常过来，有一个香港主管还从香港给每个病人带来哈密瓜。那时厂里每天都有三部汽车跑医院，方便工友之间的联系。厂里的员工只要是说去医院看病人的，厂里就派车接送。病人在住院期间的补贴是每人三十五元，公司对像罗中华这样的护理人员，也一样进行补贴。

十月七日，高小英做完腰椎穿刺术之后，上午医院又请了中山医科大学外科主任陈明振教授来会诊并指导治疗。他们在高小英的病床边讨论了很久，然后神情凝重地离开了。

高小英可能真的没救了。

罗中华从护士小姐那里的记录本上看到高小英那天的一些

情况：体温是三十八点一度，呼吸每分钟二十二次，脉搏每分钟九十二次，血压是105/65mmhg，呈昏迷状。

护士长李燕娥介绍了她护理高小英的情况：

高小英在原监护室待了几天就转到新大楼的监护室。她是我所见过的上呼吸机上得最长的一个病人。她的生命体征一直都不稳定，血压、脉搏变化很大。由于只能输液，使得营养不足，体质下降，这给我们的护理增加了难度。

我们每天早上六点主要是进行基础护理，给她做床上浴，擦全身，按摩全身，更换衣服和床单，拍背，把肺部的痰拍出，接着进行口腔护理，尿管更换，会阴部擦洗，然后雾化药物以便病人从呼吸道吸入。

八点正式上班，更换呼吸机，换好之后打针吃药，插胃管，打流质，主要是打经过营养科调制的早餐。由于肺部功能受损，半小时吸一次痰，有时十分钟就要吸一次，然后又是翻身拍背，这工作相对烦琐。

从九点开始一直到晚上，工作基本上是重复的。中午十二点的时候又要进行口腔护理，插尿管，下午再洗脸、擦身。她出汗多，就不断地给她擦，不断重复。

有一天，我也记不得哪一天了，我看到她开始出现有意识的呻吟，“啊……”发出声音。我们就喊她：“高小英，快点醒，快点醒，醒了你就可以自己做口腔护理了，你妈妈在外面等着你呢。”然后就看见她流泪。

罗中华和来自湖南的杨荣华看到这种情况，心酸极了。特别是杨荣华，一米七八的大小伙子还流了眼泪。

经过一个多月的治疗，医生仍然不能确认高小英的病情有所好转。

那天下午，第六感觉告诉罗中华有奇迹发生。他连饭都多吃了两碗，话也多了起来。同在医院护理的杨荣华有些奇怪，就问罗中华有什么喜事。罗中华说："没什么。"他不相信。罗中华又说："真的没有。"

下午罗中华来到医院的时候，果然医生告诉罗中华一个几乎令他发抖的好消息——高小英可以吃东西了。医生决定不再输液，而改用稀粥灌入胃中。上午经过尝试，效果很好。丁医生拍着罗中华的肩膀说："小伙子，再去弄一碗粥来。"罗中华一听，真是高兴坏了，马上答应了，三步并作两步下了楼梯，马上找到医院营养餐厅的小伙计说："每天给我送几碗粥上来，我每天多给你十块钱，要好的。高小英有救了……"罗中华甚至还抓着小师傅的手摇晃。那天罗中华真的太高兴了。高小英有救了！

可现实是残酷的，这一切不过是生命结束前的回光返照而已。

十月二十三日凌晨三点钟左右，高小英被确认正式死亡。一个年轻的生命就这样从这个世界上消失了。

高小英死的那天，罗中华正好不在医院，因为他觉得高小英较稳定了，就回到了浪网镇，却不知这次成了永别。罗中华很难过没有在高小英的身边送她最后一程。噩耗传来，高母带着高小英的姨父、叔叔、堂叔和叶乡长，一起到浪网镇处理后事。

## 此处有情也难留人

人有祈求心，苍天无悯情。也许是看到高小英已享受到了一个打工妹足够的关怀和人间温情，老天反而嫉妒不愿再帮忙吧。在医院里与死神搏斗了数百次的高小英，共花去绝缘材料公司二十八万两千三百三十四元四角的医药费，而医生护士及其他人忙碌了五十多天，高小英终于在亲人的哭声中永远地停止了心脏的跳动。死亡原因是弥漫性脑损伤（轴索损伤）及脑干功能衰竭。

高小英死后，高小英的母亲、叔叔、堂叔和亲戚叶乡长、姨父再次来到中山，他们和高小英的父亲一起跟绝缘材料公司商量高小英的赔偿问题。高小英的父母认为女儿才十七岁，正值花季，生命就这样结束了，太令人心痛和惋惜！他提出该厂一次性赔偿女儿二十万的抚恤金。

绝缘材料公司认为，高小英在受伤医治过程中，已花去厂里将近三十万的医疗费，尽可能地挽救受伤人的生命，但是天不遂人愿，厂方也很悲痛，提出应降低赔偿数额。经过几番磋商，在劳动部门的协调下，裁定绝缘材料公司赔偿高小英死亡抚恤金十七万元。这笔费用加上医疗费以及高小英的家属在中山的生活费用总共达到四十八万元。

折腾多日，高小英的父母终于带着心有不甘的心情，火化了女儿，带着她的遗物，返回了老家。

罗中华说："在高小英的整个伤亡事故中，我作为高小英的亲戚说句良心话，公司是尽到了责任的。"他说公司的老板、管理人员在这五十多天里，第一愿望就是无论花多少钱财，都要把高小英治好，使她能重新走上工作岗位。这次意外事故，使该厂蒙受了两千多万的经济损失。机器的爆炸、员工群伤，可以说是把公司的钱匣子给打开了。当我们请公司经理谈谈那件事情的有关经过时，经理委婉地拒绝了我们的请求，他说："那件事太令人伤心了，不堪回首！不堪回首！我不想回忆那场噩梦，请见谅。"

遗憾的是，绝缘材料公司花费的巨资和中山市人民医院医生的努力，并没有留住高小英的生命。生有涯而命无价，赔偿是有限度的。

在当时，十七万的抚恤金，足可以解决高小英父母后半生的生活所需。但巨额的钞票毕竟难以抚平亲人们空荡荡的心。

## 最后的话

高小英，我们的打工姐妹，你是千百万打工人中不幸者之一。你的遭遇是凄凉的，是令人落泪的，你是打工人苦难悲剧的代表和典型。既然上天给你安排这种非比寻常的方式去完成生命的归宿，那么，你就安心地到天国去休息吧。据说那里没有打工和漂泊，你不用担心打卡迟到扣工资，也不用担心老板的责骂，不用排队买票等车，也不必因无钱而要露宿街头。

去往天堂一路保重吧，高小英姑娘！活着是为了奋斗、拼搏；死去是一种解脱，愿你来世生命之舞绚丽动人。

# 那串足迹不耀眼

## 初入江湖，惠州短暂的打工体验

他叫赵斌，是一张嘴就能吼出一嗓子雄浑豪放且能震落老屋房梁上一串陈年灰尘的“秦腔”的陕西人。

二十世纪九十年代中期，是中国打工潮最普遍、最时兴、最让乡村人骚动不安并且一旦参与其中便可把它当成吹牛的最大本钱，以及向同村没出过门的土婆娘及流着鼻涕闲得没事干一心想听“龙门阵”的小娃娃炫耀江湖阅历的一个时段。

在这个比较特殊的时段，他也积极顺应着中国打工潮，在中国南方经历了近十年的打工生活。

回想过去的岁月，那些往事常常在赵斌的脑海里闪现。

一九九七初夏，年轻气盛的赵斌经受不住南方这块土地上传扬的发财神话的诱惑，毅然打点好行李包，奔赴广东打工去了。

他要投靠的地点是广东的惠州市。因为，惠州是有名的历史名城，有一种无形的诱人力量。从广州火车站坐汽车沿东江岸边一直向东行驶，路边不断闪出独立的、高耸突兀的山坡，又加之江边青郁的竹林和香蕉树，山水相映竹树摇晃，赵斌老觉得好像到了漓江。偶尔有高高的水泥柱支起的吊脚楼耸立在河边水中，展现出独特的南方风光。河对岸不时有头戴竹笠的村民在田间劳作，真有置身江南、人在画中游的感觉。

赵斌兴冲冲地赶到了惠州西城区弟弟打工的那家布迪皮具厂，暂且落脚。

惠州给他的印象是真正的一位文化巨人，有一千年的历史，一河之隔有两座城：古府城和县城，左右有西湖和两江相缠绵，在我国实属不多见。惠州依山傍水，是典型的鱼米之乡，满大街都有卖着菠萝和橘柑的小贩。因受海洋影响，惠州夏季热，但风大，雨多，有时人走在街头，天气突变，阵雨骤落，正如俗语所言：六月的天孩子的脸，说变就变。惠州最让人留恋的地方，是在于它的风景，城区有山，山脚有湖，湖中有岛，岛上有塔有楼，可谓岭南园林城市。以西湖为主分布有五湖六桥，亭堤桥塔，互通无阻，真是美景如画。没到过杭州西湖的人，看到惠州西湖便会断言，杭州西湖，也不过如此！每天早晨，一些老人拿张报纸到湖边来享受天然公园的幽雅，小康生活让其整日乐趣无穷。

第三天下午，弟弟带赵斌去见他朋友吴勇的女友，联系他工作的事。见面后，吴勇的女友支支吾吾了半天，说出了让他们不想听到的坏消息：原来她打算介绍赵斌进去的这家报社的总编前几天回老家大连休假去了，之后就辞职了。现在报社换成一位新来的总编，而且，已介绍了他的一个朋友进去了。不用说，这事黄了。

回到弟弟打工的皮具厂，弟弟安慰了赵斌一番，劝他一边歇着一边找工作。可赵斌心里很急，根本不能安下心来歇着，自己四处为工作奔波着。

第五天晚上，赵斌跑了一天，回到弟弟的宿舍边看书边休息，这时厂里的两位保安进来了，他们说："厂外人在宿舍里搭宿，每晚要交十元钱的。"赵斌说："我弟弟已到总经理那里批过手续了，同意我住十天的。"保安不耐烦地说："经理同意是经理的事，可保安部为了厂里的安全，厂外人住宿要收十元的登记费。"赵斌为了求得平安，想了一下，就掏了二十元给了两个保安，心想：堵住你们的嘴应该就没事了。

谁知，次日晚上，两个保安准时又来了。赵斌为了能住得安宁，就给了他们十元钱。弟弟下班回来后赵斌就把这事说了，弟弟十分气愤："这群保安在搞外快，经理批准的是免费暂住，他们来要钱是'收税'，去喝酒的。"他嘱咐赵斌，保安再来时不要给钱，这样会惯坏他们的。果然，第三天晚上，两个保安又按时来向赵斌收钱，赵斌说："哥们，我身上没有钱了。"保安说："那没办法，没登记费你只有放弃住宿，请你出去。"说着连推带拖赶赵斌出了宿舍。这天晚上，赵斌一直在外面街边蹲到十一点半，等弟弟下班后才把他带进宿舍。

想不到，第四天晚上赵斌主动在宿舍外待到十一点半，估计弟弟已下班了，便进了宿舍。可弟弟加班延长时间了，那两个保安又来把赵斌赶出了宿舍区。

就在这天晚上，与保安拉扯了一番，赵斌的身份证莫名其妙地丢了。大家都很清楚，在治安搞得很严的特区，没有身份证别说找工作，让治安队查到就要送进收容所或劳改场的。过了两天，赵斌在弟弟的一位好友的介绍下，去了一家纸箱厂印刷商标。刚干了一天，次日厂里要他办暂住证，赵斌拿不出身份证，第三天厂里就不让他去上班了。弟弟说再找一家条件要求低的厂吧。在弟弟的继续努力下，帮赵斌借了个身份证，进了一家小厂。可厂家要押身份证三个月，赵斌借的身份证押不成，只好向厂里说实话。厂方一听，说怕有麻烦，不能留他，劝赵斌去别的单位试试。赵斌自然还是没成功进厂工作，他心凉了。弟弟越想越气，要去找那两个保安赔损失。赵斌怕惹出事来，又自知没有确切证据，就劝弟弟算了。

在万般无奈和百般折腾后的绝望心情下，赵斌在惠州只待了二十多天，便伤感地离开了他南下打工的第一站——惠州市，因为他要回老家去办理身份证了。

一路上，赵斌对惠州有些不舍之外，还恨死了那两个没人性且愚蠢的保安。

## 番禺灵山，我的第二故乡

一九九八年春天，赵斌再次南下广东了。这次他在一个老乡的介绍下，进了番禺市灵山镇一个叫创盟的制衣厂做包装工。包括加班在内，每月只有五百八十元工资。

虽然工资低，但工余时间，当他走在宽阔笔直的大街上，看到遍地开花一般稠密的店铺和川流不息的小轿车时，他心里既羡慕兴奋，又感到莫名的亲切。步行在当地居民区的小街巷里，有些房子里时而会传出一种婉转缠绵的曲子，虽然听不懂歌词，但觉得很入耳，令人心境开阔。待久的工友说这种曲子叫粤剧，听粤剧是当地老年人做家务、夏季乘凉时离不开的精神享受。过年过节或请客设宴时，都会挑选一些名剧播放增添气氛，人称“开胃茶”。有时他路过农贸市场，一些手指上戴着硕大金戒指的摆摊老太太会老远招呼：“快来呀，这是特意给你们准备的离不开的辣椒，便宜卖给你们……”

赵斌虽然没打算买，但心里暖烘烘的，觉得这片土地上的人挺会关心人的，很厚道的。赵斌不由得把这里认定成自己的第二故乡。心想：我一定要在这儿好好生活下去，享受这种繁荣和美好！

赵斌在包装部干了四个月后，生产部把他调到了 B 车间做针车组的品检员。当时，赵斌心里很高兴，因为他听说跟上机组当品检员和后道部总检员工资差不多，每月七百多元呢。

B 车间的主管是个三十岁不到的女主管，叫庞玉兰。刚上班的几天，庞主管常和颜悦色地站在身边对他说：“做事要细心一点。”并指点他该对产品的哪些部位把关，听得赵斌心里热乎乎的，心想：这主管对人挺和气的。

到了发薪日，第一次拿到了做品检的工资七百五十元，赵斌心里热烘烘的，总觉得把钱装在裤袋里会装丢了，又禁不住掏出来数数。这时庞主管不知何时已来到赵斌身边，说：“小俊啊，做品检比包装部工资高多了吧！”赵斌忙笑着说：“是，是，是。”庞主管又说：“你想想，一个月七百多块，一年下来就是八千多元呢，数目不小呀！好好干吧，几年就是个小款哥呢。”赵斌又连说“是是”。

几天后的一天晚上加班时，庞主管突然阴着脸对赵斌说：“上一批牛仔裤，是你查的货吧？”他不知怎么回事，连忙回答说：“是的。”庞主管说：“是不是工资拿高了，就昏了头？连货都查不好了？那二百条裤子送到后整部，总共查出有二十条不合格，你怎么这样不细心？”

赵斌吓得结巴道：“那要不要我去拿回来返工重查？”庞主管没回答，盯他一眼说：“本来后整部要退回来，你要知道，返回车间的产品要计数罚款的，不光要罚你，也牵连罚我的款，我又说好话又求情，给后整部主管买了几包好烟，才把这事摆平。下次再出错误，休怪我无情！”

过后，赵斌问后整部一位员工，她说：“没有这回事啊。”赵斌很茫然。次日上班，他把庞主管无中生有的事，告诉了车间里一个叫芳子的老员工，她说：“你发了工资是不是没对主管‘那个’？”赵斌忙细问，才得知庞主管是位贪心的人，让大家孝敬她已形成习惯了。次日晚上，赵斌花一百五十元，在一个酒吧弄了一桌酒菜，把庞主管请去吃了一顿。

往后的一个月，基本没事。可是，第三个月又不对劲儿了，本想给她买点东西，可想到她是南方人，最重视吃喝了，就又请她去吃饭馆。如此反复了三次，赵斌才知道她是一只贪得无厌的硕鼠。

有一天，刚上班不久，庞主管突然叫车间的所有男工到她的小写字间开会。庞主管把员工们劈头大骂了一顿，他们才知道男厕所不知怎么堵塞了。这本是正常的事，可她说大伙是有意搞破坏，想给她在老板面前制造坏影响。随后连续开罚款单，三十多个男工，每人罚款二百元。十天的工资眨眼就没了，男工们都气得不得了，可没有办法。

赵斌在庞主管手下干了八个多月，她不停地给人找意想不到的麻烦，还要调他去做车间里的杂工，每月四百元工资。赵斌不干，她好声好气地说：“干几个月就调你来查货。”赵斌答道：“我知道我干不安宁了，准备辞工了。”她阴笑着说：“嘿！你是觉得干烦了是吗？又想去外面尝尝让人家挑四拣三的滋味啦？我不会那样狠心的。”意思是不批准。赵斌再次要求离职，她说要走就白走，可没一分工资。

拖了两天，赵斌知道自己必须结束这种每日上班就头皮发麻、心中老不自在的生活。

最后赵斌托人找了个当地经济发展公司的人说情，人家爽快答应，才帮赵斌领到了百分之七十的工资。随后，他就离开了这个令他伤怀的地方。

其实，第二故乡，也只不过是一种奢侈的想法。

## 驻足水乡，感受另一种人情

赵斌把东西搬到一个名叫三角镇的老乡那儿。这回他没急着找工作，自己租了房子住下来，然后到一个电脑培训中心，专心学习电脑操作技术。

在电脑培训班，与赵斌邻座的是一个名叫郭海涛的当地男青年，没过一星期，他们便混得很熟。郭海涛来上课，常会给赵斌带点芒果或者甘蔗等水果。赵斌推辞，他总是说："这地方临近海边湿气重，你多吃点当地的水果，便不会得肠胃病，皮肤不易干燥过敏，而且多吃甘蔗也是补充天然营养。我们这儿是有名的甘蔗之乡，有两个全国闻名的糖厂就在我们镇内。"

大约十天后的一天，郭海涛请赵斌去他家吃饭。到了他家后，赵斌见到了好多客人，而且见一个女孩子被人撑了两把伞护着，送出门去。赵斌再三询问，郭海涛才说是他姐姐出嫁，因为他是真心请赵斌去吃饭便没告诉他实情。赵斌便学当地人的样子也包了五十元的礼钱塞给他，可郭海涛硬退回赵斌二十元，赵斌死活不要，郭海涛红着脸解释半天说："这是当地的规矩，就像这儿的女孩出嫁要撑伞送亲一样是一种风俗。如果客人不收回礼，主人家便不吉利。"赵斌只好依从。

可次日，郭海涛又死拉活扯要把赵斌弄到他家，赵斌推辞，郭海涛红着脸问赵斌说："我们还是不是好朋友？"赵斌说是。他说，那你就别推辞，如果不是就算了。赵斌已经知道"是不是好朋友"，这句话便是当地人表达诚挚的另一种形式。他还说今日请赵斌是专为昨日补请的，他爸还弄了一条桂花鱼。据悉，桂花鱼是当地人待客的鱼中的佳品。

席间，郭大伯取出一瓶白酒，劝赵斌喝上几盅。赵斌一见白酒就怕，在他的老家只有严冬驱寒才喝白酒。可郭大伯边喝边说："这种米酒，是当地人自酿的，五黄六月喝了都不上火，周围百十里地的中老年人，一年四季都离不开它，所以，这儿有好多米酒厂。"

饭后，郭海涛为了让赵斌体验水乡风情，带他驾船从水路回镇内。三角镇周围河流很多，是典型的水乡。他们的船行在一条运河上，沿河两边有很多三四尺高的小祠堂，里面都放着几口坛子。赵斌不明白那是怎么回事。郭海涛解释说："那是当地人的先人祠，坛子里装着各家先人们的骨灰。因为这儿以前是海边，古时候海水泛滥，人们经常要逃走，走时也要带上先人的骨骸，为了方便就把先人骨灰装入坛内，不埋藏在地下，于是年月一久，形成此习俗。"听着海涛讲述此地人对先人的忠诚，感受着他一家人待人的火热盛情，赵斌想：这里的人如此诚挚敦厚，自己还是在这里找一份工作好好干下去，在这里生根发芽吧。

四十天后的一天，赵斌看到东兴工业区一家塑料厂招收仓管员的招工启事，要求高中以上文化，会电脑操作，月工资千元以上，条件要求较低，赵斌就进厂去试了试，结果，被粤海塑料厂录用了。此后，赵斌在这儿一待就是两年，工余坚持读书写作，文章不断在《打工族》等南方的一些杂志上发表。

## 广州，另一块中意的港湾

二〇〇一年初，赵斌在粤海厂一边努力工作，一边勤奋写作。一天，因为一个重大新闻事件的采写，佛山期刊社的杨编辑来中山跟他会合一起完成这项任务。事成后，他们就闲聊起来。杨编辑说："你也可以到合适的杂志社去做编辑的工作。"赵斌说："还有这样的机会吗？"杨编辑说："像我们这样有影响的杂志机会肯定少，你留心相对影响稍小点的刊物，机会还是有的。"听了杨编辑的话，赵斌才有了跳槽的想法。过了一个月，广州的一位朋友告诉他，《珠海》杂志在广州的编辑中心要招个编辑，赵斌就联系了一下。恰巧接电话的编辑姓陈，熟悉赵斌的名字，他说曾读过赵斌的一些文章，说他去做编辑没问题，并说出了赵斌已经发表的一篇小说名，给了他信心和勇气。这样赵斌便寄去了资料，几天后，负责人来电话说他们老总看中了赵斌，让他到编辑部去上班呢。

听到这个消息，赵斌租房的邻居，跟他相处很好的重庆籍的打工朋友周立树，特意让他的妻子到工厂请了半天假，在家做了一桌丰盛的饭菜为赵斌饯行。饭后，他说你我这一分别，不知何时才能相见，就拿出他下午专程跑了三家商场才选中的一支二十五元的金包头钢笔送给赵斌留作纪念。

赵斌清楚地记得，次日早晨，刚过五点，天下起大雨。六点半，周立树就披着雨衣赶来为他搬行李并送他到车站。尽管他这一次的迁移没有丝毫的悲意，甚至还可以说是一次喜剧的开头，但汽车开动的一刹那，赵斌还是流泪了，为这一份漂泊人生中珍贵的友谊而感动、留恋。

在满大街木棉树粉红的花朵艳丽开放中，赵斌来到了广州。曲曲折折的珠江，恰似一条腰带，紧紧环抱着那些令人炫目的高楼大厦，江上大桥上，往返着像蚂蚁一样的车辆。江中，喷着白雾的轮船像蜘蛛织网一样来往穿梭。置身其中，赵斌不由得感叹道："哇！广州不愧叫广州！"

赵斌被一好心的老"搭客仔"送到编辑部。杂志已经开始编第六期稿了，编辑部让他独立初审稿子。送二审时，因二审编辑见赵斌是新手，怕他有闪失承担连带责任，不签任何意见，竟"破格"让他把稿子直接送三审。赵斌知道"二审编辑"是想把皮球踢给老总，便只好如此。当期赵斌送审了五十七篇文章，结果老总终审时只枪毙了四篇，过终审五十三篇。赵斌终于以自己踏实认真的作风，站稳了脚跟，做了自己喜欢做的工作，从此生活也稳定下来了。

虽然这些都已成往事，但也是赵斌的奋斗经历。这些经历始终给他以动力，让他在以后的人生路途上得以"借鉴"，不与小人为伍，为营造温暖的打工世界和更好的生活而努力。

的确，经历是一种财富，奋斗也是另外一种享受！有曲折的经历和艰辛的奋斗才是完美的人生！

## 兄弟“生死情”

二〇〇九年四月十八日，是张中华生命中意义非凡的一天。

那天，在东莞樟木头镇一家餐馆门前，当一对从北方来的三十多岁的年轻夫妇刚走到餐馆门口时，餐馆的一个员工马上点燃了一挂早就准备好的鞭炮，接着，餐馆张老板夫妻俩兴奋地走上来，紧紧握住这对来客的手说：“王兄，你终于来了。你们早就该来了！”

接着，餐馆的员工们都走过来向他们打招呼：“王老板好！一路辛苦了！”这对夫妻一听员工们也称他们为“老板”，顿时有点莫名其妙。可餐馆张老板不管这些，拉住客人王刚夫妻的手就进了餐馆……

这究竟是怎么回事呢？要说他们四个人之间发生了怎样的感人故事，那得从八年前说起……

## 穷人妻子偏难产，命悬一线怎么办

二〇〇一年二月，打工仔张中华得知自己的妻子玉芳又怀孕了，这已经是他们怀的第四个孩子。

张中华和妻子周玉芳同是贵州省凯里市舟溪镇人，来广东东莞樟木头镇打工三年了。这些年两口子在外打工，苦没少吃，但钱却没挣几个，挣得钱除接济家里供弟妹们读书及给老人们看病外，几乎只够两个人生活。由于平时生活太节省，营养不良，妻子玉芳自前年怀第一个孩子起身体就不好，之后一连怀了三个孩子，都是怀到五六个月就早产了。这一回妻子又怀孕了，已经三十四岁的张中华很高兴，心想：三次当爹都没当成，这回希望又来了。为了吸取前几次的教训，张中华早早地就让妻子辞掉了那份工资不高的制衣厂包装工的工作，一心一意地在他做工的陶瓷厂附近的出租屋里好好养胎。

日子一晃，已是初秋了。眼看妻子将要分娩，张中华就跟玉芳商量：“是不是要到工业区的中心医院去生孩子呢？”玉芳说：“算了，咱们乡下很多女人不都是在家里生的吗？再说，去医院住上三五天，就得花两三千元钱呢！咱们哪有能力负担？”

张中华想想也是，在家里生，省点钱把妻子分娩后的身子保养好点，也一样！

二〇〇一年八月十号这天晚上，张中华在陶瓷厂加班回来已十点半了。他胡乱洗过澡，给妻子煮了一碗鸡蛋面条吃了，两人便休息了。半夜三点多，玉芳腹痛发作，连声呻吟，张中华知道妻子可能要生了，忙穿衣起床，喊来一个名叫小梅的老乡妹，帮着照看妻子。他又匆匆忙忙去村子东边，去叫事前曾邀请过的老乡刘大姐来为妻子接生。

刘大姐住的出租屋与张中华家相距五百米的样子。等张中华喊醒睡梦中的刘大姐赶过来时，孩子已经生下来了，是个男孩子！只是脐带还没有剪下。小梅是个女孩子，不懂得做这些。刘大姐用张中华几天前买来的新剪刀，剪断了脐带。可胎盘还没出来。

刘大姐凭借经验，用手掌在玉芳的腹部一下一下地向下擀。岂料，胎盘还未出来，却见一股血水从玉芳的腹中汩汩地涌出来，很快，床垫全被血染红了。在场的人也都慌作一团。

在这紧急关头，不知谁喊了一声："快打医院急救电话！"张中华猛然清醒，擦了一把额头上的汗水，急忙跑出去，在路边的磁卡电话机上拨了120急救电话。等张中华打完电话回屋来，玉芳因失血过多，已昏迷过去了。

因事出突然，又发生在深夜，张中华虽然打通了急救电话，可能医生们也措手不及，不能立即就到。这时，张中华见妻子昏了过去，惶恐得心都快要跳出嗓子眼了。"这咋办呀？这咋办呀？"他急得满头大汗地一趟又一趟地跑出出租屋，渴望医生的身影能马上出现在眼前。当张中华屋里屋外地跑了差不多近二十回的时候，镇医院的两位医生才乘车赶来。

医生一到，马上指挥屋子里的几个人搭手将玉芳及婴儿抬上救护车，随即载着病人奔赴医院。镇医院的两个妇产科医生一查病人，决定先给病人输血，稳住病人的生命。但遗憾的是，输血单开好后拿到库里提货时，可血库已没有库存血液了。医院马上派专人奔往市人民医院，半小时后才取回了适用血液。玉芳垂危的生命得到了救治。

接着，妇产科的医师就开始取滞留在玉芳腹内的胎盘。真是奇怪，两位妇产老医师忙了半个多小时，仍然不见玉芳腹中的胎盘出来。

两位医生商量了一下，就打电话求助市医院的妇产科。市医院很快派了两位医师到镇医院来增援了。但是两位医师忙了一阵，还是没能取出玉芳腹中的胎盘。

天已麻麻亮了，镇医院马上让病人转院，出车将玉芳及婴儿一起送往市人民医院。因为医生们发现新生的婴儿脸上有落地时创伤的几片红血斑点，弄不好会感染发炎，得一同入院医治。

市医院为玉芳办理了入院手续，但要求家属马上预付一万元的医药费，否则，医生不能为玉芳动手术。张中华一听，一下愣住了。因为一万元对于经济上捉襟见肘的张中华来说，不亚于是一个天文数字！他每个月七百五十元的工资，只够两个人花销，怎么拿得出一万元呀！他捏着预付押金通知单，咚地一下就给医生们跪下了。他哽咽着说："各位医生，我先给你们磕个头，无论我今天能不能凑足一万元押金，都求你们可怜一下我们这对穷苦的夫妻，救救我妻子吧！"

一位老医生把他扶起来，说："人，我们一定会救的，但你必须得弄来一万元押金，这是医院的规定和制度。我们是医生，救死扶伤是我们的职业，但我们不能违反规定，以前我们也做过一些不够医药费的病人的手术，至今还挂欠着几笔费用，无法销账。你要知道，你妻子的病情非同一般，要医治好，肯定不止一万元的费用。要你先交一万元的押金是最低要求。懂吗？最低要求！"

张中华听医生反复强调最低要求，知道再多说也是无用，擦了一把眼泪出来了。

可怎么去筹一万元钱啊？他忧愁地思考这个天大的难题。自己在这里也没什么亲人，邻市有个打工的叔叔，可上次老婆生病借的钱还没还清，都是打工人，收入都低，就是去也开不了口啊！他不由仰天叹道："老天爷，我们穷人为啥偏偏要得上这种病？我家为啥发生这样的事啊！我到哪儿去凑一万元来救我妻子啊！”他不由得跺了几下脚。

忽然，他想到了自己打工的陶瓷厂的老板，我何不找他借钱，写下保证书，以后用每月的工资来扣除慢慢还呢？

张中华抱着这个希望，赶紧搭出租摩托车向二十里外的工业区赶去。回到陶瓷厂，跑到办公室一问，办公室王刚主任说，老板两天前到东南亚出差了。张中华把自己的紧急情况和他说了，请他帮忙借钱。王主任说：“我帮你向老板联系汇报一下，请他指示。”

可是，王主任打了几遍老板的手机，一直都联系不上。王主任说：“你要的钱数额不小，老板不在，财务上的事别人都不敢做主，只有等老板一星期后回来再说。”可张中华哪能等一星期啊！王主任马上与办公室其他人员商量了一下，大家给他捐了一千八百元，让他先应应急。张中华感激地接过钱并谢过大家的这片心意。可这些钱，与医院一万元的要求相差太远了。张中华已无别的办法，只好忧心忡忡地揣上一千八百元，往医院赶去，想先交一点儿，求求医院，再延缓一下交款期限，先救他妻子。

## 巨额药费有人交了，谁是我们的恩人

张中华回到市医院，听说妻子正在妇产科手术室里动手术，他感激地跑进妇产科办公室，正想谢谢医生时，一位医生见到他就说：“周玉芳的家属，你妻子周玉芳的预付金，已有人替你们交了。你就安心等你妻子的手术结果吧。”

“交了？是谁交的？”张中华惊异地睁大眼睛问。

“不知是谁，可能是你们的亲戚吧！收据单子在这里，给你。”

医生说。

“我的亲戚？”张中华迅速在脑子里把他的亲戚们想了一遍，接过医生手中的收据一看，预交费用一万五千元呢！“我有这样的富亲戚吗？”他自言自语地问自己。

正在这时，护士进来告诉张中华说，周玉芳的手术已结束了，已经推进住院部病房里了，让他去看看。

张中华高兴地跟随护士来到妻子的病房，玉芳已静静地躺在床上。张中华眼含热泪，轻轻地抓住玉芳的手，絮絮叨叨地说：“玉芳，我们真是不幸中又很幸运呀！医院让咱最少得交一万元的押金才动手术呢，我四处筹款都无门路，快要绝望的时候，想不到却有好心人替你交上了，而且是一万五千元啊！我们不知前世积了啥德，竟遇上了这个好心人！”玉芳双眼闭着，没有动，但眼角涌出了泪水，显然她都听到了。

张中华继续说：“玉芳，我想，咱们虽然穷，即使还不起这笔钱，但也得找到这个好心人，当面向人家表示感谢呀！”

张中华这时才觉得肚子有点饿了，他到街上胡乱吃了点东西，就向医院的护士们打听，是什么人帮他们交了这笔医疗费的。医生们都说不清楚。后来，张中华又到收费室去问，女收费员说，当时她们见有人来交款，只管收钱开单，别的没放在心上。好像记得那人戴着眼镜和口罩，别的就没印象了。

不找到那个好心人，张中华心里一直过意不去，他决定往后慢慢打问，一定要找到这个好心人，哪怕请人家吃顿饭，知道人家的姓名也好啊！

第三天中午，妇产科的医生给张中华拿来一封信。信是从邮局寄出的。张中华拆开信，上面写道：

玉芳病友及家属：

你们好！

得知医生们已很快为你们动了手术，且脱离了危险，我很欣慰！希望玉芳安心养病，早日康复。我是个外来打工青年，也是个个体工商经营者，从小是个孤儿，饱尝了生活艰难困苦的滋味。以前我在这里打了五年工，去年开始做生意。这两年我摸爬滚打，多少赚了一些钱。前些日子，我觉得身体不适，到医院检查，意外查出得了白血病。我知道，得了血癌的人，在目前还没有治愈的希望，我也就不愿再瞎折腾了。我觉得一个人一生，钱多钱少，都无所谓，生命才是最重要的！那天我去医院复查，偶然得知了你们的不幸和所面临的困境，就替你们交了医疗押金。我想你们心里一定也跟我一样痛苦。而且，对于你这样的孕妇来说，救活了你就等于救了两条命，有道是：母子相依，母存子安。这样，也等于是我的生命得到了延续！

你们不用花费心思打问我是谁，也找不到我的。我从现在起，已到一个很安静的地方去了，我会安静地度过我的余生。最后希望你们母子平安，你们的孩子能健康成长！

一个自愿捐助者

八月十二日

读完信，张中华咚的一声跪在地上："好人啊！做了好事，连姓名都不肯留下！虽然我们不知您姓甚名谁，但我全家老小一辈子都不会忘记您的恩情！我在这谢谢您了！"他满眼含泪，咚咚咚地向空中磕了三个响头。

两个月后的一天，张中华不由自主地又想起那个好心的捐助人。

午餐时，他情不自禁地与身边工友叙说那个无名的好心青年。工友何丹突然说："张中华，你真的相信那个帮助你们的人，是信上说的绝症患者？"

张中华说："不是这样又是怎样的？难道你知道真相内情？"

何丹迟疑了一下，说："本来我不该说出来，可是，我不忍心让你蒙在鼓里背这个良心债。我也是不久前一个偶然的机会知道的。他就是前几天辞职走了的厂办公室王刚主任，他是我表哥……"

原来，八月十一号那天，张中华求助厂里时，王主任联系不上老板，就一边与别人协商捐资，拖延时间，一边暗中让人去取了他私人的存款，赶去医院把钱交了。他这样做，是不想让张中华知道捐助人。因为王主任三岁时就死了母亲，尝够了失母之苦，他要了结一个心愿，而且他压根儿就不想让张中华还这笔钱，他知道张中华太穷了，就胡编了个理由，假借白血病人之口，写了封信寄给他们，让他相信捐款是一个绝症患者所为，好让他宽心呢。

张中华听到这个消息，半天才回过神来，面对这炙热的人间真情，他心潮澎湃，这回他不知道该怎么办了……

## 地震袭击恩人，卖店卖车万里征途去援救

张中华回家将打听到恩人的这个消息告诉妻子，妻子一听也很高兴，接着就要张中华打电话向人家致谢。张中华这才想起只顾高兴还没有恩人的联系方式。他去了厂里，找到何丹索要恩人王刚的电话号码，何丹一听，急忙说："你要他们的电话号码干啥？别说我没有，就是有号码我也不能给你的。我表哥肯定是不愿意让你们知道的，可我这人嘴巴不牢，一激动就把秘密说了出去，我违背了

表哥的意愿，他知道后会骂我的！”

何丹死活都不肯说王刚的家庭联系信息，张中华急得没法。

最后，张中华心里一亮，说：“要不，你给我一个通信地址，我给王主任写封感谢信。我决不透露是你走漏消息的，我就说是我从医院方面打听到的，最后又从厂里的档案室知道他的家庭住址的。再说人家做的又不是坏事，还怕说？不感谢人家一下我们心里真难受啊！”何丹被他缠得没法，就写下了表哥家的通讯地址：陕西宁强县环城镇某街某号。张中华如获至宝，回去赶紧给王刚一家人写了一封千恩万谢的信。最后除了问候祝福外，还表示，以后有了钱一定把这笔钱还给人家。

不久，王刚回信了，一面安慰张中华夫妻，一面让他们不要想这想那，安心生活和工作。王刚在信中再次强调，他当初就是为了不让他们还这笔钱才找了个“断绝联络”的理由的，现在虽然张中华夫妻俩知道了内情，他们还是压根儿不让他们还这笔钱的。并说，如果要做长期的真挚的朋友，就不要提钱的事。王刚信上说，当初他辞职是因为叔父的独生儿子出了车祸，叔父有个小型食品厂，因为受打击身体垮了让他回家经营，现在他的情况不错。

张中华和妻子商量了一下，给恩人回信，说以后啥也不多想了，只好好生活，好好做朋友。往后，他们每隔一月，就写封信联系。

转眼，就是二〇〇三年二月了，张中华由于工作卖力，被厂里提升为班长，工资涨到一千三百元，妻子玉芳身体也基本恢复了，把孩子送回老家让父母带，她也找了一份制衣厂的品检员的工作，每月九百五十元工资。两人收入增加了，生活过得好一点了，身体也好了。

二〇〇三年七月，张中华他们已攒了五千元。夫妻俩一商量，觉得当初王刚在那样的情况下为他们资助了那么多钱救了妻子一命，虽然人家一再强调不让还钱，可毕竟数目不小，毕竟钱都不好挣呀！自己现在已过了难关，一点点把钱还了吧。于是张中华就把五千元给王刚汇了过去。

没想到一个月后，张中华却收到了五千元，是退回来的。汇单上附言：查无此人！张中华很着急，正要写信去问一下原因，他又收到了王刚的来信。信上说，当初说过不用还钱的，他会坚守诺言。并且，受朋友邀请，他已决定十天后到浙江省去做生意。让张中华往后不要按旧址联系了，他到了新地方稳定后再主动与张中华联络。

张中华夫妻俩分别读了信后，一边感慨，一边默默地为恩人王刚一家人祝福。

时间一晃到了二〇〇三年底了，张中华夫妻经常念叨王刚一家，可自从收到那封信后，都快五个月了也再没收到王刚的来信。他们想：也许是王刚外出没稳定下来吧，等稳定了会来信的。于是张中华就一直期待着。春节时厂里放假七天，因为小孩放在家里，又因父母年岁大了，张中华和妻子就提前请了一星期假，回老家和家人团聚过年。正月初六，张中华因为老惦记着离开厂里好多天了，说不定会有王刚的来信呢，就匆匆回到厂里，可仍没有王刚的来信。

直到二〇〇四年三月底，也没收到王刚的信。恰在这时，半年前辞职回家的何丹又来张中华所在的厂里打工了。张中华就问何丹："你回家这么久，该知道你表哥王刚年前去浙江一带的情况和具体地址吧？"何丹说："什么？王刚去浙江省了？你听谁说的？他一直在家呢。我出来的时候他还请我吃饭呢！"张中华一听很疑惑，就把半年前汇款单被退，又接着收到王刚说他将要外出的经过说了。何丹说："怕是我表哥坚决不让你们还钱，为了中断跟你们的联系才故意这样说的。"

张中华闻言恍然大悟。他回家把这事跟妻子说了，夫妻俩又是一番感慨："王刚真是个性情耿直说一不二的好人啊！我们那样做险些伤害了一位真挚的朋友，失去继续交往的机会！"

于是，他们又给王刚写了一封信，再次道谢致歉。王刚又回信了，往后他们又正常联络上了，而张中华再也不敢提还钱的事了。

二〇〇四年十月，张中华听说离陶瓷厂不远的工业区门口有一家春美快餐店要往外转让，转让费三万元。张中华跟妻子商量了一下，两人同时辞了工厂的工作，取出他们攒下的两万元，又向亲戚们借了一万五千元，接过门店开业了。由于有多年的打工经验，知道打工人不要求食品档次只要吃饱吃好。他们开的快餐店，特别注重食品的数量和味道，又加之热情周到，生意不错。三个月后，周围好多工厂的员工都赶来就餐。到了二〇〇五年二月底，他们就把借的一万五千元钱还了。

这一阶段，张中华虽然做生意很忙，但仍然跟王刚保持着联络。

二〇〇五年五月，有两家小服装厂取消了厂里的饭堂，跟张中华合作，在他的餐馆给员工订餐，张中华只得又借了两万元，扩大餐馆规模，在两家服装厂旁边另开了一家分餐馆。到二〇〇五年年底，张中华又把借的钱还了，还存了两万元。可是二〇〇六年三月，跟他合作的一个叫同辉的制衣厂却把厂子搬到离他的餐馆五公里外的一个工业区里。同辉厂的老板说如果张中华能每天两餐把快餐用车送过去，他的厂就长期跟张中华合作。张中华估算了一下，答应了。

第二天，他就凑了四万元买了一辆二手小面包车，因为他的堂弟张中顺会开车，暂且在一家厂里当保安。张中华把堂弟雇来开车兼职每天给同辉厂送快餐。

时间转眼到了二〇〇八年，张中华餐馆生意做得红红火火，又开了两家分餐馆。他每天除了给春美餐馆采购一些物品，还要到四个餐馆转一圈解决一些琐碎杂事。

五月十二号这天，张中华一直在忙。下午四点他才歇息下来。这时他突然得知下午两点半时，汶川、北川发生大地震了。他突然吓了一跳。当他弄清汶川、北川的位置后，他突然心里又跳起来了：“汶川靠近四川广元，而广元紧临陕西宁强。哎呀！王刚不正在宁强吗？”他马上拨打王刚家的电话，可是一直打不通。他心里又急又难过。晚上他从新闻里得知，汶川大地震真的波及陕西省的汉中市等地，那些地方虽然不如汶川地震中心那么严重，但造成的破坏和伤亡程度却也不轻。新闻里说震区及周边交通完全中断。他和妻子越听越急，他又打王刚的电话，可一直没有音讯。他想：糟了，王刚一家出事了。

次日他打王刚家的电话，仍旧打不通。又打手机，也没反应。

一连三天，他想到了就打电话。依然还是那令人心焦的盲音。他几乎全身无力，快要瘫倒在地上了。泪水盈满了他的眼眶，嘴里呢喃着：“王刚兄，难道你真的出事了吗？难道从此之后你我就这样阴阳相隔了吗？”他赶忙查看手机里以往与王刚互发短信的记录，可是全都删掉了。他捶胸顿足，骂自己浑蛋，怎么就没想到保存一条王刚发来的短信啊！“如果不是每天都要供应员工的饭菜，我真的想飞到灾区去，去寻我们的好友王刚。如果他真的被埋在废墟下了，我也要用双手亲自把他挖出来，不管他是活着还是……”

“只是，你不是什么专业人员，去了灾区，岂不是给灾区添乱？”妻子劝说。

过了十多天，那天下午他又在拨打王刚的手机，意想不到这次奇迹出现了，电话接通了，是王刚的声音，张中华顿时激动得手都颤抖起来，道：“王兄，是你吗？”

对方说：“对，是我。”

“你没事？”

“没事。”

他不放心地说：“不要瞒我了，有事你就告诉我吧，不要有什么顾虑。”

王刚说：“谢谢你的关心，我真的没事。”

“这么多天，怎么老是打不通你的手机？”

王刚说：“地震发生后，我们这儿到处人心惶惶，我跟妻子到乡下老家去了。乡下没有信号，今天刚回来。”

“唉！我打你的手机打得好苦啊，我都以为你被埋在废墟下面去了。”

王刚说：“就差那么一点啊。五月十二号那天下午，我在家睡午觉，房子摇得很厉害，桌子上的保温瓶玻璃杯掉在地上发出了响声，我被惊醒后，连鞋子也顾不及穿就跑出去了。妻子当时在街上，女儿在学校，地震发生时，学校的老师发现教学楼摇晃得很厉害，迅速把学生带到外面去了。我们家里的人也都没事。自那天后，我和其他人一样，一直在外面住在帐篷里，我那房子没有倒下，只是有些毁坏。因为现在每天还有余震发生，有时一天有十几次，所以一直不敢回去。”

至此，张中华多日来悬着的一颗心，终天踏实下来了。

张中华和王刚保持每天的通话，以便知道他在灾区的最新情况，每次挂线前张中华都嘱咐他：“听从政府安排，千万不要在余震期间回家。晚上睡觉千万不要睡得太沉了，最好睁一只眼闭一只眼……”他慌不择言。

王刚说：“我会的。”

可是，二〇〇八年七月二十四日凌晨三时五十四分，汉中市宁强县与四川省广元市青川县交界发生了5.6级余震。二十四日十三时三十分两县交界处发生4.9级余震。二十四日十五时零九分两县交界处再次发生 6.0 级余震。地震比较强烈，持续时间长。余震已造成姚青公路中断。十五时十一分四川再次发生较强余震。一天四次余震，四百八十户一千五百余间房屋受损。余震还造成了多处山体滑坡。

张中华从电视中得到这个消息，他一下蹦起来："这一回，王刚家躲不过灾难了，我们要去帮助他们……"电视里多次看到的恐怖画面在他脑海里跳动，他焦急地跟妻子玉芳商量说："人在艰难时哪怕有一分力量支援，也等于是受到千斤力量的鼓舞。"最后夫妻俩决定转卖面包车和三个餐馆救助恩人。

第二天，他让堂弟四处张贴转让启事找买家。堂弟问他："卖掉了车给同辉厂送餐怎么办？转让掉店铺不做生意啦？"

张中华想都没想，说："顾不得那么多了。"

他想了一下说："以后每天给同辉送餐就雇的士吧。生意受损的事，等过了这个难关从头再来。"两天时间，张中华把面包车和三个餐馆低价转让出去了。

七月二十八日，张中华让堂弟打理剩余的一个餐馆，他和妻子带上转让费九万元和家里的两万元，乘坐火车往汉中赶去。

七月三十日上午，夫妻俩到了宁强县。

一到目的地，他们看见到处是帐篷和震垮的烂砖碎瓦，在无数当地人的指点下，经过两天时间，夫妻俩终于在宁强城郊一个大广场上见到了住帐篷的王刚一家。

王刚几乎不敢相信自己的眼睛！当四双手握在一起时，王刚落泪了。几年没见，王刚虽然没变，但是被两个月的震魔不断折腾，王刚夫妻俩显得清瘦了不少。当张中华把十一万元送到王刚手上时，他坚决推辞不要："你们的心意我领了！钱我不收！"

张中华夫妻强调："这是我们的一片心意，如果受灾的你们不收，就是对我们这一趟行程的否定。我们一生心里都不安的。”

王刚全家和周围乡亲们很受感动，夫妻俩只好把钱收下了。

八月六日，张中华夫妻俩才回到东莞。可是，没想到第三天，他们收到一份汇款单。

是王刚汇回来的十一万元。

张中华他们两口子惊呆了：“王刚怎能这样呢？”

张中华就打电话过去，王刚说：“我们是受灾了，可是我们还没有受到毁灭性打击，有政府和全国人民的支援救助，家园很快会修复好的。真情一片值万金。你们现在也不太富裕，上次表达的友爱和安慰已经让我们心里暖洋洋了。把店和车赎回来，你俩好好做生意吧，过几个月我们去参观参观。”话说到这份上，张中华夫妻感叹不已，只好作罢。过了两天，他们对转买了餐馆的人说了实情，希望能收回店子，转买了店子的三家听了原情，很感动，同意让其收回。张中华为了感谢人家的直爽，让他们以租赁的方式做生意到月底，再原价收回，不收租赁费。

九月一日，张中华又重新经营起四家餐馆。车子卖了无法收回了，他只好用三万元另外买了一辆二手面包车送餐。

二〇〇八年十二月二十五日，王刚夫妻在政府的救助下，震坏的房子也很快修复好了，并且住进了汉中市政府灾后建成的第一批新房。他们把这消息告诉了张中华，张中华立即动身赶到宁强，对王刚一家表示庆贺。

这时，王刚听说张中华夫妻的生意重新步入了正轨，也十分高兴。

二〇〇九年四月十八日，已是春暖花开时节，在张中华的邀请下，王刚夫妻来到东莞樟木头做客。当都经历了生死劫难真情相交八年的四个人在鞭炮声中再次在南国见面时，真是比亲兄弟还亲。

他们坐在一起设想未来的幸福生活，都充满了信心。这时，张中华提出因两次王刚把他提供的钱给退回来了，这次餐馆已恢复经营，以后就算王刚夫妻投了百分之二十的股份，王刚夫妻俩无论如何也推辞不了张中华的真情厚义，只好答应了。

善良和真情，是最具力量的人的本性，它们一旦发挥出功能，世上就没有什么困难不可战胜、没有什么美好不能创造了！

# 第四辑　无奇不有

# 失火事件

陈天华这回算是在商都商城栽了。

商都商城是白云市一家规模较大的大商场，按照惯例，商场设有八名专职保安员，分两班值勤，负责商场的财产安全。

这天晚上，陈天华和刘明明等四位保安值夜班。陈天华和刘明明是一组，他们在商场前门一带坚守，每隔十分钟到附近的墙角一带和商场里面巡视一圈；另一组是张峰和小李，他们俩坚守商城的后面，每隔十分钟围着后墙一带巡视一圈。

晚上十一点左右，陈天华觉得肚子好饿，就对刘明明说："哥们，你先在这儿待一会儿，我到对面的酸辣粉小吃摊买点消夜去。"刘明明说："好，你去吧，我在这儿坚守着，保证不会出事儿。"

陈天华就去了街对面。他掏出二十元钱，买了四份酸辣粉，还要了两瓶啤酒，四个一次性纸杯。回来后，他把消夜分成两份，给另外一组的张峰他俩送去一份。张峰看见陈天华送来的消夜，可能肚子也饿了，一看有吃的，毫不客气，说声谢谢后，接过来就狼吞虎咽起来。

陈天华回来，刘明明还没吃，正在等他呢。陈天华就招呼刘明明快吃，两个人边吃酸辣粉，边倒上啤酒喝起来。吃完消夜，陈天华想上厕所。他让刘明明在原地坐着，自己拉开商场的大门，到里面去上厕所。陈天华上完厕所出来后，就坐下跟刘明明聊起天来。还没聊上几句，陈天华突然发现商场里面有火光，他叫了声："不好！"一下就跳起来，向商场里冲了进去。

陈天华冲进商场，发现着火的是靠近西侧的食品架的地方，一个纸箱正在燃烧。他脱下衣服，抡起衣服用力扑打火苗。等刘明明随后跟上来时，陈天华已经把火扑灭了。

刘明明看着满头大汗的陈天华，感激地说："天华，多亏了你眼疾手快，扑灭了火。如果我们发现晚了，大火蔓延，商场遭受了重大损失，老板肯定要罚咱们的款了。"

陈天华说："别这样说，我们是保安，是保商场安全的，主要是防贼防盗，不是消防员。可话又说回来，我们每天值班十多个小时，也不是白混商场工资的。就像刚才，我们还不是起到了重要的作用？放心，我是老保安了，经验多着呢。咱俩值班，商场绝对没有啥事。"

刘明明说："天华，你这样说，我觉得也很在理。行，有你在，我一百个放心。"

第三天夜晚，两点半左右，陈天华和刘明明坐在商场门口听MP3。他俩听了三首歌曲，陈天华觉得听歌容易瞌睡，他让刘明明一个人听，他说他到门前的小广场两边走一走，并看看另外一组的保安张峰和小李，瞧瞧他俩打瞌睡没有。

几分钟后，陈天华回来了，他对刘明明说："那两个家伙，正在你一言我一语地聊天，没打瞌睡。所以，我就没惊动他们，溜达了一下就回来了。"陈天华坐下，掏出两支烟，递给刘明明一支。

当陈天华正想点上烟抽的时候，突然，他发现商场里又有火光，“不好，商场里又失火了！”陈天华一下扔掉手中的烟，拼命往商场里奔去。陈天华发现这回是东侧服装柜台的一角着火了。他朝失火的地方冲上去，只见靠近墙壁挂着的一件儿童装的裙子已经燃起了大火，他脱掉外衣拼命地扑打起来。

“天华，我帮你来了！”随着话音，刘明明也赶上来了，他手中还抱着一个小型灭火器。幸而火势不大，他俩很快就扑灭了火。火被扑灭了，他俩累了个满头大汗。

“这是咋回事？着了两次火了！值夜班真累啊。”走到商场门口坐下来，刘明明嘟囔道。

“是啊！两次了。也许是老板过年没敬神的缘故，要不就是……他可能得罪火神爷爷了。这可苦了咱们呀！这样上班多累呀！但愿别再有第三次了。”陈天华说。

没想到，陈天华和刘明明期待商场别再出事的愿望没有实现。他俩担心的事，还是再次发生了。

第四天晚上，十二点多钟，陈天华与刘明明吃完消夜后，刘明明刚把快餐盒子扔到门前广场的垃圾桶里，正站在那里玩手机，陈天华突然说：“明明，快进来，商场又失火了……”

刘明明一听又失火了，脑子嗡的一声响，也跟着往里面冲。在陈天华和刘明明奋不顾身地扑打下，很快把火扑灭了。等另一组的张峰他们赶来时，陈天华他们已经在打扫卫生了。张峰说：“陈天华，你真是英雄，我们得要求上面给你庆功。明天我就去找主管说这事。”陈天华忙说：“别找了，这是咱们的职责所在……”张峰说：“甭客气了，不找白不找。”

商都商城在十天内，一连起火三次，幸亏都被保安及时发现而迅速扑灭，商场没有造成重大财产损失，这真是值班保安的功劳。

商场经理邓天平听了商场主管的报告，觉得陈天华这个救火英雄功不可没，应当给予奖励。但是具体奖励多少奖金，他心里没数，而且当时总经理也不在，只好先搁放了下来。主管看到都过了三天了，也没兑现，就去催促邓天平，邓天平只好电话请示总经理。

总经理听了邓天平的汇报，说："救火如救命，这样的人，应当给予嘉奖，好吧，公司就拿出五千元作为奖金吧。今天是星期六，再过四天，就在下周二傍晚的职工会议上进行颁奖。"

可是，星期一的下午，商场里来了两个警察。警察说他们接到报警，有人怀疑商场起火并非意外，所以，他们要对商场进行勘查。警察们对起火地点经过一番勘查，又找到陈天华询问救火经过。三问两问，警察们掏出了手铐，把陈天华铐了起来。原来，总经理那天回复完邓经理，又在电话里把这事说给妻子，他妻子认为商场起火是有人纵火，于是报了警。

"陈天华，老实交代起火原因吧，不要让我们逼你说出真相。"

陈天华脸色煞白，说："事到如今，我就说实话吧，商场三次起火，都是我放的火。"

警察问："你为什么要放火？又为何要接着去奋勇救火？"

"我偷偷放了火，接着又去奋勇救火，我是不想让公司失火遭受损失。其实，我放火是为了吓吓公司领导，让商场老板看看，关键时刻，保安员有特殊作用……"

"什么，冒这么大的风险，就是为了这个？"警察有点吃惊，有些想不通。

陈天华说："我吓吓公司只是我的一个想法，一种无奈的手段，其实，我主要是想得到一笔奖金……"

警察说："啊？想得到一笔奖金？你真的只想得到奖金？"

"是的。我只是想得到一笔奖金。因为，我太需要这笔钱了，我……我说过，我实在是没有办法啊……”

警察说：“嗯？你有什么事不好说出口，都到这时候了，你还藏着掖着的！说吧，到底是怎么一回事？”

陈天华叹息了一声，说：“我需要这笔钱去救一个人……”

接着，陈天华交代说，他在商城工作四年了，平时工作一直兢兢业业，很受主管的信任。因为他在这个城市工作时间久了，受到了老家乡亲们的敬佩和信服。

今年春节他回老家探亲，走的时候，一个亲戚把高中毕业后没有考上大学的儿子王松领到他家，求他带到白云市，给他儿子找份工作。陈天华推辞不了，就把王松带到了白云市。经过一些日子的周折，陈天华托熟人把王松安排到离商场两站路的一家饭馆里当了厨房帮工。上个月的一天，王松休息，他在饭馆里炒了两个菜，骑了同事的自行车到商场保安宿舍来看望他。谁知，在黄昏时回去的路上，一个骑摩托车的人横冲直撞，一下把王松撞翻在地。由于速度太快，王松倒下的时候，人一下飞了起来，咚的一声撞在路边花坛的沿坎上。那“飞车党”见撞上了人，赶紧骑上摩托车一溜烟地逃走了。幸而当时有好心人路过，把王松送进了医院。

王松到医院，经医生检查，才知道他被那人撞倒跌在花坛阶沿上时，把小腿给跌骨折了。王松住院后，大部分的住院费都是陈天华给垫付的。王松住院一个多月，花了一万多元医药费，还没康复，不能出院。最近，医生老是催款，说是再不续费，就要给王松停止治疗了。陈天华工资又低，好不容易等来一个月的工资，也就两千块，可把这两千元工资交到医院，只过了一个星期，医院又向王松催款了。陈天华也问过医生，他这个小兄弟的病，还需要多少钱才能结束治疗。医生说：“还得四千元左右。”一听还需要四千多元，陈天华犯难了。除了王松自己挣的三千多元外，他前后已经为王松垫付了八千多元，其中有一千元还是向两个同事凑的。现在又要凑钱，怎么凑得够？但是，王松是他带出来的，而且他只上了两个月班就出事了，既没挣到几个钱，在这里又举目无亲，现在落难了，只有自己来帮他了。否则，王松落下个什么后遗症，他没法回老家去见王松的父母了！想到这里，他只好硬着头皮向同事们借钱，可同事一听他说借钱又是为老乡付医药费，都知道那是猴年马月才能还上的事，都说："挣那点小钱，工资一发就寄回老家了，身上只有一百多块钱的生活费了，你要是不嫌少的话，你就拿去吧。"陈天华一听，人家都这样了，哪好意思再借呀。赶紧摆手，说自己另想办法吧。

恰在这时，王松打电话给他说："天华哥，医院又在催款了，我知道你在为我的医药费犯愁，我想马上出院。"陈天华赶紧嘱咐王松，说："你不能出院的。"张峰听到陈天华打电话说的话，就拿来八百元，二话没说就递给陈天华。陈天华拿上钱赶紧去医院给王松交上。回来时，他在公交车上无意中看到一张报纸上有一条很醒目的新闻，说是一家制衣厂，车间半夜突然失火了。一个起夜上厕所的员工刚好发现了火灾，赶紧进行扑火。该员工因救火有功，得到了制衣厂奖励的六千元奖金，还被公司升为组长，成了小管理人员。陈天华看了这则新闻，心里一亮，"我何不也仿效此事……"

回到单位，陈天华把这个想法说给张峰听，张峰十分惊讶，可是想到保安的低待遇，就有些气愤，迟疑半会，他说何不试试。于是两人商议一番，定下由陈天华纵火邀功挣奖金救急的想法。

打定主意，陈天华在外面买了一些固体酒精疙瘩和几团棉花。上夜班时，他带上一点棉花和酒精疙瘩，他先在商场中选好地点，待到夜深人静后，趁跟他一班的刘明明不在身边时，他迅速取出一点棉花，包上一个烟头，从窗口扔进去。一两分钟后，烟头烧着了棉花后，又引燃了酒精，酒精又引燃了旁边的物品，他假装发现失火了，就冲进去救起火来。他纵火的目的，是想显示保安人员的重要性，借此要求公司给他发上一笔奖金，好解他的燃眉之急。没想到，他三次纵火，虽然都扑灭了，却也闯下了大祸。

听完陈天华的叙述，警察们你看看我，我看看你，没有一个人说话。显然，他们也被陈天华的义气和那种浓浓的乡亲友情感动了，他们也同情陈天华老乡的遭遇。可是，在法律面前，是没有“同情”二字可言的。

两个警察先后从身上掏出几百元，两人凑了一千元，放在陈天华面前。一个警察说：“这点钱，你转交给你的老乡，买点补品吧。”

“好了，陈天华，言归正事，你在笔录上签字吧。”另一个警察说。

最终，陈天华因涉嫌纵火罪，张峰因涉嫌参与谋划纵火罪，双双被刑拘了。

此事虽然到此打住了，可是，这件事的阴影就像一条看不见身形的蛇一样，老在商城老板刘总的心坎上绕圈子，特别是晚上，人一静下来，那条“蛇”就会出现，连续两个晚上折腾得他没睡好觉。最后，他似乎想到了什么，想到了什么呢？那就是：民以食为天，水安则鱼安。他想：以后无论如何，都不能再出现这种“意外”的危险事件了。

回到公司的第二天，刘总经理向公司财务部批示，从次月开始，商都商城所有员工，每月一律增加工资二百元。

这个规定公布的当天下午，不知是经谁提议，商场的员工们就捐起款来了，最后一共捐了一万六千八百元。当天晚上，由邓经理负责，把这笔钱交到了王松的手里。

## 到处都能长见识

那一年，十八岁的娟子高中毕业，为了减轻父母的生活负担，供哥哥顺利读完大学，她终止了读书，在县城一家叫口口香餐馆的小饭馆打工了。

口口香餐馆不大，但因为地理位置好，生意不错，也很忙，每天晚上都要做到十点左右。娟子吃在餐馆，住在餐馆旁边后院老板的家里。所以，她很少回到距县城只有十五公里的小镇里的老家。

七月的一天早晨，娟子听一个路过口口香餐馆门前的她家邻居说，她那在山西某地打工的父亲回来了。半年没见到父亲了，娟子就想马上回家去和父亲见一面。可看到餐馆很忙，娟子就没好意思开口提出来。

那天傍晚，娟子见餐馆生意不多，就鼓起勇气跟老板说了一下想回家的意图，打算晚上回去，第二天上午再赶回来。老板答应了。娟子就搭上到小镇的最后一班公交车走了。车到小镇终点站后，娟子下了车，一个人步行，朝还有一公里远的家里走去。

娟子走了七八分钟，忽然发现有一个男人在后面紧紧跟着她。娟子慢走，他也慢走；娟子快走，他也快走；娟子跑，他也跑。由于天太黑，又因为回家的这一段路实在太偏僻了，娟子觉得情况不妙，一边走，一边想对付的策略。

又往前走了几分钟，娟子记起前面路边有一个墓园，她心里顿时升起一个念头，就加快了脚步，往墓园走去。到了第一个坟墓，娟子在墓碑上坐下，然后深深地吐了一口气，说道："终于到家了。嘻嘻……今晚运气不错，终于成功地引带来了一个伴……嘻嘻……"

话音一落，只见那男的啊的一声，掉转头，没命地向前奔逃而去。只眨眼间，就没人影了。娟子再次吐了一口气，接着走出墓地，三步并作两步地往家里走去。

日子一晃，过了两个多月。一天，娟子给两个吃饭的顾客端菜时，听到两个顾客碰杯祝贺，大意是说其中一个今天过生日呢，吃完饭去唱歌，要把这个生日过得有滋味，有声色。

娟子想了想，今天是九月二十三号。忽然，娟子的心一动，九月二十三日，好熟悉的日子！她想起来了，上回给母亲复印身份证，记下了这个日期，今天是母亲的五十五岁生日！自己离家又不远，无论如何得回趟家，跟母亲说说话，亲手给她做一顿饭，伴母亲过个生日。

想到这里，娟子把这事跟餐馆老板说了。老板答应让她回去，但是客人多，还要她坚持工作一会，让她下午五点后再走。

娟子五点十分准时上了公共汽车。她想：今天走得早，到家也不过七点，天还没黑尽呢。

可是，人算不如天算。公共汽车走了二十分钟，忽然一个骑摩托车的人撞在了公共汽车屁股上。出了车祸，公共汽车只得停下等待交警部门的处理。

这一停不要紧，公路上一下挡了几百辆车，蚂蚁上树一般续了一里多路。等接应这辆车上乘客的公交车好不容易赶来，把她们送到小镇上，已快到晚上八点半了。

娟子下了车，气都顾不上喘就往家赶。边走边想，若再遇上上次那样有人跟踪的事件，因为有了上回的经验，她一定能安然度过。

真是怕什么就有什么。娟子才走了不久，猛然回头一看，还真有一个矮个男人紧跟在她身后。娟子气定神闲，大步走到墓地后，在头一座坟墓的碑前躺下，深深地吐了一口气，说道："终于到家了。嘻……今晚终于来了一个伴……"

跟来的那位男人，大方地在旁边一座墓碑前躺下，开心地说："哈哈，原来你是我的邻居！好好，来，咱们喝酒……"

娟子一听，吓得花容失色，爬起来拔腿就跑……到家时，衣服几乎快湿透了。

次日上午，娟子返回城里时，在母亲的陪同下，特意到墓地去看个究竟。

到了那里，太阳已经升起很高了，只见一个人正睡在墓旁边的一个低矮的"人"字形草棚下，还在呼噜呼噜地打鼾呢。母亲对她说："娟子，昨天我说了两三遍，可你总是不信，我只好让他来对你亲口说吧。"

母亲说完，走上前，把睡觉那人给拉扯醒来了。原来是个五十好几的小老头。

当那男人听了娟子娘来找他的意图后，笑道："真是活见鬼啦！其实，从十天前开始，这里真是我的家了。"

娟子一惊，张嘴道："你的家？"

男人打着呵欠说："是的，是我家。"这老头边说边向前一指说，“因为旁边那座新坟是郑镇长他老爸的。一月前，郑镇长的老爸去世后，他以安葬老爸为由，大办酒宴，派人给全镇每家人送了请柬，大收了一把礼金。此事被人举报到了县纪委后，纪委对他进行了调查处理，接着把他降职，调到另一个镇上当一般干部去了。郑镇长心知他的名声不好，怕调离后，有人在他爸的坟墓上搞破坏，就出钱请了一个人，来给他家看守坟墓。因为别人都恨他，他请不到，只好请了我这个无家可归的老乞丐来给他们打工。唉，这差使也不好干嘞，烦闷。”

“唉！早知道原来是这样，昨晚我就不跑了，害我跌了好几跤，把我裤子和腿都跌破了。”娟子哭笑不得，肠子都悔青了。

不过，听了这老头的解释，娟子忽然觉得这场惊吓也算值，有收获：让她从郑镇长的经历中，明白了一个道理——人，太张狂了，也是一种错，踏踏实实做人才是福。另外，事物总是在不断变化发展中，不一定第一回在某地碰到个坏人，下一回在这里碰到的也是坏人。沉着应对一切，是一个人必须学会的处世哲学和智慧。

## 大奔哥们的活宝贝

春节后，105 宿舍的老大哥刘大奔迁出了王东他们的“大家庭”。原因是他春节后返回工厂时，把他老婆王珍珍带出来打工了。

嫂子来得那天，王东他们都吃了一惊。那王珍珍长得皮肤粗糙，身强体壮，进门就说：“兄弟们好啊！我来入伙了！以后多照看点！”

听！这口气，好像是黑社会兄弟们见面似的，让人心里发怵，甚至还有点起鸡皮疙瘩。

但是，大伙都没放在心上。听说大奔老婆只读了小学，没啥文化，长期在家种田呢。

王珍珍因为刘大奔这个机修师傅的情面而受到照顾，刚到鞋厂的第二天，就被主管安排到鞋厂制底车间的劈缝岗位上工作（修理刚铸出的鞋底边上多余毛刺的工作）。所以，刘大奔搬出王东他们的大宿舍，跟老婆到 101 住夫妻间了。

可是，离开 105 这个集体宿舍，刘大奔有些舍不得。

这不，每天下午下班后，或者星期日休息时，他老是回到王东他们的 105 来串门。原因是，去年国庆节厂里举办抽奖活动时，阿勇抽到了一台 25 英寸的彩电，他没有私吞，而是放在宿舍让 105 房的八个兄弟共享。所以刘大奔常回来，就是冲着这台彩电来的。

往往是，刘大奔前脚刚进 105 宿舍，王珍珍就跟来了。然后望着电视不挪身子。

这天傍晚，王东他们先看的是武侠电视连续剧《天龙八部》，两集播完后，一哥们调到河南台看拳击比赛节目。只见裁判员一声令下，两个拳击手你来我往，像公鸡啄架似的，跳来跳去，互不相让。王珍珍从没看过拳击比赛，禁不住咕哝道："两人打成这样，也没人进去拉一拉，不就是争抢两双加厚皮手套吗？要是像咱车间一样，给他们发一样颜色的手套，不就打得没这么凶了！"

王东几个人一听，差点笑出声，但还是努力忍住了。

这时，拳击台上一方被打倒在地，裁判员弓着身子读秒，王珍珍更来气了："刚才打架你不管，现在你倒低声下气装好人啦！"最后，裁判员抓住另一方的手，宣布胜利，没想到王珍珍高兴地鼓掌："这还差不多，抓起来送到公安局，起码拘留三个月。"大伙终于忍不住，噗嗤笑出了声。

这时，还是邓勇比较机智，他为王珍珍打圆场道："嫂子真是个开心果，算个幽默大王，跟宋丹丹一样有搞笑细胞。"

刘大奔瞅了妻子一眼，叹道："这叫满罐不响，半罐咕咚！"

"笑一笑，十年少，好事儿！"王东他们嘴上恭维，暗里都把王珍珍称作刘大奔的"活宝贝"。

王珍珍的师傅姓杜，叫杜玲。王珍珍学徒头一个月，称杜玲为"师傅"，学徒第二个月，称杜玲为"杜师傅"，学徒第三个月称呼她为"老杜"。三个月后满师了，王珍珍直呼杜玲为"老肚皮""老铃铛"。

一天晚上，看电视时，邓勇问王珍珍："嫂子，这两天你们杜师傅咋不见上班呢？"

王珍珍说："'老肚皮'感冒了，医生让她别上班，休息一两天，我帮她向周厂长请了两天假。"阿民接腔说："'老肚皮'感冒了，当然不能'上班'，要休息呀……"轰的一声，大家都笑了。王珍珍这才知道自己说错了话。

一天，刘大奔买彩票中了二百元钱奖金，他买了花生和猪头肉来我们宿舍请客。刚好那天晚上王珍珍加班，王东他们边吃边聊，不知不觉就十点半了。邓勇说："大奔哥，等会回去晚了，嫂子会不会骂你？"刘大奔说："我在机修班是个头儿，头儿事多，她咋能骂我呢？"邓勇说："可你回的是你们'夫妻房'的小家呀，在家里呢？"刘大奔说："那还用说？在家我也是……"

恰在这时，王珍珍在门外叫道："大奔！"刘大奔一听忙站起来应道："来了，来了！"

邓勇就笑他："刘哥，你不是说你是头吗？"刘大奔边跑边说："是的。可老婆是脖子，头虽然高于脖子，可头转动得听脖子的摆布嘛！"大家听后，都笑了起来。

不久，一个星期天的上午，阿民去"夫妻房"找刘大奔有事。

不巧，刘大奔不在，只有王珍珍一个人在家。她拉开门，阿民一看王珍珍，就结结巴巴地说："你是不是刚起床？我就不进去了。"王珍珍说："没事，你进来吧，大奔上街充电话费去了，马上就回来。"可阿民左右瞧瞧，还是坚持说："我就站在门口等吧，你一个人在家，我这样进去不妥当吧。"

原来，王珍珍为了赶时髦，也买了件吊带小背心穿了起来，由于她太胖，小背心又是紧身，显得特短小，阿民误认为她是穿着内衣招呼客人呢。嘿嘿，看把阿民尴尬的！

过后，当阿民把这事说给105的兄弟们听时，王东他们就笑阿民："阿民，你那嫂子是给你表演时装秀呢，你有眼福啊！人家那么热诚，你咋能不领情呢！"

阿民连声说："求求你们，别再笑话我了。千万别让我女朋友小霞知道了，否则，她误会了，我就说不清了。别提这事了，等发了工资，我请你们吃大餐还不行吗？"

看到阿民那样子，王东几个又哗的一声笑了，他们直笑得前俯后仰，最后直呼"腮帮子酸疼"。

# 一次特别的惊险体验

那是发生在一九九九年冬天的事。

那年，刚满十八岁的王东明在广东靠近海边的南沙镇南通工业区里打工，已经满一年了。

腊月二十，是个星期天，王东明与老乡赵成到几公里外的周田镇去玩。他与赵成从小一起长大，王东明天生胆小，为人谨慎，而赵成刚好相反。赵成从小没了父母，与姐姐、奶奶相依为命，由于长期为生计奔波，养成了一种爱占小便宜、爱捣蛋的习惯。

这天，王东明见周田镇大市场的菜比工业区小市场便宜，就顺便买了一只鸡和两盒鸡蛋。而赵成啥也没买，他们乘车一同往回走。

到了与南沙相邻的大地弯路口，这趟公交车要分路走另一条线路了，他俩只好下车步行，反正到住处也就一公里路了。刚下车，王东明觉得有点晕车、恶心，想歇一会儿再走。赵成便同意了，他俩就在大石墩上歇起来。

赵成突然说："王东明，我肚子有点疼，你在这儿等会儿，我去路边香蕉林上个厕所。"王东明点点头，说："你快点儿，我们还要赶路呢。"赵成笑着说："马上就回来。"可在原地等了好久，眼看天已经黑了还不见赵成，王东明就喊："赵成呀，你上一个厕所去这么久，五个厕所也该上完了吧？"可不见赵成答应。

王东明心想：这家伙可能是跟我开玩笑，偷偷溜走了。王东明只好提起买的那只鸡，一个人往回走。天黑了，路上又空荡荡的，他一个人心里很害怕，走得极快，很快到了回南沙必经之路乱坟岗。王东明提着东西飞奔起来，这时，乱坟岗旁边的香蕉树林的树叶就晃动起来了，还伴有非常刺耳的沙沙的响声，并有沙子向他飞过来。

王东明听了响声，想起赵成曾说过的一些关于这里的故事，心里就发毛："啊！鬼掷沙呢！"他连滚带爬地往前跑，还摔了几个跟头，新裤子也破了一个洞，手中提的鸡蛋摔破了，鸡也不知去向。王东明只顾着逃命，哪里还顾得了这么多。啪的一声，好像有什么掉到了地上，可他仍然拼命跑。

终于跑到出租房门口，王东明边喘气，边死劲地拍门。他姐姐翠芳开门一看，见王东明逛周田镇逛成了这副模样，急忙扶他坐在凳上，用毛巾给他擦汗，吃惊地问："王东明呀，你咋成这样了？出门时还好好的，怎么现在就像遭鬼赶似的！"

姐姐一说"鬼"，王东明又大叫起来。姐姐心想：还真遇上鬼了？随后，就边安慰边给他往头上的摔伤处擦药。

一小时后，王东明情绪稍好点了，才向姐姐细说了经过。忽然他记起刚才只顾逃命，把手里的东西全丢了。王东明在身上一摸，发现钱包也不见了。于是让姐姐叫上她男朋友周春耕一起去"闹鬼"的地方找，可连钱包和东西的影子也没见到。

次日，王东明遇见了赵成，就说："你小子，昨天咋能一个人先溜了？”

赵成一笑，说：“没办法，我有急事。王东明，你得请客。”

王东明莫名其妙，说：“我请什么客？”赵成说：“我拾到你的鸡和钱包了。你若不请客，钱包可不还了。”王东明一听，什么都明白了。

又过了几天，工厂放长假了，相邻的工业区江贝村来了个流动的歌舞团搞演唱晚会。春耕约赵成一起去凑热闹。正要走时，王东明赶了过去，说要一起去看看。春耕说：“算了，算了，王东明，深更半夜才回来，就你那胆量，还是在家待着吧，省得又说受了惊吓。”春耕拒绝了王东明，拉上赵成就往外走。

春耕和赵成说好晚上结伴同去同回。由于晚会上主持人搞了几个观众互动节目，散场比预定时间晚了一个半小时。当赵成叫喊身后的春耕回家时，春耕说他要去在这个工业区打工的表哥办点事，晚上不回去了。

赵成只好一个人打着春耕给他的手电筒往回走。走到两村分界的一条河边时，赵成突然感觉身后有响声。可他回头一看，什么也没有。他又往前走了几丈远，忽然感到肩膀被人拍了一下。

赵成急忙回头并转身查看，可身后仍旧啥也没有。

这时，他的肩膀又被拍了一下。一向胆大的赵成，顿时不由得紧张起来，撒腿就向河上的桥上跑去。由于紧张过度，他一脚踩空，摔下河里。幸而水不深，他爬上来，连手电筒都顾不得找，飞快地向南沙村里奔去。

因受了惊吓，又掉到了水里，赵成回到出租屋后就昏迷不醒，说胡话。次日，赵成的姐姐玉梅只好听房东的话，请来本村的神婆周婶为赵成驱邪。周婶在赵成面前跳了一番，唱道：“玲儿玲儿快丢手，赵成不能跟你走！王母娘娘可怜你，东边有个俊刘五。快去吧，结对儿。”然后“啊嘞啊嘞”几声就停了下来，说：“行了，三天后准好。”收了玉梅五十元。

周婶走时对玉梅说，因他走夜路，路过那座桥时，撞见了十年前淹死的玲儿，玲儿要索他的命去当替死鬼，被她打发走了，已没事了。

第四天，王东明在村头的小商店门口玩，赵成不知不觉走来了。赵成将养了三天，也慢慢有了精神，所以可以在门外转悠了。

王东明悄悄走上去，说：“赵成，你的病终于好了？玲儿拍你肩膀是开玩笑，她不会再找你的啦。”

赵成一愣：“你咋知道玲儿……”

王东明笑着道：“嘿嘿，谁是玲儿？你去问春耕吧。”赵成这一下彻底愣住了。

恰在这时，春耕从市场买菜回来了。春耕见了赵成说：“哟，这不是赵成吗？你在这里，要等玲儿带你去洗冷水澡吗？”

赵成一听，就赶去追打春耕。可春耕嘿嘿笑着跑了老远，才说：“这种体验生活的机会可不多啊！嘿嘿，赵成，你品出滋味了吧？”赵成只有望着春耕的身影干瞪眼。原来，春耕为了整治爱捣鬼的赵成，与王东明先串通好，那晚等他们看演唱会走后，王东明就跟姐姐翠芳一起到河边的香蕉树下躲藏起来，等赵成一个人往回走来时，他俩便举起事先准备好的长竹竿，偷偷拍了两次赵成的肩膀，赵成没发现人，以为真遇到鬼了。还有那个神婆周婶，也是春耕与她串通好编大话哄他的。

往后，赵成像换了一个人似的，胆小了，也学乖了。

# 给你玩点文明的

星期天，吃过午餐的肖一元正躺在床上看书，忽然听到旁边有人叫道："元哥……"

肖一元转过脖子一看，来人竟是表妹小娟。

他说："你咋来了，怎么没上班呀？"

表妹奄拉着脑袋说："我被范老板炒掉了。"

肖一元一下坐起来，手中的书落在地上："为什么？你是不是犯事了？"

"我哪敢啊！你看我是闹事的人吗？"表妹重重地叹了口气，就说了原因。

原来，昨天她因重感冒，向车间主管和厂部请假半天去医院看病。主管开始不准，她几乎磨破嘴皮子才准了她四小时的假。可到了厂部，管理处却以正巧赶货为由不准假。小娟实在支撑不住了就出厂去医院看病。下午回去，厂里以她擅自离岗为由罚款二百元。小娟跟管理处理论，结果厂部以她旷工又不服从管理为由，今天一早就开除了她，并让她立马搬走行李，不许在厂里住。她办出厂手续时，财务上说她是因为违反厂规、影响生产被开除的，并且经老板批准，把她的工资和每月二十元押金全部扣除了。

“这简直是流氓恶霸作风，我找厂部管理人员算账去！也欺人太甚了吧，我让他们头破血流！”肖一元瞪圆着眼睛，把一条晨练用的拉力棍在地上敲得山响。

小娟一见肖一元瞪起圆溜溜的眼睛，怕了，一把拉住他说：“元哥，你不能动怒啊！你要是因这事出了事，我在这边还靠谁去呀？”

肖一元被小娟一拉二劝三哭，脑子一下冷静了。他扔掉铁棍，拍着头说：“是啊，不能蛮干，我要想活得好，就不能冲动。我明天就到劳动所去告他们。”

“不行的，我听我们组长说过的，老板的表弟在劳动所当副所长，所以他们才这样大胆的。咱们告不赢的。”小娟忧心忡忡地说。

“那，那可咋办……”肖一元坐在那儿想了半天，突然一拍大腿说，“要不这样，他们玩狠的，那咱们就玩点文明的。”

于是，肖一元把表妹带出厂门，租了间小房子先安顿下来，再计划着帮她索要工资和押金的事。此后一连三天，肖一元一下班就四处转悠，去小娟原来的食品厂附近溜达，留心观察着周围的一切动静。

一星期后的这天黄昏，肖一元经充分的准备，又打扮了一番，戴上一副墨镜赶到了市东区清风路的一个住宅区。肖一元来到一户住宅的门前，叮咚叮咚地按了一番门铃。

“范志畴在家吗？”肖一元拉开嗓子，气势威严地喊道。

“谁呀？”一个男人开了门，见门外是一个年轻人，便慢吞吞地问：“你找他有什么事？”

“当然有重要事，你是叫范志畴吗？我是市警察局东区分局第三治安队的。”肖一元边说，边把同学小周的治安员工作证在对方眼前亮了一亮。

对方一听，态度立马和蔼了：“我就是。请里面去说。”便殷勤地把肖一元请到了书房里，并关上了门，然后小心地问，“找我有什么事？”

肖一元并不落座，双手背在身后，在屋子里踱了几步说：“条件不错嘛！口袋里鼓胀了，就想着那事儿……”

“到底是什么事？”范志畴小心地问。

肖一元见火候已到，便说：“实话跟你说吧，最近我们行动时抓了个卖淫女，从她身上供出了你的情况，有你的名片，说是与你有过那种关系。”

范志畴显然有点慌乱，他说：“这，这，让我想想。”过了一分钟说，“实在想不起来。”

“别装蒜了，你跟哪些女子有关系，你自己还会不清楚？我今天一人来主要是看你的态度如何，并不想扩大影响，否则，后果你很清楚……”对方听肖一元言辞柔中带刚，于是拍拍后脑勺吞吞吐吐道：“是，是，上个月我曾认识龙飞凤咖啡馆一个叫小媚的女孩子，送过名片，并同她亲热了两回……都是照例给了钱的。”

肖一元听得高兴，暗想：你终于“坦白”了，现在有了把柄，看你还如何硬得起来。他沉住气说：“那么，你看该怎么着？”

范老板急了：“我……我愿意接受罚款。”说着他迅速掏出一沓钞票，“这是三千元，兄弟去喝杯茶吧。”

“这可不妥当吧，我不赞成这样的。”肖一元双手抱在胸前故作严肃地说。

“兄弟说哪儿的话呀？快拿上，回去替咱说几句开脱的话吧。”范志畴的脸上尽是笑容，忙又取出一千元，把钱全部塞进肖一元的衣袋里。

肖一元想起表妹的工资加押金，总共也有两千五百多元，好吧，再心一横，就再替表妹收三百元房租、二百元的误工费吧。于是他说："范老板，基于你态度好，这一千元留给你，以后多多自检，老婆孩子也要脸面呀！"

"是的，是的！"

"所以，我就给你留点情面，今后你最好对工人好点，伙食搞像样点，别做亏心事。"说着，肖一元把另外一千元向范志畴面前一扔，转身走出门去了。

出了范家门，肖一元回头一瞧，范志畴站在门口正用手擦汗呢。肖一元一边庆幸自己的招儿好，一边向表妹住处走，他交差去了，总算不动声色地替表妹讨回了应得的报酬。其实，这几天他知道用极端方法给表妹出气不明智，没好结果，就转变了思路。他苦苦思索后，想出了一招，就暗中观察并跟踪了范老板多日，搞清了他的住址和他的爱好、习惯，这才敲山震虎，演了这么一出。

至于那张名片，那是他花了十元钱，从范老板厂里一个保安手里买的。

肖一元由此事明白一个道理：看来，只有肯用脑子，多转几个弯儿，抓住对方的弱点，才能战胜那些不讲理的"牛人"。

## 残酷的车祸

鑫龙电子商贸公司的林总今晚又搞定了一个大单，起码要赚二十五万元，心里一高兴，酒就多喝了几杯。等安排好客户，已是深夜十二点了，林总就打算到静静那儿去过夜。他有几天没去了，心里还挺想她的。

一路上，林总把车开得像飞一样，在他的脑子里，似乎总看见静静在笑着向他招手哩。车一快，风就大，风从未关严的车窗外吹进来，酒劲慢慢上来，他觉得人飘飘然。林总忽然来了雅兴，张嘴唱道："人逢喜事精神爽，车到极速才显身手……"

事情往往就是这样，大意失荆州。眨眼间轿车已到一个小叉路口，前面突然闪出来一位骑自行车的人，因为林总的车速太快，尽管他紧急刹车，但是车还像一匹受惊的马一样，不听使唤地往前奔去，一下将那骑车人撞翻在地，又弹出两米远……

林总吸了一口凉气，出了一身冷汗。他把头伸出去望了望被撞人，发现那人既没有动，也没有呻吟，他把牙咬了咬，猛地一打方向盘，往前开去。到了静静的住处，他心烦地说了在路上撞了人的事。静静一听，睁大眼睛道："严重吗？你是否送他去医院了？"

"我心慌意乱地瞅了那人一眼，动都没动，我怕下车瞅瞅，那人如果已经完蛋了，又正巧被路人看见，我脱身都难，所以我就一咬牙，把车开走了……"林总悻悻地说。

静静也心慌地劝道："去自首吧。如果拖得时间长了，不好……"

林总嘀咕道："我也这样想过，可是，那个人倘若死了，我得'进去'，这个公司又怎么办？"

"那咋办？"静静急切地说，"你快想个办法呀！"

林总猛抽了两口烟，突然下了决心说："反正是深夜，没有第三者在场，我找个人顶替一下，被撞人是死是活，我都破财消灾。如果要坐牢的话，我每年给十多万元的报酬，胜过他打工。"主意打定后，他立马给新来的司机张欣打电话。

张欣很快赶来了。林总大略说了事情的经过和叫他来的目的。

张欣一听，面露难色道："林总，不是我不够意思，我下个月就要结婚了，这事如果弄得坐牢，那我进去后，婚事怎么办？"林总闻言，心又有些凉。不过，张欣马上又给林总建议："林总，上次来应聘司机因满员未成功的那位小温，公司还有他的求职资料，他还没找到工作，租屋住在我隔壁的院落里。如果他愿意的话，你可以跟他联系，电话号码我知道，这事……我只当什么都不知道。"

张欣走后，林总想了一下，这主意不错，如果小温愿意，明天马上将他的求职资料盖个公章，把时间提前几天，就变成了公司员工入职档案，小温就成公司的司机了！只要张欣不说，什么漏洞都没有。这是最佳的替代人选。林总给小温打了电话，小温马上赶到约定地点，林总把事情经过说了一下，并开出十五万元的高价。

小温这阵子吃着闲饭，正愁没收入呢，听了林总的许诺和极高的“待遇”，说：“林总，只要你说话算数，我就答应你的请求。”

林总欣慰地说：“事情处理完后，不管你是否进去，不管进去的时间长与短，甚至到你老，我都会把你当老员工对待，每月薪水照发。不过，你放心，我会尽最大努力，把这事弄得简单些的。”

小温说：“行，就这么办。”

两个人又把肇事的过程复述了一遍，并统一了一些细节及当时的想法后，小温把小车开去了公安部门，投案自首去了。

第三天下午，正在看守所里等待处理的小温，忽见一个警察朝他走来，说有人要见他。

小温被警察带往会客室。此时，会客室里坐着两个年近六十岁的老人，他们是车祸受害人的爹妈，因为被撞人伤势过重已死亡，其家属是接到警察通知，赶来处理后事的。但他们一到这里，连太平间都没去就愤怒地来这儿要求见一下肇事者。当小温走进会客室时，背向门口而坐的受害人家属激动地一下站起来，老汉扑过来一把抓住小温的肩膀：“浑蛋，你赔我女儿……”老汉话没说完，忽然怔住了，接着他声音变调了：“啊？原来是你，是小温？你……是你撞了心如的？”

旁边的大妈也上来抓住小温道：“你个王八蛋……心如对你那么好，你是怎么撞了她的，半月前心如打电话回去，我听她说你还没有工作，吃她的用她的，这才几天，你翅膀硬了，就黑了心了，开上车就撞起她来了。你起的是啥心啊？……”

“不，不是我……”小温看清了对方，也怔住了。他脑子里嗡的一声：这次车祸受害的不是别人，竟然是这半个月来供他吃、供他住、给他信心和安慰、在制衣厂打工加班到深夜后，还会去出租屋看望他的女朋友刘心如啊！

小温咚的一声跪下了，声泪俱下：“伯父伯母，不是我呀……

我……我……"

此时，面对这种局面，他真想一头撞地，因为他越急越说不清……这事就这么巧啊！撞了我的人，我却去为他顶罪，这不是绝妙的讽刺和残酷的戏弄吗？小温啪啪地打了自己两个耳光，然后，他发了疯一般拍打着会客室的桌子："林志雄，你去死吧……"

警察们蜂拥而来,把小温按在椅子上……接着问他,谁是林志雄。

一个小时后，鼓眉瞪眼的小温与林总在公安局里见面了，而且警察给林总戴上了一对"银镯子"作为见面礼。

接着，事情又发生了意想不到的变化。次日早上，当刘心如的爹妈到太平间去见女儿时，拉开裹尸单，发现躺在那里的不是女儿心如。

陪同的警察吃惊地说："咋回事呀？应该没错呀！当时受害人满面是血，看不清人，但我们却发现她身旁跌落着一张身份证，上面的姓名就是刘心如。难道……"

警察赶紧按照刘心如的爹妈提供的地址，找到刘心如打工的新蕾时装厂。果然，证实了刘心如还好好地活着。只是，这两天因加班劳累过度，她得了重感冒，正在宿舍休息呢。

刘心如见了警察吃了一惊，忙问："出了什么事？"

警察说明来意，接着问刘心如身份证是怎么一回事。刘心如说："那天晚上我正在床上休息，一个叫小媚的当文员的室友说她身份证丢了，要借我的身份证去网吧登记上网，我就把身份证给了她，没想到……小媚有个哥哥开了个公司，她常去玩，这两天我们以为她在哥哥那玩着呢……"

警察们弄清了情况，回到公安局，把新的发现及案情的新变化告知真正的肇事人林志雄。当林志雄听说被撞死的人是新蕾厂的一个文员时，他忙问："再说一遍，受害人叫什么？"

警察说："林小媚。"

"天啊！妹妹呀，我对不起你……当时我为啥不下车仔细看看啊？"林总大叫一声，一下栽倒在地。原来，林总知道妹妹淘气，为了锻炼锻炼她，没让她在自己的公司上班，怕她有依赖思想不好管理，而是找了个朋友开的公司，让她去上班，便于约束她。可没想到，她却老是下班后去网吧上网，一上就上到深夜。但为了防止哥哥查到她的"档案"，她就常借别人的身份证到网吧登记上网。

那天晚上，林小媚就是上网到十二点回去时，被林总给撞死的。

## 半路朋友布尔斯

妻子阿芳轮休一周，要邓涛陪她外出旅行。正好邓涛也有三天假，而且时值春末夏初，便爽快地答应了。

但他提出这次出去，妻子阿芳不能要求他给她买值钱的纪念品，因为他要省钱买笔记本电脑。她也答应了。

于是，他们准备了一下，决定去游道教名山青武山。他们次日就出发了。

到了青龙镇，他俩住了一夜。次日一早，夫妻俩就往青武山赶。妻子兴趣极浓，到了山脚歇都不歇就催促邓涛爬山。他俩一口气爬到半山腰上，由于气候多变，又因上山出了汗，山风一吹，阿芳感冒了，不一会儿，又是打喷嚏，又叫嚷喉咙痛。眼看前面山势愈加陡峭，他俩只好返身往山下走。

到了山下小镇，在商场门口买了一大碗汤药，阿芳服了下去。邓涛见她眉头皱成了疙瘩，笑道：“我的大小姐，请问，爬山与吃药，有什么不同啊？”

阿芳苦着脸，说：“一个是太难上，一个是太难下。”

“什么？你们是说青武山有两个山峰，一个难上，一个难下，是吗？”突然，耳边一个独特的男声问。

他们回过头，身边站着个高个儿的三十多岁的外宾。邓涛忙请他在他俩旁边坐下。外宾说他叫布尔斯，法国人，今天也是慕名来游青武山的。邓涛点头说：“欢迎。”然后解释说，“我不是谈论青武山，只是在摆龙门阵，胡侃，逗趣。”

“什么是摆龙门阵，胡侃？”外宾来了兴趣。

邓涛说：“摆龙门阵，就是说奇闻、讲笑话。”

布尔斯一听，更来了兴趣，忙问：“朋友，你们讲的笑话是拿刀砍出来的？”

邓涛一听，想笑，可忍住了，就认真地说：“不是，不是。胡侃，意思是随意地讲笑话，把故事摆出来，给别人听。”

“好，好，你们的叫法有意思。”布尔斯竖起拇指赞扬，接着说，“你能给我再胡侃个‘龙门阵’吗？”邓涛一听，暗想：虽没有准备，但不能让外宾失望，就点头答应了。可讲啥呢？他猛然想起镇外的那条青龙河，心里一亮，就讲道：“五十年前，一个侦察员在黄昏时三次头顶荷叶横渡青龙河，侦察敌情，后来把敌人打败了。一个俘虏叹息道：‘难怪那天青龙河里突然冒出了一株莲荷，原来是神兵天降呀！’后来，不知何故，青龙河果真长出了一株莲荷，每天日出时，莲叶便在河里漂移，美丽无比。”

“三次？三次渡河？”布尔斯却笑了起来。

邓涛有些诧异地问：“难道你不相信一个优秀的侦察员能做到吗？”同时，他马上明白外宾的思维方式可能与中国人有所不同，就觉得布尔斯好可爱。

邓涛解释说：“在中国，三次横渡是三趟，是三个来回的意思。”

“噢？英雄，大英雄！毅力惊人！”布尔斯猛然站起来，恭敬地说。到这时，他们已相处甚欢。因天色不早了，之后邓涛邀布尔斯去他们登记的宾馆住下，相约次日天明，再同游青武山。

可次日早晨起床，邓涛和妻子去叫对面房里的布尔斯，门口却挂了张留言牌：“邓：我去青龙河边欣赏莲荷，回来再与你们一同游山。六点半留言。”

邓涛和妻子看表，已是八点半了，可还不见布尔斯回来，该不会出事吧？邓涛拉上阿芳冲出门。他俩到了青龙河边，叫了半天，才找到满头大汗的布尔斯。原来他找不到莲荷，却迷路了。因为他昨天听邓涛说了河中长莲荷、日出移动之语，就想趁早去拍摄下来。

邓涛忙向布尔斯道歉：“对不起，我的故事是虚构的，差点害了你。”

“没关系的，这是龙门阵嘛，可以胡编！”布尔斯笑道。

接着，他们就去游青武山，三人玩得好愉快，还拍了许多照片。

第三日午餐后，他们要分手了，布尔斯有些不舍地握着邓涛的手，送给他一支带 MP3 的铂金圆珠笔做纪念。然后他对邓涛的妻子说：“芳小姐，你喜欢什么？”

阿芳双眼一下明亮了许多，顿起贪心，又不便明言，便吞吞吐吐地说：“我爱梳洗打扮，嗯……”边说边指指耳朵、手指及脖子说，“这些地方用得上的东西吧！”意思是首饰。

布尔斯 OK 了一声，马上拉开背包，取出一件包装精美的礼品递给阿芳，并说以后有礼物还会补送，然后挥手告别而去。

望着布尔斯远去的身影，邓涛说：“老婆，打开你的礼品，欣赏一下。”

阿芳有些骄傲地说：“你舍不得花钱，可偏偏有人送我贵重的礼物哩！也罢，就给你见识一下。”说罢就打开了，可是往下一看，却愣住了，原来盒子里是一块法国牌的香皂！

不久，布尔斯从法国给他们寄来了礼物：《新时期中国见闻录》一书。

他们打开书一看，他俩与布尔斯合影的几幅照片都登在书上面。布尔斯附信说：“因为芳小姐爱打扮，就是爱美，爱美就最看重自己的靓照，希望天下的男人欣赏她，这就是女人获得的最好的礼物！”

原来，布尔斯是一位优秀的摄影家。

捧着这本书，邓涛觉得，这才是他们收到的最好的礼物。

# 怕老婆

五月的阳光，有十足的“扎”劲儿，照在人的身上，就像是刚从热水里捞起来的刷子刷在人的脸上手上一样，真有点让人受不了。可买粮的人们像感觉不到似的，仍旧一心一意，意志坚定地在阳光下排着队，像长龙一样，排在东城的祥瑞米行千伦分店门外。

祥瑞米行千伦分店的伙计刘升正手忙脚乱地招呼着来买粮的大小主顾们，忽然听旁边有人叫他：“刘升，刘升。”

刘升扭头一看，是他的邻居小柱子。他边做事边说：“小柱子，有啥事？”

小柱子走上来，附耳对他说了几句话。刘升点点头，但扭头看了看门前排队的人群，估算了一下，少说也有五十多个人，他不由面显难色。

刘升一边帮一个刚装好粮食的主顾过秤，一边对小柱子说：“小柱子，你先忙去吧，你告知我的事，我记住了，绝对误不了事。”

“那好，我就捎话回去了。”小柱子答应一声，就转身走了。

小柱子走了有一炷香的时辰了，刘升又为十几个主顾称了粮，可那卖粮的队伍好像没有缩短。刘升仔细瞧了瞧那长长的队列，发现队列不缩短的原因是后面不断地有人续着排队。刘升只继续忙碌着，间或偷空儿用衣袖擦一下额头上的汗水。

“哼！都怪东家赵大爷和伙计周林娃！要不是周林娃昨天就请了假，要不是赵大爷准周林娃的假，今天自己就没有这么忙碌了。这赵大爷也是的，知道我一个人撑着店面，也不派个人来帮忙。”

刘升边想心事边忙碌着，不知不觉又给十几个人称了粮。眼看已经快晌午了，肚子也开始咕咕叫了。如果今天不是端午节，下午天气变了，可能日头早晒得人头上直冒油了，可门前的队伍还有两三丈长哩！今天是咋回事？

刘升仔细一想，明白了，准是别处粮店都放假了，或者是只营业半天时间，早早打烊了，顾客没地方买粮了才都涌向这里的。“这个赵老板，还骗人哩！你们都休息了，让我一人加班哩！”刘升又看了看后面的队列，好像越看队列越长了。要是这样撑下去，今天一天都不断有人来，那就别想关门了。

刘升忽然有了一个主意。他清了一下嗓子，大声问：“喂，前面等着买粮的兄弟们，你们怕老婆吗？”

“不怕！”人群里齐刷刷地回答说，声音洪亮，而且具有阳刚之气。

“男子汉,怕什么老婆哩！不怕就是不怕！”有人还再次声明道。

“你们不怕，我怕，我怕老婆！”前面的话音刚落，有人跟着吼了一声。

“咦？有人怕老婆？”刘升朝说话的人看去，说怕老婆的是个四十多岁的中年男人。

“你过来，这位怕老婆的兄长你过来。”刘升向怕老婆的男人招呼道。

那男人很快从人群里面走了出来，站在了刘升的面前。

“你叫什么名字？”刘升仔细打量着面前的男人，随口问他道。

“我叫崔大柱，众人叫我老崔。”怕老婆的男人说。他确实怕老婆，因为家里穷，直到三十五岁时才经人介绍，娶了个从外地逃荒来的十九岁的女子。老夫少妻，妻子长相也不错，在年龄上又占据优势，所以动不动他妻子就扯他的耳朵，有时还拿来扫帚打他。结婚六年来，老婆地位似乎越来越高。对于老婆的言行，他很多的时候是俯首称臣，他真的是怕老婆怕成习惯了。

“好，好样的！”刘升对大伙说，“各位兄弟，你们向后退一点，我要给怕老婆的崔大哥说点事。你们让开一条路好吗？等一下有好戏看呢。”

“好的！”随着回答的声音，大家纷纷向后退了三四尺，因为大家听刘升说有好戏看哩，都想看个热闹。店门前空开了一床草席宽的一块空地。

刘升对崔大柱附耳说了几句话，把崔大柱往店里一拉，很快给他称好了粮食。接着，刘升在崔大柱的帮忙下，咣啷咣啷地把店门关上了。

等着买粮的人们看见刘升忽然关了店门，急忙问道：“我们没买到粮哩，你咋关了店门？”

“各位兄弟，除了崔大哥怕老婆外，你们都不怕老婆。怕老婆的人，办不好事，回家招老婆训斥、吼骂。所以要特别照顾怕老婆的崔大哥。你们都不怕老婆，回家啥事都没有，明天再来吧。其实，我也怕老婆，我老婆两个时辰前就让邻人捎信，叫我早点回家去呢，我现在回去都有点晚了，再晚点，我回家就要遭罪了。大家别忘记了，今天可是端午节哩，我丈母娘一早就来我家了，我得回去陪客人、陪老婆吃饭过节了。各位，明天再见！”

刘升说完，向大伙挥了一下手，转身就走。其实，赵老板昨天和他说过，允许他上午营业，下午关门休息，去办家事。可是别处店铺都关了门，唯有这里米店营业，顾客都往这里赶，他刘升不用计策脱身，哪能顺利关了店门呢？再说，人家赵掌柜一家人今天一早就到城外的文武河边看赛龙船去了，伙计也得过过节嘛。

怔在米店门前的一伙人，看到怕老婆的崔大柱笑容可满面地拎着粮袋悠然自得地往家里走，顿时醒悟道：“原来，怕老婆也有好处……”

“就是，怕老婆也有好处呢。怕老婆又不折寿，说出来怕个啥。哈哈……”崔大柱听见众人议论，心满意足地高声说道。

众人都不吱声了，只静静地听着老崔的那笑声，其中的许多人不由脸红起来。因为，那笑声仿佛是一个无形的巴掌，脆脆地扇在一些死要面子的男人的脸上……

## 有个“英雄”叫阿刚

阿刚到广东打工时，原本是打算投奔在珠海打工的哥们邓春的，没想到他下了火车坐上了辆“野鸡中巴”车，走到半路一个叫新桥镇的地方，客人几乎下完了，中巴司机骗他下车，说要去加油，结果趁他不备呜的一声掉头走了。阿刚明白上当了，想转车可身上钱不够了。

突然，他想到新桥镇有个叫刘林的邻村的打工青年，就决定在这里找个工作算了。谁知，当他找到了刘林打工的皮鞋厂时，才得知刘林半月前已辞工去了另一座城市。连续的不幸，把阿刚搞得目瞪口呆。阿刚叹息一会，只得把行李包提到旁边一家简陋的十元小旅馆里住了下来，接下来的日子，就马不停蹄地出去找工作。

这天下午，阿刚在一家工厂求职没成功，在转身离去时，一不留神把工厂门口的一只哈巴狗给撞翻了，那狗崽子示威似的吱呜吱呜地叫个不停。一个娇滴滴的女人的声音从楼上传来：“保安，是谁胆子不小，敢在那儿欺负我的宝贝啊？”值班的保安急忙向那女人支吾了两句，然后就凶神恶煞般跑上来一把抓住阿刚的衣服：“你瞎眼啦？敢撞赵小姐的宠物？得赔偿一百元损失费！”

阿刚急得忙辩解：“我只撞翻了它，又没撞伤它，赔个什么费用？”保安说：“宠物狗受了惊吓，要为它买营养品压惊，当然要赔精神损失费了！我告诉你，不赔钱，今天别想走掉！”阿刚见这保安缠人的凶样，心想：今天不出点血是走不脱的，叹息一声，伸手往口袋里掏钱，可掏了半会，只掏出五十元。

保安见他确实掏不出钱了，松了阿刚的衣服，一把抓过阿刚那五十元钱，指着阿刚骂道：“滚！滚！像你这种没眼色没用处的废物，还不跳入岐江河中死去，跑来跑去显摆啥呢？在人家工厂门口占地方祸害人呀！”

阿刚在老家可没受过这样的羞辱，他气得梗着脖子望着保安：“你……你……你……”半天也没说出一句完整话，好久，他才呸地向那保安脚下吐了口口水，转身就走。

阿刚边走边想：来到这里几天了，带来的钱已用得一点不剩，本指望今天下午能应聘成功的，可没想到又失败了，明天的伙食费怎么办呀？刚才那保安员的话，又在耳边响起来。“唉！像我这样没用的人，活着还有啥意思？”想着想着，阿刚没有一点活下去的勇气，他绝望地来到了歧江边上。望着滔滔的江水，阿刚心一横，牙一咬，扑通一声跳了下去。

也许阿刚命不该绝，他跳下去的地方，河水不深，阿刚喉咙里灌下了两口发黄的江水，又被冰凉的河水一激，求生的本能又从体内喷发而出。他一下站了起来，向岸边挪来，心里有一个声音在喊：“不！我不能死！我不能就这样死在一个陌生的地方，做个异乡鬼！再说，我爹娘还在老家眼巴巴地盼着我挣钱回去养老呢！我要活下去，我要让所有人承认我这个湖南娃阿刚是有用之人！”

不知不觉，阿刚走到了一条热闹的大街上，饥饿无情地折磨着他，他有气无力地挪到一家名叫肥仔餐饮店的大排档门口，咬咬牙，硬着头皮走进去了。他想先弄碗饭吃了把命保住，哪怕吃完付不出钱让人揍一顿也行！他伪装成很坦然的样子，在墙角的一张桌前坐下：“小姐，来一盘炒米粉，多放辣椒。”喊完，见桌子上放着茶壶，就急急地掂起来斟了一杯茶，先缓解一下肚皮的“危机情况”。

少顷，炒粉端来了，阿刚狼吞虎咽地吃起来。由于饿急了，吃法粗鲁，筷子把盘子碰出了叮叮当当的响声。听了这响声，阿刚忽然停下筷子望着盘子愣了一下，脑子里突然一亮，遂生出一条计策。于是，他不慌不忙地吃完盘中炒粉，饮了一杯茶，就直接钻进了排档的厨灶间。他东瞅瞅西瞧瞧，然后蹲在一个大塑料盆边，洗起盆中的一大堆碗碟子来。

一个女服务员发现了阿刚，她跑过去大声说：“嗨！你，你在这儿干什么？”阿刚边洗碗边回头说：“小姐，我在给你们劳动呀！”

女服务员的叫声惊动了炒菜的师傅，他也过来忙问：“怎么回事？”女服务说：“这人是进来吃饭的，可吃过饭为何不走，却蹲在这里洗碗筷，怪不怪？”阿刚忙说：“哎，师傅，因为我进来吃完饭，才发现口袋没有钱，没办法，便想给你们劳动劳动，赎我一顿饭。”师傅听了，让服务员去叫来老板裁定。老板从楼上下来，把阿刚上下打量了一番，说：“小子，你想骗吃我的一顿饭吧？”

“不是……是我钱包突然不见了……”阿刚忙找谎言辩解。

“别辩解了。”老板挥手制止他，说，“我见得多了，你肯定是从农村刚来的打工仔，没有了盘费，又没找到事做，在这里吃完饭后要小聪明。好吧，我不给你出难题，刚巧今天我店里洗碗碟的女员工有事请假了，你洗完这些玩意儿，再为我干一件小活儿，咱们就两头扯平吧。”

“好的。”阿刚很乐意地洗完了一堆碗筷，老板又叫人给他炒了一盘米粉吃完，把他带到厨房门后的小院中，指着装了满满四桶潲水的大桶，说：“小伙子，用三轮车把这四桶废物运到沿这条街东去一里外的江边，趁没人时倒掉它们，就这么简单的事。哦，如果你明天还没饭吃，就来照旧做这件事换一顿饭吃。”

原来，这家餐馆以前的残汤剩菜都倒在旁边的下水道中，可时间一长，经常堵塞下水道，昨天中午环卫处的人再次来干预：如果再往下水道中乱倒杂物，就严加处罚并勒令停业，老板正为这事犯难呢。正好阿刚的“洗碗行动”启发了他。吃饱饭的阿刚，很快就把四桶废物运去倒掉了，送还三轮车的时候，阿刚答应明日还来挣一顿饭。

次日下午，阿刚踩着三轮车快到江边时，忽然听后边有人招呼：“兄弟，这几桶‘劲料’要运向何处去？”阿刚回头一看，是一个和自己干一样活儿的人。两人一聊，阿刚得知对方也是外来工，叫阿松，在城郊与老婆租了几间废弃的旧工棚，办了个养猪场，他们喂猪的东西，正是从各家工厂或饭馆里运出来的残汤剩饭菜。阿松对阿刚说：“兄弟，把你这车上的东西运到我们养猪场，我收你为成员，每月包你吃住，给你七百元工资怎样？”

“好啊。”阿刚绝处逢生，高兴地与阿松将车子上的东西运向城郊的养猪场。

从此，阿刚有了工作，每日跟阿松及阿松的妻弟刘海分头出外去运料，阿松的老婆和阿松的岳母在家饲养猪仔。他们的养猪场越来越红火。四个月后，养猪场扩大了规模，已经有八个员工了，共养着六百多头猪。阿刚还当了班长，月工资加到了一千元。阿松对阿刚说：“赶快找个女朋友带到这里来干吧，有个女孩跟在你后面，你就更安心了。”阿刚说：“这种事得靠缘分，光嘴上说是不行的。”

没想到过了不久，阿刚的缘分就来了。

那天黄昏，阿刚去一家工厂的食堂运料时，走到城郊一个叫浪子口的僻静处，忽然听到一阵叫骂声。他正感到奇怪，就停了下来，探头看过去，只见一个小伙子飞快地从他身旁奔了过去。小伙子的后面有个壮汉在追打他，那人见赶不上了就骂小伙："你要是跑得不快，我非拧断你的胳膊不可！"然后转身返回去了。

阿刚又往前走几步，又听到路边传来一个女孩子的呼救声。他停下三轮车，跑过去一看，两个流氓正拦住一个女孩子，要人家跟他们亲嘴哩。那女孩子跌倒在地上，极力地躲避挣扎。旁边一个汉子则站在一棵树下，望着他的两个同伙哈哈哈地直乐。

阿刚火气直往脑顶上蹿，呵斥两个家伙住手。可这两个家伙借着几分酒劲，又仗着人多偏不住手，还撕扯起女孩子的衣服试图奸污她，旁边那个嬉笑的汉子转身骂阿刚："你小子眼馋了是不是？要不要来摸两把？你再不知趣，我们就要收拾你了。"

阿刚气得骂道："这地方找份好工作不容易，但想要见人渣却处处都有！我就喜欢让人收拾。来吧！"说着，转身抽下三轮车上那根刮潲水桶的铁钩杆，向那两个动手动脚的家伙奔去……

那两个家伙也不示弱，挥臂相迎。留小胡子的家伙从身上拔出六寸长的匕首向他捅来。阿刚毫不畏惧，心想：我每日把近百斤重的潲水桶提来提去，早练出功来了。他挥起铁杆先磕飞了小胡子的匕首，又往旁一闪，转身一脚踢翻这个家伙，后面的家伙拳头还没打来又被阿刚扫倒了。

三个流氓知道遇见了厉害人，见势不妙，撒腿就逃。阿刚心想：这几个家伙光天化日之下见人就耍横，绝对不是什么好人，让他们跑掉太便宜他们了，说不定转身又会去祸害别人。于是就追上去，伸出铁钩朝跑得慢的家伙腿上一勾，把他勾倒。阿刚用这家伙的裤腰带把他双手和脚捆在一起，掏出手机报了警。

阿刚过去扶起女孩子，可她崴了脚，走不成路了。阿刚要送她去附近医院，女孩子却摇着头说："不，我，我哥哥……"

阿刚一怔，就问她哥哥怎么了。女孩子低着头说了缘故。原来，这女孩子叫赵秀芝，在电子厂打工当文员，跟她哥哥一同到她表姐那里给表姐庆生日，回来时，遇上这三个坏蛋拦路调戏她。她哥哥就骂了三个流氓几句，三个家伙瞪眉鼓眼掏家伙要揍他，他哥哥见寡不敌众，吓得转身就跑，不知现在跑到哪里去了。按理说，眼看妹妹要受辱，他也不该丢下妹妹不管啊？阿刚就帮女孩在附近找她哥哥。阿刚"小赵小赵"地叫了半天，也不见有人应答。正要罢休时，忽然看到一棵大树旁边有个大泥坑，里面好像有个人。阿刚跳下去一瞧，是个小伙子，满脸是血，看不清相貌，已经昏厥过去了。他知道是秀芝的哥哥。原来秀芝的哥哥只顾逃命，慌乱中失足跌落泥坑里摔得昏死过去了。

阿刚又急忙打了120急救电话。这时派出所的警车来了，警察刚把那歹徒押上车，120急救车也同时赶到，阿刚把秀芝兄妹俩抱上急救车。分手时阿刚掏出三百元硬塞给赵秀芝，让她先去看伤，然后才踩着三轮车回去。

次日，阿刚刚上班，市报的王记者就来采访他了。原来，昨天下午警察把他抓住的那个家伙押回去一审，没想到审出这家伙与他的两个同伙，竟然是一周前本镇经济发展公司保险柜被撬盗窃二十五万元巨款一案的主要案犯呢！这真是太巧了，阿刚太有功劳了——养殖员抓住了巨款盗窃罪犯！警察就向市报报了料。于是，市报头版以很大的篇幅报道了阿刚的英雄事迹。有关部门奖励了阿刚五千元。这一下，阿刚和他所在的养殖场出名了，声誉大增，前来他们养猪场洽谈业务的人和肉食公司越来越多。老板、阿松看准时机和好形势，又赶快增添品种，开设了一千只子鸡的蛋鸡养殖场。老板阿松还跟阿刚说定了以他的良好声誉为投资，给他百分之五的股份，并任命阿刚为业务部主任。

过了十多天，那个叫赵秀芝的女孩伤一好，就找到阿刚这里来了。她掏出一件东西说：“你把这个送给我是啥意思？”阿刚一愣，看清那是自己常挂胸前的一块仿玉兔吊坠，怎么在对方手中呢？女孩说：“这下好了嘛，你那天抱了我，又偷偷把这个送给我，我男友知道了不要我了，你要对我负责到底！”

“我……我……”阿刚明白赵秀芝爱上他了，可阿刚很腼腆很自卑，他想：自己是个高中都没毕业的养殖人员，而赵秀芝是大专毕业的企业文员，就推辞道：“我……我配不上你。”

赵秀芝说，“你既勤劳又勇敢，这就是本事。我就是冲着你这种好品质才喜欢你的，你还自卑啥呢？”阿刚还在结巴着推辞，赵秀芝却一下扑进他怀里了……于是，两人就私定了终身大事。

不久，国庆节到了，厂里放假，赵秀芝去看阿刚，然后带阿刚去见她那在另一个工业区打工的哥哥。当阿刚与赵秀芝提着一大袋食品与秀芝的哥哥面对面地站在一起时，两人都愣住了。

赵秀芝不知何故，拉住阿刚的手说：“哥，这就是上次救了你还没当面感谢人家的那位一人打跑三个坏蛋的大英雄、我现在的男朋友阿刚！”说完她催阿刚，“还不快喊哥？”阿刚拉住秀芝哥的手叫了声：“哥，你好！”秀芝的哥握住阿刚的手说：“你好，了不起，了不起！”

“当然了不起啦！上回要不是他，你和我都要毁在那三个坏蛋手里呢。”赵秀芝插嘴说。

阿刚忙说：“兄长过誉了。我只不过胆量大点，力气猛点，算个有用之人而已……”

“那是，那是！”听阿刚这样说，秀芝的哥哥脸红得像猪肝，尴尬地笑了。

其实，秀芝的哥哥不是别人，正是十个月前骂过阿刚“没出息该去跳岐江”的那位保安赵小东。因为他鼻子旁边有个醒目的黑痣，阿刚永远记得。这时，阿刚心里嗯呀嗯呀地暗暗乐着：看你长得牛高马大的，咋那么不中用？一见流氓发威风就吓得尿裤子，差点丢了小命。相比之下，还是我比你有用啊！这事也真是太巧了，真是两赚啊：既在你面前赚回了面子，争回一口气，还把你妹妹赚成了未婚妻！嗨！这真是：敢拼才会赢！有一种幸福叫努力，有一种光荣叫拼搏。

直到结婚后，阿刚才弄明白，那个玉兔吊坠是自己抱赵秀芝上急救车时，她趁他不注意拿去的。还有，她原来根本就没有男朋友，那天也没崴伤脚。

“嘿，这家伙可真有心眼啊。”阿刚甜蜜地笑了。

# 转了一圈又回来

崔六刚到滨海市音响器材厂打工时，正逢金融危机时期，他忍受不了两天上班三天放假的折腾。两个星期后，他就辞工走人了。

表弟祥子只好把崔六介绍进了一家合资企业当了门卫。可是，没干满两个月，他又被炒了鱿鱼。

表弟问他："表哥，你脑子没发烧吧？好不容易给你介绍个工作，屁股还没暖热，为啥又不干了呢？"

崔六说："嗨！那种活儿，既当看门的狗，又当哨兵，我实在不习惯。"原来，总经理是台湾人，进进出出门卫都要对他敬礼，而且上班必须站岗。有时，经理每天从大门口出出进进二三十次，他敬礼把胳膊都举酸了，肩膀都扯疼了。

崔六不打工了，向一班朋友借了六七万元，开了个服装店。开始时本钱少，门面简陋，货物价钱适中，想以薄利多销揽住顾客。可是，开业不到五十天，就门庭冷落无人问津了。崔六愁容满面，总是想：我崔六到底是哪一段儿没唱准谱呢？

一天早晨起来，崔六收拾一番，提了一个密码箱，气势昂昂地出门了。

一周后，崔六回来，二话没说，去银行贷款两万元，请了个装修队，买些高档材料，重新装修店堂及门面。

老婆王红红一见他这样，气呼呼地说："崔六，你出门几天，莫非中邪了！商店开张近两个月，连千元钱的本钱都没挣回来，你却再贴钱去搞装修，还嫌债台不高吗？"

崔六只顾干自己的事，没理睬老婆，见老婆实在唠叨得凶了，就说："女人家，只理家，别管男人要铁钯！你不愿干，别人没拉着你逼你干，坐一边去！"

老婆瞪了他一眼，就一屁股坐在门外的椅子上，不再理睬了，落得清静。

一周后，装修完毕，崔六把店里商品按新规划重新摆放了一番。标签上全换成曲曲拐拐的洋文字母，标价的数码后面，全多加一个"○"。然后，请来了庆典公司做宣传，庆典公司开了一辆大卡车助威。大卡车上，彩旗飞舞，两边悬挂的绸布标语醒目引人，车顶上安装的大喇叭里不停播放宣传语，车上站着四名花里胡哨的礼仪小姐，不停地向街上行人招手致意。汽车以缓慢的车速，在各大街道上开来开去。

于是，仅仅半天时间，大半个城市的市民都知道南城区有个崔六鞋帽商场。往后的两三天时间，崔六店里的商品全部售完，连二百五十元一条的皮带，都被那些衣着光鲜的人抢光了。

那天晚上，算完账后，老婆喜眉笑眼地抱着钱箱说："想不到你个崔六，看起来缩头缩脑的，现在竟然越活越贼精了呢？"

崔六说："越活越聪明，才算是男儿本色嘛。再说呀，自己不精，出门取经。如今啊，款爷富姐越来越多，腰包几乎都要撑破。咱不好好赚一把，能行？”接着，崔六又开了两个新商场，自然又是大赚了一番。如此经营一年后，崔六渐渐进入了款爷行列，不但开上了小轿车，而且还买了一幢别墅。

崔六有钱了，日子过顺溜了，他也开始“腐败”了。

刚开始崔六常用空闲时间去发廊或按摩房里客串客串，后来，听说那些地方去久了会染病，于是就学着别人的样儿，也包了个娇滴滴的小美人儿。

崔六的情人叫崔青青，不但模样儿长得如晨露中的桃花一般鲜艳水灵，而且脑子也好使。崔青青在当好笼中鸟的同时，常为崔六生出些生意上的点子，崔六采纳了她的一个开办国风饺子城的建议。

没想到，崔六饺子城开办后，生意兴隆，赚了不少。崔六钱赚得越多，就越看重崔青青。有时候还带上青青出入各种宴会和重大场合。后来，崔六有了要青青做老婆的意思，就向妻子王红红提出了离婚的想法。没料到，王红红一听他的提议，桌子一拍，说：“行，想离婚，可以，你给老娘我一百万元，我就成全你。”

崔六答应了妻子的要求，马上甩给她一百万元的支票。第二天，就与她办了离婚手续。三天后，又与青青办了结婚手续。

崔六把青青“升级”为妻子后，青青果然发挥出她脑子灵活的特长，帮助崔六管理生意。崔六的生意做得越来越大，钱赚得更多了，他更不安分了，又偷偷包养了两个在娱乐城刚刚认识的小美女。

转眼半年过去了，崔六的饺子美食城的生意一天比一天萧条起来，最后因为顾客很少，饺子城不得不关门。

后来后妻崔青青竟提出了与他离婚的要求。崔六正心烦着呢，望着崔青青吼道：“你真是吵死人，不想跟我在一起就走吧！”一气之下，就同意了。

这次离婚，崔六又分给崔青青一半的家产。

崔六这边刚搞定离婚的事，他那两个小情人也同时不见了。崔六意识到不好，急忙跑到银行去查他的账户，竟大吃一惊：他账上仅有的几百万元全被提走了。崔六知道是他那两个情人干的，他“妈呀”一声叫，差点跌坐在地上。

正在崔六暗暗叫苦的当儿，他那两个商场的负责人匆匆跑来向他报告：老板，商场售卖假货以次充好的事被人揭发后，刚才工商局来了一伙人，已把商场给查封了！

崔六闻此消息，又“啊呀”了一声，一下瘫在地上，吐了一口鲜血……

崔六到此时也搞不明白，怎么这多半年来，坏事尽发生在自己身上呢？

其实，崔六是中了前妻的招。他前妻王红红跟他离婚后，恨死了崔六，也恨上了崔六的钱，就发誓要搞垮这个忘恩负义的男人。那抢走崔六生意的饭馆，是王红红开的，那两个他在娱乐城认识的情人，也是受王红红雇用，听她安排，去骗取崔六钱财的。

这两个小情人与崔六缠绵在一起后，暗中在四处以崔六情人的身份散布崔六违法经商的机密，又将她们与崔六生活鬼混的照片，提供给崔六的第二任妻子崔青青，激起了青青的愤怒，使其二人又很快离了婚，破了家财，以至崔六最后成了穷光蛋。

崔六大病了一场后，又背上包包，出门打工去了。